パーカー・パインの事件簿

アガサ・クリスティ

あなたは幸せですか？　幸福でないかたはパーカー・パインにご相談ください〉そんな奇妙な新聞広告を見てオフィスを訪れる、夫の浮気を疑う妻や、退屈した退役軍人、妻に離婚を申し出られた夫などの悩みを、パーカー・パインはいっぷう変わった方法で、次々解決する。さらにオリエントへの旅に出た彼は、イスタンブール、ダマスカス、ナイル河、デルフォイなど、各地で事件に遭遇し、見事犯人の正体を見破っていく。官庁で統計をとっていたという、異色の経歴をもつ名探偵パーカー・パインが活躍する作品 14 編を収めた短編集、新訳決定版。

パーカー・パインの事件簿

アガサ・クリスティ
山　田　順　子　訳

創元推理文庫

PARKER PYNE INVESTIGATES

by

Agatha Christie

1934

目次

パーカー・パインの事件簿

はじめに

ある日、コーナーハウスで昼食をいただいているとき、うしろのテーブルでかわされていた統計に関する話に、わたしはすっかり魅了され、聞き耳を立ててしまいました。さりげなくふりむくと、禿《は》げ頭で眼鏡をかけた男性の、まばゆいほどの微笑がちらりと目に入りました——その顔こそ、ミスター・パーカー・パインそのひとのものです。わたしはそれまで統計のことなど考えたことはなかった（いまでもめったに考えません！）のですが、まったく知らない男性客たちが熱く議論をしているようすに、好奇心をかきたてられました。ちょうど新しい連作短編をどうしようかと考えていたところだったので、その場で作品の構想とストーリー構成が決まり、そのあとは楽しくペンが進みました。

本書のなかで、わたしが気に入っているのは『不満な夫の事件』と『大富豪夫人の事件』です。後者のストーリーは、これを書いたときより十年ほど前に、とある店のショウウィンドウをのぞいていた見知らぬ婦人との、ちょっとした会話から生まれたものです。その婦人は心底いまいましそうにこういいました。

「わたしの持っているお金をすべて使ってなにができるか、知りたいものだわ。ヨット遊びは船酔いするからだめだし、車は二台、毛皮のコートは三着あるし。高級なお料理も、いまは胃がむかつくだけだし」

わたしは驚いて、思わずいいました。「慈善事業は？」

婦人は鼻で笑いました。「慈善事業ですって？　慈善にお金を使う気はありません。わたしは自分のお金を、自分のために価値のある使いかたをしたいんです」

そういうと、婦人は憤然として去っていきました。

もちろん、これはいまから二十五年も前の話です。こんにちでは、この手の問題はすべて、税務署の所得税係が解決してくれるはずです。そうなったらそうなったで、あのご婦人はさぞ憤懣《ふんまん》やるかたない思いをなさることでしょうね！

アガサ・クリスティ

中年の妻の事件

The Case of the Middle-Aged Wife

四回ほど唸り声をあげたあと、どうして帽子をあった場所に置いたままにしておかないんだという怒声がして、玄関ドアがばたんと閉まった。ミスター・パッキントンは八時四十五分発の列車に乗ってシティに向かうため、不機嫌なまま家を出たのだ。

ミセス・パッキントンは朝食のテーブルを前に、じっとすわりこんでいた。顔が紅潮し、くちびるがきつく引き結ばれている。泣きださずにいるのは、あやういところで、悲しみが怒りに変わったからだ。「もうがまんできない。もうがまんできないわ！」ミセス・パッキントンはそう吐きすてて、しばらく怒りをたぎらせていた。そして、ぼそぼそとつぶやいた。「あばずれ女め。性悪の小娘め！　ジョージったら、どうしてあんなばかなまねができるのかしら！」

怒りが薄れていく。こみあげてきた涙が、中年女の頬をゆっくりころがり落ちた。「もうがまんできないと、口でいっただけじゃなんにもならない。でも、わたしになにができるというの？」

ミセス・パッキントンはふいに孤独を感じ、無力感とみじめな思いにさいなまれた。のろのろと朝刊を手に取り、先ほど目に留まった広告を、今度はじっくりと読んだ。

> あなたは幸せですか？　幸福でないかたはパーカー・パインにご相談ください。リッチモンドストリート十七番地。
>
> フローラ――待ちくたびれた――J
>
> 下宿人求む――当方フランス人家族。パリまで十五分。私有地の邸宅。快適な現代設備完備。美味な食事付き。フランス語の個人教授可。〈ラ・コリ〉ベル

「ばかみたい！　ほんとうにばかばかしいわね」そしてまたつぶやく。「でも、どんなものなのか、ちょっと行ってみるだけなら……」

という次第で、午前十一時、少しばかり緊張しながらも、ミセス・パッキントンはパーカー・パインのオフィスに足を踏み入れることになった。

確かに、ミセス・パッキントンは少しばかり緊張していたが、パーカー・パインの顔を見たとたんにそれがゆるんだ。彼女の目に映ったのは、大柄だが太ってはいない男だった。

形のいい禿頭《とくとう》の持ち主で、度の強い眼鏡の奥の目は輝いている。

「どうぞおかけください」パーカー・パインはいった。「わたくしどもの広告をごらんになって、足を運んでくださったんですね?」さりげなく会話の糸口をつける。

「ええ」ミセス・パッキントンはうなずいたが、そこで黙りこんでしまった。

「あなたは幸せではない」パーカー・パインは事実をあっさりと、明るい口調で指摘した。「幸せなかたはめったにいらっしゃいませんよ。どれほど少ないか、それをお知りになったら、きっと驚かれるでしょう」

「そうなんですか?」そういったものの、ミセス・パッキントンとしては、他人が幸せであろうが不幸せであろうがどうでもよかった。

「あなたは関心をおもちになれないでしょうね。ですが、わたしは関心があります。三十五年間というもの、わたしは官庁で統計をとって資料を作成する仕事をしてきました。定年を迎えたとき、長年の仕事の経験を、新しいやりかたで活かすことができるのではないかと思いついたんです。ええ、とても簡単なことなのですよ。不幸というものは、五つの項目に分類できます——五つ以上はありません。不幸という病《やまい》の原因が判明すれば、治療は不可能ではありません。そう、わたしは医者の役割を務めさせていただいているようなものです。医者はまず患者の不調を診断し、治療方法を考えて処方します。しかし、治療できない病気もあります。その場合は、率直に、打つ手はないと申しあげます。ですが、治療ミセス・パッキントン、わたしが治療をお引き受けした場合は、必ず回復すると保証いたしますよ」

ほんとうだろうか？　虚言なのか、それとも、真実なのか？　ミセス・パッキントンはすがるような目で、パーカー・パインをみつめた。

「ではあなたの診断をいたしましょうか」パーカー・パインはにこやかにそういうと、椅子の背にもたれ、両手の指先を合わせた。「悩みの種はご夫君に関係がありますね。これまでの結婚生活は概して幸福だった。ご夫君のお仕事はうまくいき、成功なさっている。そこに若い女性が関わってきたと拝察します――おそらく、ご夫君の会社の若い女性社員でしょう」

「タイピストです」ミセス・パッキントンはいった。「下品な、化粧の濃いあばずれ女。口紅を塗りたくり、絹のストッキングをはき、髪をカールした女」ミセス・パッキントンの口から、堰を切ったように悪口があふれた。

パーカー・パインはなだめるように軽くうなずいた。「べつにどうこうというつきあいではない――ご夫君はそうおっしゃっているのでしょうね」

「そのとおりです」

「純粋な友情なのだから、その若い女性と楽しくつきあってなにが悪い。彼女の灰色の生活にほんの少しの華やぎを、ほんの少しの喜びをもたらしてやって、なにが悪い、かわいそうに、あの娘《こ》にはささやかな楽しみすらないんだから——わたしが思うに、それがご夫君のお気持でしょう」

ミセス・パッキントンは力をこめてうなずいた。「愚かなたわごとですよ——ばかばかしい！　夫はその女を川遊びに連れていくんです。わたしだって川遊びは好きです——でも、五、六年前、夫はゴルフのほうがいいといって……。だのにいまは、その女のためにゴルフをあきらめるのもやぶさかではないんです。わたしはお芝居を観るのも好きです。でもジョージはいつも、疲れているから夜は出かけたくないというんです。そのくせ、その女とはダンスに行くんですよ——ダンスに！　そして朝がた帰ってくるんです。わ、わたし——」

「ご夫君は、女は嫉妬ぶかいのがいかん、嫉妬する理由もないのに理不尽にも嫉妬するんだ、とお嘆きになるのでは？」

　これにもミセス・パッキントンは強くうなずいた。「そのとおりです」そしてするどい口調で訊いた。「どうしておわかりになるんです？」

「統計です」パーカー・パインはあっさりいった。

「わたしはみじめで……。結婚してからずっと、ジョージのよき妻であろうと努めてきました。日々の家事だって、指の骨がとびだすほど懸命にやってきました。夫の仕事がうまくいくように必死で支えてきたんです。ほかの男性に目をくれたことすらありません。夫の身のまわりの品々の手入れを怠らず、おいしい食事を作り、家のなかを気持よく保ち、家計にも気を配ってむだな出費は抑えてきました。そしてようやく、少しばかり余裕のある暮らしができるようになりました。これから夫婦で楽しめる、ちょっとした旅もできる、ずっとがまんしてきたいろいろなことも、やっとできるようになった――それなのに！」

ミセス・パッキントンはごくりと唾を呑みこんだ。

パーカー・パインは重々しくうなずいた。「あなたの病状はよくわかりました」

「それで――なんとかしていただけるんでしょうか？」ミセス・パッキントンはほとんどささやくような、小さな声で訊いた。

「もちろんです、マダム。治療法はありますよ。ええ、処方できますとも」

「どんな？」ミセス・パッキントンは期待に満ちた目で、返事を待った。

パーカー・パインは静かな断固とした口調でいった。「わたしにすべてお任せください。治療代は二百ギニーです」

「二百ギニーですって！」

「そうです。でも、あなたならお支払いになれるだけの余裕がおありでしょう。これが手術の費用なら、きっとお支払いになるはずですよ。幸福というものは、身体のすこやかさと同じぐらい重要なのです」

「後払いでよろしいのかしら？」

「いえいえ。前払いでお願いします」

ミセス・パッキントンは立ちあがった。「いますぐ決心しろといわれても――」

「品物を見ずに買い物はできない、と？」パーカー・パインは陽気な口調でいった。「ごもっとも。大金ですからね、なにはともあれ、まずはわたしを信用してくださらなくては。あなたは大金を投じてチャンスをつかむ。それが当方の条件です」

「二百ギニー！」

「そうです。二百ギニー。けっこうな額です。ではごきげんよう、ミセス・パッキントン。気持が変わったら、ご連絡ください」

パーカー・パインは平静そのものの態度で、にこやかにミセス・パッキントンと握手をかわした。

彼女が出ていくと、パーカー・パインはデスクに設置されたブザーを押した。眼鏡をかけたきびしい顔つきの若い女が、オフィスに入ってきた。

「ファイルをたのむよ、ミス・レモン。それから、早急にクロードが必要になると思うので、彼に連絡しておいたほうがいい」

「新しいクライアントですか？」

「新しいクライアントだ。いまは迷っているが、必ずまた来る。たぶん、今日の午後四時ごろには。そうしたら、お通ししてくれ」

「プランA？」

「もちろん、プランAだ。誰もが自分の不幸はほかの者とはちがうと思っているが、その点はじつに興味ぶかいね。ああ、そうだ、クロードに注意しておいてくれ。あまり外国人風にしないように、と。香水はつけず、髪は短くしたほうがいいだろう」

その日の午後四時十五分、ミセス・パッキントンはふたたびパーカー・パインのオフィスを訪れた。彼女は小切手帳を取りだし、小切手に金額を書きこむと、それをパーカー・パインに渡した。引き替えに領収書を受けとる。

「それで、次は？」ミセス・パッキントンはせっつくように訊いた。

「それで、次は」パーカー・パインは微笑した。「お宅にお帰りください。明日の最初の郵便で指示が届きます。その指示どおりになさってくだされば、たいへんありがたい」

ジョージ・パッキントンは朝食の席での口論がむしかえされるのならば強気に出ようと、防衛意識過剰なモードで帰宅した。しかし、妻が攻撃モードではないと見てとり、ほっと安堵した。妻はいつになく考えこんでいるようすだった。

ジョージはラジオを聞きながら、毛皮のコートを贈ったら、かわいいナンシーは受けとるだろうかと考えていた。ナンシーのプライドが高いのは、ジョージも知っている。そんな彼女に不快な思いをさせたくはない。とはいえ、彼女は寒いと嘆いている。安物のツイードのコートしか持っていないのだ。あれでは寒さはしのげないだろう。彼女の気持を損ねないように話をもっていけば、たぶん……。

ジョージの想いは羽ばたく――近いうちに、ナンシーといっしょに出かけよう。ああいう若い女を、しゃれたレストランに連れていくのは楽しみだ。若い男たちがうらやましそうに自分を見るだろう。なにしろ、彼女はとびきりの美人なのだから。それに、彼女も自分を好いてくれている。そういえば前に、あなたは少しも歳を感じさせないといっていたっけ。

顔をあげると、妻と目が合った。ジョージはふいにやましい思いに駆られ、それがまた癪《しゃく》にさわった。マリアときたら、なんと心の狭い、嫉妬ぶかい女だろう！　夫がささやかな幸福を得るのが気にくわないとは。

ジョージはラジオのスイッチを切り、ベッドに向かった。

翌朝、マリア・パッキントン宛に、意外にも三通の封書が届いた。一通は名のある美容師からの予約確認の印刷物。一通は婦人服店からの予約確認状。三通目はパーカー・パインからで、本日、リッツホテルで昼食をごいっしょに、という招待状だった。

ジョージは、今夜は仕事でひとと会わなければならないので、夕食はいらないといった。それに対し、マリアはうわのそらでうなずいただけだったので、ジョージは妻との口論という嵐を避けられたのがうれしくて、嬉々として出かけていった。

美容師はプロらしくこういった——こんなにほったらかしになさって！　マダム、またどうして？　ですが、まだ手遅れというわけではございませんよ。

顔にはいろいろな手当がほどこされた。押され、こねくりまわされ、蒸気をあてられ、泥のパックをされ、クリームが塗られ、パウダーがはたかれた。あれこれと手当が進み、念入りに仕上がっていく。

最後に鏡が手渡された。「ほんとうに若返ったみたい」鏡をのぞいたマリアは、内心でそう思った。

美容院同様、婦人服店でも、わくわくと胸躍る展開となった。マリア・パッキントンは最新モードの服に身をつつみ、さっそうとした気分で店を出た。

一時半、マリアは指示どおり、リッツホテルに行った。パーカー・パインは非の打ちどころのない服装で、相手をくつろがせて安心させる雰囲気をまとい、マリアを待っていた。

「じつにすばらしい」パインは経験を積んだ目で、マリアの頭のてっぺんから足の爪先まで、さっと眺めた。「僭越《せんえつ》ながら、あなたのためにホワイトレディを注文しておきましたよ」

マリアは昼ひなかにカクテルを飲む習慣はなかったが、辞退はしなかった。刺激的な液体をすすりながら、厚意あふれる指導者の話に耳をかたむける。

「あなたのご夫君、ミスター・パッキントンを驚かせなければなりません。そうです、仰天させるんですよ。それを手伝ってくれる、わたしの若い友人をご紹介します。その青年とランチをどうぞ」

ちょうどそのとき、若い男がレストランに入ってきて、誰かを捜すように店内を見まわした。そしてパインをみつけると、男は優雅なものごしで彼らのテーブルに近づいてきた。

「ミスター・クロード・ラトレルです、ミセス・パッキントン」

クロード・ラトレルは三十歳そこそこ。ものごしは優雅で丁重だが、愛想がいい。すっきりした完璧な服装で、すばらしくハンサムだ。

「初めまして」クロードは低い声でいった。

三分後、マリアは小さなテーブルをはさみ、新しい指導者と向かいあっていた。

最初のうち、マリアはどぎまぎしていたが、しばらくするとクロードのおかげでくつろいだ気分になってきた。彼はパリをよく知っていて、リヴィエラにも長く滞在したことがあった。そしてマリアに、ダンスは好きかと尋ねた。マリアは、好きだけれど、夫が夜間の外出を嫌がるようになったので、いまはダンスにもめったに行かないと答えた。

「ですが、あなたをうちに閉じこめておくなんて、それはあんまりですね」クロードは微笑した。白くてきれいな歯がちらりとこぼれる。「今日びのご婦人たちは、男性に嫉妬をされるのを避けようと、外出するのをがまんしたりはしませんよ」

マリアは思わず、夫の場合は嫉妬が原因ではないといおうとしたが、けっきょく、口には出さなかった。なんといっても、なかなか好ましい見解ではないか。

クロードは楽しそうにナイトクラブの話をした。そして、翌日の夜、クロードがエスコートして、いま評判の《レッサー・アークエンジェル》に行くことになった。

マリアはそれを夫に話すのは、いささか気おくれしてしまった。ジョージはとんでもなく愚かしいまねだと思うだろう。けっきょくマリアは、その話をもちださなかった。したがって、ジョージとのあいだになんのトラブルも起こらなかった。

翌日の朝食の席でもナイトクラブの件を切り出せないまま、マリアは出勤する夫を送りだした。午後二時に電話が鳴り、ジョージは今夜街で夕食をとるという伝言が入った。

その夜は大成功だった。マリアは娘時代にはけっこうダンスがじょうずだったのだ。そのため、クロード・ラトレルの巧みなリードで、マリアはすぐに流行のモダンなステップを習得することができた。クロードはマリアの服を、髪型を褒めた（今朝も、一流のヘアドレッサーから予約確認の連絡がきたのだ）。

おやすみをいって別れるとき、クロードはマリアの手にキスした。マリアの胸はときめいた。こんな楽しい夜をすごしたのは、何年ぶりだろうか！

めくるめくような十日間が過ぎた。昼食、お茶、タンゴ、軽い夕食、ダンス、ディナー。

クロード・ラトレルからは、悲しい子ども時代の話を打ち明けられた。父親が全財産を失い、環境が激変したという。そして、悲劇的なロマンスのいきさつを聞き、マリアは彼が女性全般に不信感を抱いていることも知った。

十一日目の夜、マリアとクロードは《レッド・アドミラル》でダンスを楽しんでいた。ジョージも来ていた。マリアは夫に気づいたが、ジョージはマリアに気づかなかった。会社から若い女を同行してきたようだ。ジョージと若い女、マリアとクロード。ふた組のカップルはダンスに興じていた。

「あら、ジョージ」ふた組のステップの軌道が接近したとき、マリアは明るく声をかけた。仰天した夫の顔がまずまっ赤になり、次第に紫色に転じていくのは、マリアにとってかなりおもしろい見ものだった。夫の驚きの表情に、うしろめたい思いが透けて見える。

この場の主人公になったような気がして、マリアは愉快だった。かわいそうなジョージ！　一曲終わってテーブルにもどったマリアは、夫とその連れを眺めた――ジョージったらあんなに太って、髪もすっかり薄くなってしまった。それに、どたばたと跳びはねているさまときたら！　あの踊りかたは二十年も前のスタイルね。かわいそうに、無理して若ぶって！　連れの若い女も気の毒に。彼と踊るのを楽しんでいるふりをしなくてはならないなんて。ジョージには見えないでしょうけど、彼の肩越しにのぞいている女の顔には、うんざりした表情が浮かんでるわ。

マリアは自分が羨ましがられる立場にあることを思い、いい気分になった。すべてに完璧な連れは、いまは気をきかせて黙っている。マリアは彼をちらりと見た。クロードはマリアの心もちをよく理解してくれている。こちらの神経を逆なでするようなことをいったりはしない——しかしジョージはこの数年、よけいなことばかりいって、夫婦仲に不協和音をかきたててきた。

マリアはもう一度クロードを見た。今度は目と目が合う。クロードは微笑した。もの思わしげでロマンチックな美しい黒い目が、気づかうようにマリアをみつめている。

「もう一曲いかがですか？」クロードは低い声で訊いた。

ふたりはもう一度踊った。天にも昇る心地だった！

踊っているマリアは、ジョージの弁解がましい視線が追ってくるのを感じていた。ジョージを嫉妬させたい気になったこともあるが、それはもうずいぶんむかしのことに思える。いまは夫に嫉妬してもらいたくない。妻を嫉妬するような気持が芽生えたら、夫はきっと動転してしまうだろう。動転させる必要があるだろうか、あのかわいそうなジョージを。いまここにいる誰もが幸福そうなのに……。

ジョージが帰宅してから一時間あとに、マリアが帰ってきた。彼は当惑し、心もとない面もちでいった。「ふむふむ。ようやくご帰還か」

マリアは午前中に四十ギニーで購入したばかりの、イヴニングドレス用のストールを取って微笑した。「ええ、ただいま」

ジョージはこほんと咳払いした。「ううう、そのう、今夜は妙なところで会ったな」

「そうね」

「ああ、わたしはそのう、あの娘《こ》をどこかに連れていってやりたいと思ってね。どうもいろいろとたいへんらしいんだ。それで気晴らしをさせてやろうと——いや、ちょっとした思いやりだよ」

マリアはうなずいた。かわいそうなジョージ。跳びはねて、汗びっしょりになって、ひとりよがりで満足して。

「おまえの連れのあの青年は誰なんだい？　わたしは会ったことがないようだが」

「ラトレルというんですよ。クロード・ラトレル」

「どういうふうにして知り合ったのかね？」

「ああ、紹介されたんですよ」マリアはあいまいにいった。

「おまえがダンスに出かけるなんて、妙な話だな——その歳で。はしたないまねをするんじゃないよ」

マリアは微笑した。つまらないことにこだわる気分ではなかったし、いうまでもないことをいうつもりはなかった。「変わるってすてきね」うっとりした口調だ。

「わかっているだろうが、気をつけなきゃいかんぞ。世間にはろくでなしがうようよいるんだ。中年の女ときたら、ときどきおそろしくばかなまねをするもんだ。いいかい、いっておくがね、おまえが世間の笑いものになるようなまねをするのは、見たくないぞ」

「ダンスって、とても有益な運動だと思いますけど」

「ううう、まあ、そうだな」

「あなたもそうお思いなんでしょ?」マリアは思いやりぶかくそういった。「たいせつなのは、幸福であること。そうよね? 十日ほど前、あなたが朝食の席でそういったのを憶えてますよ」

ジョージはするどい目で妻を見たが、妻は皮肉をいったとは思えない、のどかな顔をしていた。そしてあくびをした。

「もう寝なくては。ところで、最近、余分の出費が増えてしまいましてね、ジョージ。かなりの金額の請求書が届くはずですよ。でも、かまわないわね。そうでしょ?」

「請求書?」

「ええ。ドレス四着、美容マッサージ、髪の手入れ。そう、ちょっとした贅沢《ぜいたく》ってところ。でも、あなたは気になさらないわよね」

マリアは階段を昇って二階の寝室に向かった。ジョージはぽかんと口を開けたまま、ひとり残された。マリアは今夜の出来事にとても寛大だった。少しも気にしていないようだ。しかし、急に浪費しだしたとは、いったいどういうことだ。マリアが、つましさのお手本みたいな妻が!

女というやつは! ジョージは頭を振った。このところ、ナンシーのきょうだいがなにやら窮地《きゅうち》に陥っているという。ならば、喜んで手助けしてやろう。とはいえ、あいにくシティも、いまは景気が上向きとはいえない。

ため息をつきながら、足どりも重く、ジョージは二階にあがっていった。

ときとして、いわれたときは気にも留めなかったのに、あとになってふと思い出されることがある。翌朝になって初めて、マリアは、前夜に夫にいわれたことが、心のどこかに矢のようにぐさりと刺さっていることを思い知った。

ろくでなし。中年の女。世間の笑いものになる。

本来、マリアは芯のしっかりした女なので、勇気をもって事実と向きあってみた。ジゴロ。ジゴロの記事なら、よく新聞に載っている。同様に、中年女の愚かな行為も。

クロードはジゴロなのだろうか？　たぶん、そうだろう。だが、ジゴロは女に金を払わせるものだが、クロードはいつもマリアにおごってくれている。それはそうなのだが、金の出所はパーカー・パインであって、クロードの懐《ふところ》は痛んでいない。というか、もともとはマリアの二百ギニーが資金になっているのではないか。

自分は愚かしい中年女なのだろうか？　クロード・ラトレルは、陰で彼女のことを笑っているのだろうか？　そう思うと、かっと頬が熱くなった。だとすればどうすべきか？　クロードはジゴロ。自分は愚かな中年女。ならば、いかにもそれらしく、彼になにか贈り物をすべきだろう。金のシガレットケースとか、なにかそういうものを。

おかしな衝動に駆られて、マリアは高級品ばかりをあつかっている、王室御用達の店《アスプレイ》に直行した。シガレットケースを選び、支払いをすませる。クロードとはクラリッジホテルで昼食をとる約束だった。

食後のコーヒーを飲みながら、マリアはバッグからシガレットケースを取りだした。

「ささやかな贈り物よ」つぶやくようにいう。

クロードはそれを見て、眉をひそめた。「ぼくに？」

「ええ。あの、気に入ってくれるとうれしいんだけど」

クロードの手がのびて、シガレットケースを荒っぽくマリアのほうに突きかえした。

「なぜこんなことを？　ぼくは受けとりませんよ。どうぞ引っこめてください。さあ」クロードは怒っていた。黒い目が怒りに燃えている。

マリアはもごもごとあやまった。「ご、ごめんなさい」あたふたとシガレットケースをバッグにもどす。

そのあとはずっと、ふたりのあいだには気づまりな空気が流れていた。

次の朝、クロードから電話がかかってきた。「ぜひお会いしたいんです。今日の午後、お宅にうかがってもいいですか？」

マリアは三時にどうぞといった。

約束の時間にやってきたクロードは、血の気のない顔で、ぴりぴりしていた。あいさつをかわす。前日よりもさらにぎごちない雰囲気がただよう。

ふいにクロードはさっと立ちあがって、すわっているマリアの前まで行った。

「ぼくをどう思っていらっしゃるのですか？　今日はそれを聞きたくて、お宅まで押しかけてきたんです。ぼくたちは友人ですよね？　そう、友人。だのに、あなたはぼくのことを——ジゴロだとみなしていらっしゃる。女性に寄生する害虫あつかいだ。金目当てのろくでなしだと思っている。そうじゃありませんか？」

「まさか、そんな——」

クロードは片手を振ってマリアの反論をしりぞけた。顔色がますます青ざめている。

「いいえ、そう思っているにちがいないんだ！　そうでしょう？　だから、会いにきたんです。じっさい、それが真実なのだから。ぼくはあなたを連れだして楽しませ、ぼくと恋に落ちるように仕向けて、夫を忘れさせる——そう指示されたんです。それがぼくの仕事です。さもしい仕事ですよね」

「なぜそれをわたしに？」

「なぜなら、嫌気がさしたからです。もうつづけられません。相手があなただから。ええ、あなたは特別なんです。やさしくて、信頼できるかただ。心から敬愛しています。ですが、これもまた手の内だとお思いでしょうね」クロードはマリアに近づいた。「口からでまかせの、甘ったるい嘘ではないことを証明します。もうお会いしません——あなただから。

あなたというひとに出会ったから、ぼくはさもしい生きものではなく、ちゃんとした男に生まれかわるつもりです」

いきなり、クロードはマリアを抱きしめた。彼女のくちびるに自分のそれを押しつける。そしてマリアから離れた。

「さようなら。ぼくはくだらない生きかたをしてきました――これまでずっと。でも、これからは変わると誓います。前に、新聞の個人広告欄を読むのが好きだといってましたね？ 毎年、今日この日に、その欄には、ぼくからあなたへの伝言が載ることでしょう。ぼくが今日のことを忘れずにいて、ちゃんとやっていることをお伝えするために。それで、ぼくにとって、あなたはとてもたいせつなひとだ、ということがわかっていただけるかと思います。それから、もうひとつ。ぼくはあなたからなにも受けとりませんでした。ですが、あなたには受けとっていただきたいものがあります」

クロードはシンプルな、刻印つきの金の指輪を指から抜きとった。「これは母のものでした。あなたにこれを受けとっていただきたいんです。では、これで。さようなら」

いつもより早く帰宅したジョージは、妻が遠い目をして暖炉の火をみつめているのに気づいた。やさしい口ぶりで返事をするが、夫の話は耳をすどおりしているようだ。

「なあ、マリア」ジョージは唐突に切り出した。「あの娘《こ》のことなんだがね」

「ええ、なあに？」

「いや、そのう、おまえをやきもきさせるつもりなんか、まったくなかったんだよ、あの娘のことなんかで。うん、べつに、どうというつきあいじゃないんだ」

「わかってますよ。わたしが愚かでした。あなたが幸せな気分になれるのなら、好きなだけおつきあいなさいな」

ほんとうならば、これを聞いたジョージは、有頂天になってもおかしくなかった。だが、奇妙なことに、意気消沈してしまった。妻にけしかけられて、いそいそと若い女を連れて遊び歩いたとしても、楽しめるものだろうか。いやはや、とんでもない！　粋に火遊びを楽しむ、男らしい男という高揚した気分は、空気が抜けるようにしぼんで消えてしまった。ジョージは急に疲れを感じ、ポケットが寂しくなっているのを実感した。ナンシーはじつに抜け目のない小娘だった。

「おまえさえよかったら、いっしょに旅行でもしようか。どうだい？」ジョージはおずおずといった。

「まあ、わたしのことはご心配なく。とても幸せですから」

「だけど、おまえをどこかに連れていってやりたいんだよ。リヴィエラはどうだい？」

マリアは静かにほほえんだ。

かわいそうなジョージ。彼を好きだという気持に嘘はない。もともと気持のやさしいひとなのだ。そういう彼には、生涯胸に秘めておきたい、宝石のような秘密などない。だが、自分にはある。

マリアはいっそうやさしく、静かにほほえんだ。

「それはすてきね、あなた」


パーカー・パインはミス・レモンに訊いた。「必要経費は？」

「百二ポンド十四シリング六ペンスです」

ドアが開いて、クロード・ラトレルが姿を見せた。憂鬱《ゆううつ》そうだ。

「おはよう、クロード」パインは声をかけた。「すべてうまくいったんだね？」

「ええ、まあね」

「指輪は？　ちなみに、指輪にはなんと彫ったんだね？」

「マチルダ。それに、一八九九と」

「けっこう。広告欄の文言は？」

「〝ちゃんとやっています。忘れていません。クロード〟」

「ミス・レモン、書き取ってくれたまえ――個人広告欄に掲載のこと。毎年十一月三日に
……ちょっと待ってくれ、出費は百二ポンド十四シリング六ペンスだったね。それならば、十年間、つづけよう。そうすると残金は、九十二ポンド二シリング四ペンス。けっこうけっこう。上々だ」

ミス・レモンは退室した。

「聞いてください」クロードが嚙みつくようにいった。「もう嫌です。あんな卑劣なゲームなんか」

「なんだって？」

「卑劣なゲームといったんですよ。あのひとはきちんとした女性でした——とても善良な。そんな彼女に嘘をつき、お涙ちょうだいのでまかせをいうなんて。胸が悪くなる」

パーカー・パインは眼鏡をかけなおすと、心理学的関心をもってクロードをみつめた。

「おやおや。きみのこれまでのいささか、コホン、あやしげな生涯で、きみが良心の呵責《かしゃく》を感じたという話は聞いた憶えがない。リヴィエラでの色事の数々は、どれも特筆すべき話ばかりだった。それに、カリフォルニアの胡瓜王《きゅうり》の妻、ハッティ・ウェストから巻きあげた金額ときたら、金に関しては冷酷非情なきみの本性がむきだしになった、著《いちじる》しい例だったといえる」

「それはそうですが、ちょっと心境が変わってきたんです」クロードは唸るようにいった。「今回のああいうゲームは——いいとは思えない」

パインは、お気に入りの生徒に訓戒を与える、校長のような声音でいった。

「クロード、きみはいいことをしたんだよ。不幸な婦人なら誰もが必要としているものを与えてあげたんだ——ロマンスをね。ときとして、女性は激情にまかせて突っ走り、なにもかも台無しにしてしまう。そこからはなにも得られない。だがロマンスというものは、思い出としてたいせつに記憶できるし、のちのちいつまでも、愛《め》でるように思い返すことができる。

わたしは人間性というものを知っている。女性というのは、そういう思い出があればこそ、何年も生きていけるものなんだよ」

またコホンと咳払いしてから、話をつづける。「わたしたちはミセス・パッキントンの依頼をきっちり果たした。彼女の満足のいくように」

「まあね」クロードは不機嫌につぶやいた。「でも、ああいうのは、好きじゃない」

そういって、クロードは立ち去った。

パインは引き出しから新しいファイルを取りだし、こう記した。

〝名うての凄腕ジゴロに、良心の痕跡を示す、興味ぶかい所見あり。今後の進化に目を配ること〟

無聊《ぶりょう》をかこつ少佐の事件

The Case of the Discontented Soldier

ウィルブレアム少佐は、パーカー・パインの事務所のドアの外でためらって立ちどまり、朝刊から破りとってきた広告を再度読みかえした。じつにシンプルな広告だ。

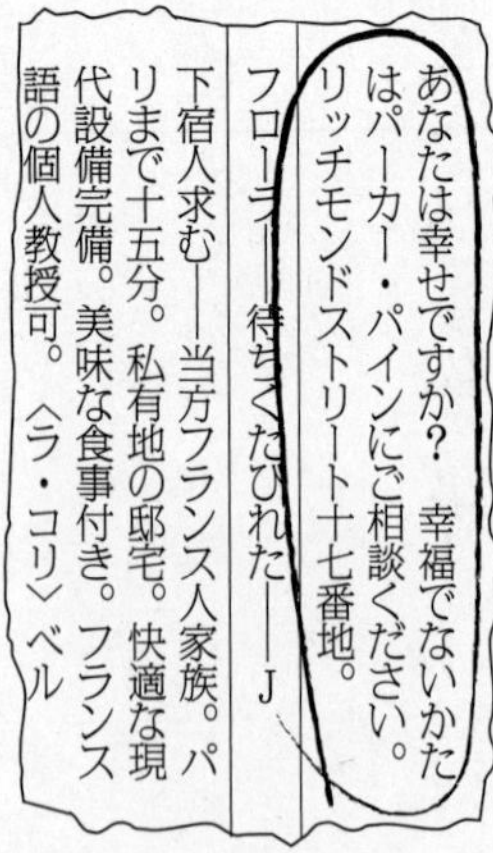
あなたは幸せですか？　幸福でないかたはパーカー・パインにご相談ください。リッチモンドストリート十七番地。

フローラ――待ちくたびれた――J

下宿人求む――当方フランス人家族。パリまで十五分。私有地の邸宅。快適な現代設備完備。美味な食事付き。フランス語の個人教授可。〈ラ・コリ〉ベル

少佐は深く息を吸ってから、ぐいとスウィングドアを押し開けてなかに入った。表側の

部屋は受付兼秘書室のようだ。平凡な顔だちの若い女がタイプライターから目をあげ、尋ねるように訪問客を見た。

「ミスター・パーカー・パインは?」ウィルブレアム少佐は顔を赤らめて訊いた。

「こちらへどうぞ」

少佐は秘書に案内されて奥のオフィスに入った——おだやかな顔のパーカー・パインが迎えてくれる。

「おはようございます」パインはいった。「おかけになりませんか? さて、ご用件は?」

「わたしはウィルブレアムといい——」

「少佐ですか? それとも大佐?」

「少佐だ」

「なるほど。つい最近、外地からお帰りになった? インドですか? 東アフリカですか?」

「東アフリカ」

「いいところですね。さて、あなたはご帰国になった——だが、おもしろくない。なにかトラブルでも?」

「いや、あなたのいうとおりだ。どうしてわかった——?」

パーカー・パインはひらひらと片手を振った。「知ることこそがわたしの仕事ですから。

わたしは三十五年間、官庁で統計資料をあつかってきました。定年退職後、長年つちかった経験を活かして、新規な仕事ができないものかと思ったのです。いや、きわめて簡単なことですよ。そう、不幸の原因は五つの項目に分類できます――それ以上ではありません。病《やまい》の原因さえわかれば、治療は可能なんです。

いわば、わたしは医者のようなものです。医者はまず患者の不調のぐあいを診て、それから治療法を処方します。しかし、処方できない病気もありましてね。その場合は、なにもできないと率直に申しあげます。ですが、わたしが治療をお引き受けした場合は、治癒は保証されたも同じ。

よろしいですか、ウィルブレアム少佐、退役した帝国建設者――これはわたしの造語ですが――の九十六パーセントは、自分は不幸だと思っています。軍隊時代の活動的な生活、責任感に満ち、危険を覚悟した日々――それが退役後はどうなりました？　多額とはいえない恩給、母国の陰鬱《いんうつ》な天候。そうですね、陸に引きあげられた魚のような心もちではありませんか？」

「すべてそのとおり」少佐はうなずいた。「退屈でたまらないんだ。退屈なうえに、小さな村の、えんえんとつづく、どうでもいい、ちまちました噂話。もううんざりだ。だが、わたしになにができる？　わたしには恩給のほかに、少々金がある。カバムの近くに住み心地のいい家もある。しかし、狩猟や魚釣りに遠出するだけの余裕はない。結婚もしていない。近隣の者たちは気のいい連中だが、この島国以外のことには、まったく目が向かないんだ」

「要するに、いまのあなたの暮らしには、めりはりがない。そういうことですね」

「単調で退屈」

「血湧き肉躍るようなことがお好きなんですね？　危険をともなうような？」

少佐は肩をすくめた。「ブリキでできたポットのように安穏としたこの国で、そんなことは望むべくもない」

「失礼ですが」パインはまじめな顔でいった。「それはあなたの考えちがいというものです。どこに行けばいいか知っていさえすれば、ロンドンにも大いに危険で、大いに興奮に満ちた場所がありますよ。あなたは平穏で明るい、英国の表層部分しか見ておられない。ですが、この国には、また別の面があるんですよ。お望みなら、その裏の顔をお見せしましょう」

ウィルブレアム少佐は注意ぶかくパーカー・パインを観察した。この人物には、ひとを安心させるものがある。大柄だが、太ってはいない。禿《は》げ頭は形がいい。度の強い眼鏡の奥の目には力のこもった光がある。それに、なによりもオーラがある――信頼できるオーラが。

「ですが、ひとつ、警告しておきますが」パインはいった。「危険がともないます」

少佐の目が輝いた。「かまわない」そしてふいに訊いた。「で、料金は？」

「五十ポンドです。前金で。ただし、一カ月後も、あなたがいまと同じように退屈でたまらないとおっしゃるなら、料金はお返しします」

少佐はしばらく考えこんでいたが、やがて口を開いた。「公平な取引だな。いますぐ小切手を渡そう」

契約が成立した。パインはデスクに設置されたブザーを押した。

「いまは一時ですね。若いご婦人を昼食に連れていっていただきましょう」

ドアが開いた。

「やあ、マドレーヌ、こちらはウィルブレアム少佐。少佐がきみを昼食に連れていってくださいますよ」

ウィルブレアム少佐は軽く目をみはったが、それも無理はない。ドアを開けて入ってきたのは、けだるげな若い美女だった。黒い髪、美しい目、黒く長いまつげ、ほんのりとピンクがかった顔色、そして、官能的な赤いくちびる。趣味のいい服装が優雅な肢体を引き立てている。頭のてっぺんから足の爪先まで、完璧に美しい。

「ああ、その、喜んで」少佐はもごもごといった。

「ミス・ド・サラです」パインは少佐に女性を紹介した。

「ご親切に」マドレーヌ・ド・サラは低い声でいった。

「少佐、あなたのご住所は控えてあります」パインはいった。「明日の朝、新たな指令をお届けしますよ」

ウィルブレアム少佐と妖艶《ようえん》な美女マドレーヌは、パインのオフィスから連れだって出ていった。

午後三時、マドレーヌがもどってきた。

パーカー・パインは目をあげた。「それで？」

マドレーヌは頭を振った。「わたしを怖がってたわ。魔性の妖婦だと思ったみたい」

「そんなことだと思った。それで、指示どおりに話を運んでくれたかい？」

「ええ。ふたりでほかのテーブルのお客たちを、遠慮なく品定めしました。彼の好みのタイプの女は、金髪、青い目、いくぶんか貧血ぎみの血の気の薄い顔色。背はあまり高くないほうがいい」

「それなら簡単だ。プランBにしよう。目下、どういう予備登録があるか、見てみよう」

パーカー・パインは予備登録者リストを指で追っていたが、やがてある名前のところでその指が止まった。

「フリーダ・クレグ。うん、フリーダ・クレグなら申し分ない。この件は、ミセス・オリヴァーにお出ましねがうほうがいいようだ」

翌日、ウィルブレアム少佐は一通の書状を受けとった。文面は次のとおり。

来週の月曜日の午前十一時に、ハムステッドのフライアーズレーン、イーグルモント荘に、ミスター・ジョーンズをお訪ねくださいい。グアヴァ海運会社から来たとおっしゃるように。

翌週の月曜日（たまたまこの日は銀行休日《バンクホリデイ》だった）、少佐は書状の指示どおり、ハムステッドのフライアーズレーン、イーグルモント荘に行った。いや、行こうとしたのだが、目的地にはたどりつけなかった。というのも、その途中で、思いがけない出来事に遭遇したからだ。

この日は、まるで世界じゅうの夫婦やカップルがハムステッドに向かっているようなあんばいで、少佐は人ごみに押され、満員の地下鉄では息が詰まりそうになった。ようやくハムステッドにたどりついても、フライアーズレーンをみつけるのに大いに難儀した。

フライアーズレーンは表通りから引っこんだ寂しい通りで、でこぼこの道の両側に家が建ちならんでいるが、その先は行きどまりの袋小路だった。どの家も大きくて、かつてはりっぱだったのだろうが、いまは凋落《ちょうらく》の一途をたどっている。

少佐は門柱の消えかけた表札を確かめながら歩きはじめた。そのとき、ふいに人の声らしき音が聞こえ、少佐は反射的に身がまえた。息が詰まってむせるような、押し殺した悲鳴のような、そんな声だった。

もう一度、くぐもった叫び声が聞こえた。今度はかろうじて「助けて！」ということばが聞きとれた。悲鳴があがったのは、ちょうど少佐が通りかかった家の塀の向こうからだ。一瞬のためらいもなく、少佐はぐらぐらの門扉を押し開け、のび放題の雑草におおわれたドライヴウェイを足音もたてずに走った。茂みのなかで、若い女がふたりの大柄な男に捕まえられて、必死に抵抗していた。なかなかの奮闘ぶりで、暴漢の手を逃れようと体をひねり、ねじり、蹴りとばしている。暴漢のひとりに手で口をふさがれているが、女は激しく頭を振って、その手を振りほどこうともがいている。

抵抗する女に手を焼き、ふたりの暴漢は近づいてくるウィルブレアム少佐には気づかなかった。少佐に気づいたのは、女の口をふさいでいた男が顎に強烈なパンチをくらって、よろよろとあとずさってからのことだ。もうひとりの暴漢は泡をくって女から手を放し、少佐のほうを向いた。少佐はさあ来いとばかりに身がまえた。またもや少佐の拳《こぶし》が炸裂し、その男もまたよろよろとあとずさって倒れた。先に顎にパンチをくらった男が、じりじりと少佐の背後から近づいてきていた。少佐はさっと向きなおった。

しかし、そこまでだった。倒れていた男はなんとか起きあがると、門めがけて一目散にを追った。ウィルブレアム少佐はふたりのあとを追って走りだしたが、すぐに思いなおして、女のもとに駆けつけた。女は木にもたれ、息を切らしてあえいでいた。「怖かった……」

「ああ、ありがとうございました！」女はあえぎながらいった。

少佐はこのとき初めて、助けた相手をよく見る機会を得た。

女は二十一、二歳、金髪、青い目、血の気の薄い白い顔。

「さあ、もうだいじょうぶ」少佐はあやすようにやさしくいった。「だが、早くここを去ったほうがいいと思う。あいつらがもどってこないともかぎらない」

女のくちびるがかすかにゆるんだ。「そんなことはないと思います――あなたにあんなふうにやっつけられてしまったからには。ああ、なんてお強いんでしょう！」

女にあたたかい賞賛の目で見られ、少佐は顔を赤らめた。「いや、恐縮です」てれくさそうにいう。「たいしたことではありません。ご婦人が恐ろしい目にあっていたんですから。さあ、わたしの腕につかまって。歩けますか？　さぞひどいショックを受けたでしょうね」

「もうだいじょうぶです」そういったものの、女はさしだされた腕にすがった。まだ震えがおさまっていない。少佐の腕につかまって門に向かいながら、女はふりかえって背後の家に目をやった。

「わけがわからない」女はつぶやいた。「どう見ても空き家なのに」

「そう、空き家ですな」少佐はうなずき、鎧戸《よろいど》の閉まった窓を見た。家全体に荒廃した雰囲気がただよっている。

「でも、ここがホワイトフライアーズ荘なんですよね」女は門のなかば消えかかった表札を指さした。「あたしが行こうとしていたのは、このホワイトフライアーズ荘なんです」

「いまはなにも考えないほうがいい。少し歩けば、タクシーをつかまえることができます。タクシーでどこかおちつけるところに行って、コーヒーでも飲みましょう」

フライアーズレーンを抜け、ひとけの多い通りに出る。運よく、一台のタクシーが一軒の家の前で客を降ろし、料金を受けとったところだった。ウィルブレアム少佐はそのタクシーを呼びとめ、運転手に行く先を告げてから、女をうながして乗りこんだ。

「無理にしゃべらなくていいですよ」少佐はやさしく注意した。「シートに寄りかかっていなさい。とんでもない経験をしたばかりなんですからね」

女はありがたそうに微笑した。

「ええっと、そのう、わたしはウィルブレアムといいます」

「あたしはクレグ、フリーダ・クレグです」

十分後、フリーダは熱いコーヒーをすすりながら、小さなテーブルの向こうの恩人を感謝の目でみつめた。

「なんだか夢を見ていたみたい」フリーダはいった。「悪夢を」ぶるっと震える。「ほんのちょっと前までは、なにか起こらないかと期待していたんです——なにか変わったことが起こらないかと。ああ、でも、あたし、冒険めいたことには向かないみたいです」

「なにがあったのか、話してもらえませんか」

「そうですね、きちんと理解していただくには、あたしのことをくわしくお話ししなくてはいけませんね」

「あなたさえかまわなければ、どうぞ」少佐は軽く会釈した。

「あたしはみなしごなんです。八歳のとき、船長だった父が亡くなりました。母も三年前に。あたしはシティで働いています。ヴァキューム・ガス会社で事務の仕事をしているんです。先週のある日、下宿に帰ると、紳士がひとり、あたしを待っていました。弁護士のミスター・リードとおっしゃるかたで、オーストラリアのメルボルンから来られたとか。とても礼儀正しく、あたしに家族のことをお尋ねになってから、用件を話してくださいました。ずいぶんむかしに、あたしの父と知り合いだったそうで、法律上の問題を任されていたとか。そして、あたしを訪ねてきた理由を話してくれました。

〝ミス・クレグ、あなたのお父上が亡くなる数年前に関わっておられた財政的な取引がありまして、あなたに利益がもたらされる結果が生じたことをお伝えしにまいったのです〟

そういわれて、当然ながら、あたしはほんとうにびっくりしました。ミスター・リードはくわしく説明してくれました。

〝その件に関しては、あなたはまったくごぞんじないでしょうね。わたしが推察するに、ジョン・クレグはその件を真剣に受けとめていなかった。しかしながら、意外にも、その件が現実的な案件となったのです。お父上の遺産を受け継ぐ権利を主張できるか否かは、あなたがある書類をお持ちかどうかにかかっています。その書類がお父上の遺産の一部だということになるのですが、もちろん、無用の紙くずとして捨てられてしまった可能性もあります。そこでお訊きしますが、お父上の書類を保管してありますか？〟

父の遺品は、母が船員用の古い箱に入れて保管していました。あたしは好奇心に駆られて箱のなかをのぞいたことはあったけれど、興味を惹かれるようなものはなにもなかったと伝えたんです。

〝おそらくあなたは、そういう書類が重要な意味をもっているとは、お思いにならなかったのでしょう〟ミスター・リードは微笑してそういいました。

それで、その箱を取りだして、なかに入っていた数通の書類を、ミスター・リードにお見せしました。ミスター・リードはそれらをざっと見て、問題の書類と関係があるかどうか、すぐにはわからないといいました。書類を持ち帰り、なにかわかったら、すぐに連絡するというんです。

土曜日の最終配達で、ミスター・リードの手紙が届きました。例の件で相談したいことがあるので、自宅まで来てくれないかと書いてありました。記載されていた住所は、ハムステッドのフライアーズレーン、ホワイトフライアーズ荘。今日の午前十時四十五分に、そこを訪ねるようにと書いてあったんです。

その住所をみつけるのに時間がかかり、指定の時間にちょっと遅れてしまいました。急いで門をくぐり、家に向かっていると、いきなり茂みの向こう側から、あの恐ろしい男たちがとびだしてきて。悲鳴をあげる間《ま》さえありませんでした。男のひとりに口をふさがれたからです。あたしは頭をひねってその手を振りほどき、助けを呼ぼうと叫びました。幸いにあなたがそれを聞きつけてくださった。もしあなたがいらっしゃらなかったら――」

フリーダはそこでことばを切った。しかし、少佐に向けられたまなざしは、ことばよりも雄弁だった。

「たまたまあそこを通りかかって、ほんとうによかった。あの暴漢どもをとっつかまえてやりたかったんですが。ところで以前に、あのふたりに会ったことはありませんか?」

フリーダはくびを横に振った。「どういうことなんでしょうね?」

「どうもわからない。だが、ひとつだけ明白なことがあります。あなたのお父上の書類をほしがっている者がいる、ということです。そのリードという男は、お父上の書類を見る機会をものにするために、いいかげんな作り話をでっちあげた。しかし、あなたが渡した書類は目的のものではなかった」

「ああ！　そういえば、土曜日に帰宅したとき、部屋のなかのようすが少しおかしくて。じつをいうと、下宿のおかみさんが好奇心に駆られて、あたしのものをいじったのかと疑っていたんです。でもいまは――」

「あれこれ考えあわせると、そちらのほうが正しいようですね。あなたの部屋に入る許可を得た誰かが、目的の書類を捜しまわったがみつからなかった。そこで、その誰かは、あなたが書類の価値を知っていて、肌身離さず持ち歩いているのではないかと思った。だから、待ち伏せして襲う計画を立てた。あなたが身につけていたら、奪いとるつもりだった。身につけていないのなら、あなたを拉致監禁して、どこに隠したか、問いただすつもりだった」

「でも、なぜそんなことを？」

「わかりません。しかし、そこまでやるからには、そのリードとかいう男にとってはよほど価値のあるものなんでしょう」

「まさか」

「いや、わかりませんよ。あなたのお父上は船乗りだった。きっと、辺鄙《へんぴ》な土地にも行かれたことでしょう。そういう土地で、そうと知らずに、なにか価値のあるものを手に入れたのかもしれませんね」

「本気でおっしゃってます？」フリーダは興奮して上気し、青白い頬がピンクに染まった。

「ええ、本気ですとも。問題は、われわれはこれからどうするかということです。警察に相談する気はおありですか？」

「まあ、いえ、ありません」

「よかった。警察にどんな手が打てるか、はなはだ疑問ですからね。あなたが不愉快な思いをするだけでしょう。ところで、昼食にお誘いして、そのあと、下宿まで送らせていただけますか？　無事にお帰りになれるように。それから、書類を捜してみましょう。必ずどこかにあるはずですからね」

「父が自分で破棄したかも」

「むろん、その可能性はありますが、いろいろな点を考慮すれば、そうではないという可能性のほうが高い。希望が見えてきませんか」

「なんなのでしょうね。隠された宝物とか？」

「そうだ、そうかもしれない！」ウィルブレアム少佐もまた興奮した。彼の少年っぽい一面が、フリーダの夢想に触発されたのだ。「だが、ミス・クレグ、まずは昼食といきましょう！」

　ふたりは楽しく昼食をとった。ウィルブレアム少佐はフリーダに、東アフリカでの軍隊生活についてこまごまと語った。象狩りの話には、フリーダもスリルを感じたようだ。昼食が終わると、少佐はフリーダの下宿までタクシーで行くといいはった。

フリーダの下宿はノッティングヒル・ゲートの近くだった。フリーダは下宿のおかみにちょっと話をしてから、待っていた少佐を三階の自分の部屋に案内した。ベッドルームと居間だけの住まいだ。

「やっぱり思ったとおりでした。おかみさんの話では、土曜日の午前中に男がやってきて、電線を新しく引くことになったといったそうです。それで、あたしの部屋の電線が不具合だとかいって、しばらく部屋にいたようです」

「お父上の箱を見せてください」少佐はたのんだ。

フリーダは真鍮《しんちゅう》の帯のついた船員箱を取りだして、蓋を開けた。「まあ、からっぽだわ」

少佐はなにやらうなずいている。「で、書類などは一枚もない?」

「書類もなにもありません。父の遺品はすべて、母がここにしまっていたのに」

少佐は箱のなかを確認した。そしてふいに声をあげた。「この裏張りに切れこみがある」

切れこみの内側に手を入れて探る。かさっと音がした。「なにかある」

少佐は探りあてたものを用心ぶかく引っぱりだした。幾重にもたたまれた、汚い紙きれだ。少佐はその紙きれをテーブルの上で慎重に広げた。

フリーダは少佐の肩越しにのぞきこんだ。その口から失望の声がもれる。「おかしなしるしがいっぱい書いてあるだけだわ」

「これはスワヒリ語ですよ。よりによって、スワヒリ語とは! 東アフリカの共用語です」

「おかしな字ですね。お読みになれるんですか？」

「読めます。だが、それにしてもおもしろい」少佐は紙きれを窓のそばに持っていった。

「なんて書いてあるんですか？」フリーダは震える声で訊いた。

少佐は二度読んでから、もとの場所にもどった。くすくす笑っている。

「あなたのいったとおり、隠された宝物ですよ。まちがいない」

「隠された宝物？　まさか！　沈没したガレー船に積んであったスペインの金貨とか、そういうことなんですか？」

「おそらく、そうロマンチックな話ではないでしょうな。だが、似たようなものだ。この紙きれには、象牙《ぞうげ》の隠し場所が書いてある」

「象牙？」フリーダは驚いた。

「そう。象の牙ですよ。撃ってもいい象の数は、法律で決められています。しかし、とある狩人がこの法をまったく無視して、大規模な象狩りをおこない、象牙を持って逃げた。追われる途中、男は狩りの戦利品を隠した。そこにはとてつもない数の象牙が隠してある――この紙には、その場所への行きかたがけっこう明確に書いてある。いいですか、これを捜しあてなければならない。あなたとわたしのふたりで」

「そこに大金があるも同然、ということですか？」

「あなたにとっては、たいした財産といえるぐらいの大金です」

「でも、どういう経緯で、この紙が父の手に渡ったんでしょう?」

ウィルブレアム少佐は肩をすくめた。「たぶん、逃げていた男は死にかけていた。で、目くらましのためにスワヒリ語でその場所を書きとめ、その紙をあなたのお父上に渡した。おそらく、お父上はどこかでその男と出会い、友人づきあいをなさっていたんでしょう。しかし、お父上はスワヒリ語が読めなかったので、まさかそれほど重要な内容が書いてあるとは思いもしなかった――というのは、ほぼわたしの推測にすぎませんが、それほど見当ちがいではないと思いますよ」

フリーダはほっと息をついた。「なんてとてつもない話でしょう!」

「問題は、この貴重な文書をどうするかです。ここに置いておきたくはないですね、やつらがまた捜しにくるかもしれないから。といって、わたしに預けるのは気が進まないでしょう?」

「とんでもない。でも、それではあなたが危険なのでは?」フリーダは気づかった。

「わたしはタフですからね」少佐はにやりと笑った。「ご心配にはおよびません」そういって、汚い紙きれをたたみ、札入れにしまう。「明日の夕方、こちらにおうかがいしてもいいですか? それまでに、これからどう動くか、計画を立てておきます。この文書に書いてある場所も地図で調べておきますよ。お勤めからは何時ごろお帰りになりますか?」

「六時半ぐらいには帰ってます」

「よかった。では明日、北米原住民式協議《パウワウ》をしましょう。それから、あなたがうんといってくだされば、ごいっしょに夕食を。なんといっても、お祝いをしなくては。今日はこれで失礼します。では、明日の午後六時半に」

翌日の午後六時半、少佐は時間ぴったりにフリーダの下宿を訪ねた。ベルを鳴らし、ミス・クレグに取り次いでほしいとたのむ。メイドがドアを開けた。

「ミス・クレグ？　出かけてます」

「え？」少佐は彼女の部屋に通してもらって、そこで待つということはしたくなかった。

「では、あとでまた来る」

少佐は通りの反対側、下宿が見える位置に陣どった。フリーダが軽やかな足どりで帰ってくるのを心待ちにしながら、一分ごとに時間を確かめる。しかし、時間はどんどん過ぎていった。六時四十五分。七時。七時十五分。まだフリーダは帰ってこない。少佐は不安になった。下宿にもどり、ベルを鳴らす。

「いいかね、わたしはミス・クレグと六時半に会う約束をしていたんだ。彼女がいないのは確かかね？　そうか。それでは、なにか伝言を残していかなかったかい？」

「あんた、ウィルブレアム少佐？」メイドは訊いた。

「そうだ」

「なら、あんたに手紙があるよ。使いのひとが持ってきたんだ」

ウィルブレアム少佐

おかしなことが起こりました。くわしいことは書けません。ともかく、ホワイトフライアーズ荘に来ていただけませんか？　これをお読みになったらすぐに。

どうぞよろしく

フリーダ・クレグ

少佐の眉間が曇り、けわしい表情になった。すばやく頭を働かせる。思案しながらポケットに手を突っこみ、一通の手紙を取りだした。仕立屋宛の手紙だ。「どうだろう」メイドにいう。「切手を一枚、譲ってもらえないか？」

「おかみさんのミセス・パーキンズが、つごうしてくれますよ」

メイドはすぐに切手を持ってもどってきた。少佐は切手代に心づけを上乗せして、メイドに一シリング渡した。そして、地下鉄の駅に向かう途中、ポストに手紙を投函した。

フリーダの手紙が少佐の不安をかきたてる――昨日あんな恐ろしい目にあった場所に、どうして彼女はひとりで出かけたりしたんだろう？

少佐は頭を振った。よりによって、そんな愚かなまねをするとは！　あのリードとかいう男がなにかいってきたのだろうか？　うまいことをいって、彼女に信用させたのだろうか？　どうしてハムステッドまで行くようなことになったのだろう？

少佐は時計を見た。七時半少し前。彼女は少佐が六時半にはハムステッドに向かうと考えているはずだ。一時間は遅れた。遅れすぎだ。あの手紙に、ちょっとしたヒントでも書いておいてくれればよかったのに。

あの手紙——少佐はなにか妙な気がしていた。なんとなくきっぱりしていて、フリーダ・クレグという女性らしくない文面だった。

少佐がハムステッドのフライアーズレーンに着いたとき、時刻はすでに八時十分前になっていた。もう暗くなっている。少佐は油断なく周囲を見まわした。人影はない。ぐらぐらの門扉を静かに押す。蝶番《ちょうつがい》がきしむこともなく、門扉はすっと開いた。ドライヴウェイにも人影はない。家のなかに明かりはひとつも灯っておらず、窓はどれもまっくらだ。少佐は注意を怠らず、左右に目を配りながら進んでいった——ふいに襲われて、捕まえられてなるものか。

急に少佐の足が止まった。鎧戸のひとつのすきまから、ほんの一瞬、光が洩れたのだ。家のなかは無人ではない。誰かがいる。

少佐は静かに茂みにもぐりこみ、家の裏手に回った。ようやく捜していたものがみつかった。一階の窓のひとつに錠がかかっていなかったのだ。どうやら台所の洗い場の窓らしい。上下開閉式の窓枠を持ちあげて窓を開き、懐中電灯（ここに来る途中の店で購入した）をつけて、誰もいないのを確認してから、なかに入りこむ。

洗い場のドアをそっと開ける。このドアもまた、音もなく開いた。消しておいた懐中電灯をまたつける。台所だ。誰もいない。台所の外には五、六段の階段がある。その先のドアから邸内の表側部分に出られるのは、まちがいないだろう。

そのドアを開け、耳をすます。なにも聞こえない。ドアからすべるように出ると、そこは玄関ホールだった。ホールの右側と左側に、それぞれドアがひとつずつある。少佐は右側のドアを選び、少しのあいだ耳をすましてから、ドアノブに手をかけた。ドアノブは回った。一インチ刻みで開けたドアのすきまから、なかにすべりこむ。

また懐中電灯をつける。部屋のなかには家具がなく、がらんとしている。

と、そのとき、少佐の背後で音がした。すばやくふりむく――遅かった。頭をがんと殴られ、少佐は倒れた。意識が遠のいていく……。

気がついたとき、どれぐらいの時間、意識を失っていたのか、少佐にはわからなかった。痛みがあるのは命のある証拠といえるが、頭がひどく痛い。体を動かそうとして、少佐は動けないことに気づいた。ロープで縛られている。

いきなり記憶がよみがえった。思い出したのだ、頭を殴られたことを。

壁の高いところに取りつけてある、ガス灯の細い炎のおかげで、なんとか周囲が見える。

どうやら狭い地下室のようだ。室内を見まわした少佐の心臓が、びくんと大きくはねた。数フィート離れたところに、フリーダが倒れているではないか。少佐と同じようにロープで縛られている。まぶたが閉じている。少佐が心配そうに見守っていると、彼女はふっと息をついた。ぱちりと目が開く。当惑のまなざしが彼をとらえた。少佐だとわかったとたん、目に喜びの輝きが宿った。

「あなたも！　いったいどうして？」

「きみをひどい目にあわせてしまいましたね。わたしはわたしで、まんまと敵の罠に落ちてしまった。ここで会いたいという手紙をわたしに送りましたか？」

フリーダは驚いて目を大きくみはった。「あたしが？　あなたがお手紙をくださったじゃありませんか」

「ふうむ、わたしの手紙が届いたと？」

「ええ。会社に。あたしの下宿ではなく、ここで会おうって書いてありました」

「わたしたち双方に、同じ手を使ったんだ」少佐は唸るようにいった。そして、状況を説明した。

「わかりました」フリーダはいった。「すると、これは——？」

「例の文書を奪うためですよ。昨日、あとを尾《つ》けられたにちがいない。だからわたしが関わったことに勘づいたんだ」

「それじゃあ、あれは奪われてしまったんですか？」

「あいにく、確かめたくても、いまは手で触れることも、目で見ることもできない」少佐は悔しそうに縛られた両腕をみつめた。

と、少佐もフリーダもぎくりと体をこわばらせた。というのは、声が聞こえてきたからだ。空中をただようような声。

「そうさ」声はいった。「ありがたくちょうだいしたよ。抜かりなくね」

姿は見えず、声だけだが、聞いているふたりは背筋がぞっとした。

「ミスター・リードの声だわ」フリーダはつぶやいた。

「ミスター・リードというのは、おれの偽名のひとつなんだよ、お嬢さん。さて、こんなことをいうのは残念だがね、あんたたちふたりはおれの計画の邪魔をした――ぜったいに許すわけにはいかない。それに、ここを知っている。それはゆゆしい問題なんだ。この家のことを、あんたたちはまだ警察に話していないが、いずれ話すだろうし。その点についちゃ、あんたたちはまるっきり信用できない。警察にはいわないと約束するかもしれないがね、そんな約束が守られることなんか、めったにないんだ。わかるだろ、この家は重宝でね。そうさね、おれ専用の障害物廃棄所といっていい。入ったら最後、出ていくことはできないのさ。あんたたちの行く先は――ま、どっかだな。気の毒だが、すでにもう、そのどっかへの途上にあるってところだよ。遺憾だが――やむを得ん」

一瞬、声が途絶えたが、すぐにまた聞こえてきた。「流血沙汰にはならない。おれは血を見るのが嫌いでね。もっとシンプルな手を使う。それほど苦しまずにすむんじゃないか――と思う。じゃあ、そういうことで。さよなら」

「ちょっと待て！」ウィルブレアムはどなった。「わたしのことは好きにするがいい。だが、この若いご婦人はなにもしていない。彼女を解放しても、そっちにはなんの害もあるまい」

だが、返事はなかった。

代わりに、フリーダが叫び声をあげた。「水が――水が！」

少佐は苦労して、なんとか体をねじった。フリーダの視線の先に目をやる。壁の、天井に近いところに穴が開いていて、そこからちょろちょろと水が流れ落ちている。

フリーダがヒステリックな悲鳴をあげた。「溺死させるつもりよ！」

少佐の額に汗が噴きだした。「まだだいじょうぶだ。大声で助けを呼ぼう。誰かが聞きつけてくれるだろう。さあ、いっしょに叫ぶんだ」

ふたりは声のかぎり、助けを求めて叫び、わめいた。ついに声がかすれてしまい、ふたりは叫ぶのをやめた。

「むだだ」少佐は残念そうにいった。「ここは地下室だし、ドアは防音になっているようだ。外まで助けを呼ぶ声が聞こえるとすれば、あの卑劣漢のことだ、わたしたちにさるぐつわを噛ましていただろう」

「ああ」フリーダは悲痛な声を出した。「なにもかもあたしのせいです。あなたをこんなことに巻きこんでしまった……」

「わたしのことなど、気にしないでほしい。わたしが気にしているのは、きみのことだ。以前にも、わたしは何度も窮地《きゅうち》に陥ったが、なんとか切り抜けてきた。あきらめてはいけない。必ずきみをここから助けだしてみせる。時間はたっぷりある。あの水の量では、最悪の事態になるまで何時間もかかるだろうから」

「なんてすばらしいかた！　あなたのようなかたは初めて――本のなか以外では」

「とんでもない。単なる常識ですよ。とにかく、このいまいましいロープをほどかないと」

十五分ほど体をよじったり、ねじったりしているうちに、いましめがゆるんできた手応えを感じ、少佐はうれしくなった。やがて、ロープでぐるぐる巻きにされた上体を曲げて、縛られた手くびを必死で持ちあげ、結び目に歯を立てることができるようになった。

両手さえ自由になれば、あとは時間の問題だ。体は痛み、こわばっていたが、少佐は背を丸めて、フリーダのいましめをほどきにかかった。

いまのところ、水位は靴のかかとがぬれる程度だ。

「さあ、ここから出ましょう」

地下室のドアまで、数段のステップがある。少佐はドアを調べてみた。「破るのに造作はない。やわなドアだ。蝶番のところを狙おう」少佐は蝶番に肩を押しあて、体重をかけて押した。

めりめりと板が割れた。もうひと押し。蝶番がはじけた。

ドアの外には階段があり、階段を昇りきると、またドアがあった。地下室のドアとはちがい、鉄の帯のついた、がんじょうなしろものだ。

「これはちょっと手ごわいな。おお、まだ運に見放されていないようだ。鍵がかかっていない」

少佐はドアを少しだけ開け、油断なくすきまからのぞいてから、フリーダを手招きした。そこは台所の裏の廊下だった。そこから外まではほんの数歩。次の瞬間、ふたりは星空のもと、フライアーズレーンに出ていた。

「ああ！」フリーダは嗚咽をこらえた。「怖かった！」

「かわいそうに」少佐はフリーダを抱きしめた。「きみはすばらしく勇敢だった。フリーダ、我が愛しの天使よ――そのう――ええっと――愛しているよ、フリーダ。結婚してくれるかい？」

ともに満足のいく間《ま》があってから、少佐はくすくす笑いながらいった。

「そのうえ、わたしたちには象牙の隠し場所が記された文書がある」

「あら、奪われたんじゃないんですか？」

少佐はまた忍び笑いを洩らした。「ところがどっこい！　偽物をこしらえておいたんだ。そして今夜こっちに来る前に、本物の入った封筒をわたしの仕立屋に宛てて送っておいた。奪われたのは偽物のほうだ。そいつを手に入れた悪党どもが満足してくれることを願うよ。これからどうするか、わかるかい、愛しいひと？　ハニームーンで東アフリカに行き、象牙の隠し場所を捜すんだ」

パーカー・パインはオフィスを出て階段を昇り、二階上のフロアに行った。この建物の最上階には、人気作家のミセス・オリヴァーが住んでいる。目下のところ、彼女もまたパインのスタッフのひとりだ。

パインはドアをノックして、なかに入った。ミセス・オリヴァーは、テーブルに置いたタイプライターを前にすわっていた。タイプライターの周囲には、数冊のノートや、手書きの文字で埋まった何枚ものルーズリーフ用紙が散らばっているほかに、リンゴの詰まった大きな袋がでんといすわっている。

「けっこうな筋書きでしたよ、ミセス・オリヴァー」パインは愛想よくいった。

「うまくいったの？　それはよかった」

「地下室に水を注ぎこむ――あれはあれで、たいへんけっこうですが、次は、もう少しひねったアイディアのほうがいいのではありませんか？」パインは多少遠慮がちに進言した。

ミセス・オリヴァーは断固としてくびを横に振った。そして袋からリンゴを一個取りだした。

「わたしはそうは思いませんね、ミスター・パイン。いいですか、世間の人々は、ああいう小説をよく読んでいるんですよ。地下室に水が流れこみ、どんどん水位があがってくる。でなきゃ毒ガスとか、いろいろあるわね。あらかじめそういう知識があれば、じっさいに我が身にそういうことが起こったときは、いっそうスリルが増すというもの。世間の人々というのは、あんがい保守的なんですよ、ミスター・パイン。むかしながらの、使いふるされた仕掛けが好きなんです」

「なるほど」パインはうなずいた。なにしろ、この作家はいままでに四十六冊もの作品を生みだし、そのすべてが英国やアメリカという英語圏のみならず、フランス語、ドイツ語、イタリア語、ハンガリー語、フィンランド語、日本語、そしてアビシニア語にも翻訳されているのだ。

「費用はいかほどでしょう?」パインは訊いた。

ミセス・オリヴァーは用紙を一枚、手元に引き寄せた。「すべてひっくるめても、安くすみました。ふたりの暴漢、パーシーとジェリーは少額でいいといったし。若手俳優のロリマーは、五ギニーで、嬉々としてミスター・リードの役を務めてくれました。地下室に流れた声は、もちろん、蠟管《ろうかん》に録音しておいたものです」

「ホワイトフライアーズ荘はじつに役に立ちますな。捨て値で売りにでていたのを購入したのですが、すでに十一回も、ドラマチックなストーリーの舞台になってくれました」

「ああ、そうだ、忘れてた」ミセス・オリヴァーはいった。「ジョニーの手間賃。五シリングです」

「ジョニー？」

「ええ、そう。壁の穴から、大きな如雨露《じょうろ》で、地下室に水を流しこんでくれた男の子」

「ああ、はい、なるほど。ところで、ミセス・オリヴァー、どうしてスワヒリ語をごぞんじなんです？」

「知りませんよ」

「ははあ。すると、大英博物館あたりで？」

「いいえ。デルフリッジの情報サービス会社で」

「ほほう。現代では情報提供も商売になるんですか。たいしたものですな」

「ひとつだけ気になっているんですけどね」ミセス・オリヴァーは憂《うれ》い顔だ。「あのふたりが文書に書かれたとおりの場所に行っても、お宝なんかみつかりっこないってこと」

「なにもかも手に入れるなんて、それは無理な話です」パインはいった。「ともあれ、ふたりはハニームーンに行ったんですよ」

ミセス・ウィルブレアムはデッキチェアにすわっていた。隣のデッキチェアで、夫は手紙を書いている。

「今日は何日だっけ、フリーダ？」

「十六日ですよ」

「十六日か。しまった！」

「どうしたんですか、あなた？」

「いや、なんでもない。ジョーンズという男の名前を思い出しただけだ」

いかに幸福な結婚生活であろうと、連れあいに話せないことはある。

失敗したな――少佐は内心で悔《くや》んだ。あの事務所に行って、金を返してもらうべきだった、と。

しかし彼は公平な人間だったので、別の面からそのことを考慮してみた。けっきょく、わたしのほうが契約を無視したんだ。ジョーンズという男に会っていたら、なにか起こったかもしれない。逆に考えれば、ジョーンズに会おうとハムステッドくんだりまで出かけなければ、フリーダの助けを求める叫び声を聞きつけることはなかった。そう、わたしたちが出会うこともなかった。とすれば、ジョーンズに会おうとしたことが、間接的にしろ、大いに役に立ったわけで、向こうには五十ポンド取る権利があるといえる……。

ミセス・ウィルブレアムもまた、思考の糸をたどっていた――あんな広告を信じて、三ギニーも払うなんて、あたしもおばかさんだったわ。もちろん、あの事務所がなにかしてくれたわけじゃないし、なんの関係もないわね。ええ、なにが起こるか知っていさえすれば……。まず、チャーリー・ミスター・リードという男がやってきて、次におかしなことがたてつづけに起こり、チャーリーがあたしの人生に関わってきた――とてもロマンチックな現われかただった……。彼と出会ったのは、純粋に偶然のたまものだったのよね……。

フリーダは笑みを浮かべ、ほれぼれと夫をみつめた。

悩めるレディの事件

The Case of the Distressed Lady

パーカー・パインのデスクに設置されているブザーが、控えめな音をたてて鳴った。

「はい？」卓越した人物は応えた。

「若いレディがいらして、所長にお目にかかりたいとおっしゃってます」秘書のミス・レモンがいった。「ご来所の予約はありません」

「お通ししてくれたまえ、ミス・レモン」

数瞬ののち、パインはとびこみの訪問者と握手をかわしていた。

「おはようございます、どうぞおかけください」

訪問者は椅子に腰をおろし、パインをみつめた。美人で、とても若い。褐色の髪がうなじのあたりで細かくカールして一列に並んでいる。白い帽子から品のいい靴にいたるまで、きわだった装いだ。脚は蜘蛛《くも》の巣のように薄いストッキングにつつまれている。そして、見るからに不安そうだった。

「あなたがミスター・パーカー・パイン？」

「そうです」

「あの広告をお出しになった？」

「あの広告の掲載者です」

「あのう、もし幸福でなければ、そのう、あなたのところにいらっしゃいって……」

「そうです」

彼女は思い切ったように訴えた。「わたし、とっても不幸なんです。だからこちらにうかがって、ちょっと――そのう、ちょっとあなたにお会いしてみようかと……」

パインは待った。この女性にはどうしても話したいことがあるのだと、察しがついたからだ。

「あの、わたし、とっても困ってるんです」女性は神経質に両手を握りしめた。

「なるほど」パインはうなずいた。「お困りのことを話していただけますか？」

しかし、それがなかなかむずかしいようだ。踏ん切りはつかないが、やはりすがりたいという思いのこもった目でパインをみつめている。と、次の瞬間、いきなり、堰を切ったように話しだした。

「ええ、お話しします。やっと決心がつきました。じつは、心配で心配で、頭がどうかなってしまいそうだったんです。どうすればいいのか、誰に相談すればいいのか、ぜんぜんわからなくて……。そんなときに、あの広告を見たんです。最初は詐欺じゃないかと思ったんですけど、どういうわけか心に残りました。なんというか、気持がらくになるような文句で。だから思ったんです——ちょっと行ってみるだけなら、きっとだいじょうぶ。もしなんなら、いいわけをして、さっさと帰ってくればいい——ええと、そのう、もしなんなら——」

「わかりますよ。お気持はよくわかります」

「わかっていただけますよね、つまり、ひとを信用するかどうかってことですものね」

「それで、わたしは信用に値するとお思いになりましたか?」パインは微笑した。

「すごくへんなんですけど」女性は無意識に失礼なことをいった。「ええ、そのとおりです。困っていることを、あなたにお話しします。あなたのことはなにも知りませんけど、でも、信用できると思います」

「あなたの信頼が損なわれることはないとお約束しますよ」

「それじゃあ、お話しします。わたしはダフニ・セントジョンと申します」

「はい、ミス・セントジョンですね」

「ミセスですわ。ええ、その、結婚してますので」

これはしたり! パインは口のなかでつぶやいた。女性の左手の薬指にはまっているプラチナの指輪に気づかなかったとは、まったく面目ない。ぼんくらもいいところだ。「どうも失礼しました」

「結婚していなかったら」ダフニは話をつづけた。「こんなに苦しむ必要はないんですけど。ええ、そう、そうなんです。ジェラルドのせいなんです。ええ、そう、なにもかもあのひとがいけないのよ！」

そういって、ダフニはバッグに手を突っこみ、取りだした物をデスクの上に放った。それはきらきらぴかぴか光りながら、パインの前までころがってきた。

大きなダイヤモンドがひとつついた、プラチナの指輪だ。

パインは指輪をつまみあげて窓のそばまで持っていくと、窓枠に置いた。宝石商が使う拡大レンズを片目にはめて、じっくりとダイヤを検分する。

「すばらしい、みごとなダイヤだ」そういいながら指輪を持ってデスクにもどる。「たいへんな値打ちものですね。少なくとも二千ポンドはくだらないでしょう」

「ええ、そうなんです。でも、それは盗品です！　わたしが盗んだんです！　それで、どうすればいいかわからなくなって……」

「これはこれは！　じつに興味ぶかいお話ですな」

ダフニはついに心が折れたらしく、おしゃれだが実用的ではないハンカチを目にあてて、泣きだした。

「さあさあ」パインはなだめた。「だいじょうぶ、なにもかもうまくいきますよ」

ダフニは目をぬぐい、鼻声でいった。「ほんとうに？　ほんとうにだいじょうぶ？」

「もちろん。さあ、なにもかも話してください」

「どうしてもお金が入り用になったことから始まったんです。ごらんのとおり、わたしは贅沢《ぜいたく》好みです。ジェラルドはそれが気に入らない。あ、ジェラルドというのは、夫です。わたしよりかなり年上で、お金に関しては、とても――そのう、とても厳格な考えかたのひとなんです。借金なんかもってのほか、とんでもないことだと考えています。だから、夫にはいえなかった。それで、友人たちとル・トゥケに行ったときに思ったんです――運がよければバカラで勝って、片をつけられるかもしれないって。最初は勝ちました。でも、次は負けてしまい、もっと賭けなきゃと思って、どんどん賭けて――そして――」

「ええ、はい」パインはさえぎった。「こまかいことまで話してくださる必要はありませんよ。いっそう悪い状況になってしまった。そうですね?」

ダフニはこっくりとうなずいた。「そうなっては、なおさら、ジェラルドに打ち明けることもできません。だって、夫は賭けごとが大嫌いなんですもの。わたしは泥沼にはまってしまいました。

その後、カバム近くのドートハイマー家に滞在しました。ミスター・ドートハイマーはたいへんなお金持です。おくさまのナオミとわたしは、学校でいっしょだったんです。きれいで、かわいいかた。で、わたしたちが滞在中に、その指輪の台座がゆるんでしまったんです。それで、わたしたちがおいとまする日の朝、ナオミに指輪をロンドンのボンドストリートに持っていって、彼女のなじみの宝石商に預けてほしいとたのまれたんです」ダフニはそこで口をつぐんだ。

「そこからは話しにくいところでしょう」パインは力づけるようにいった。「ですが、しっかり話してください、ミセス・セントジョン」

「ぜったいに他言はなさいませんよね？」ダフニはすがるように念を押した。

「クライアントの秘密は神聖なものです。それに、ミセス・セントジョン、あなたはもうすでに、ほとんど秘密を打ち明けてくださいました。ですから、このお話の結末は、わたしにも推測がつきますよ」

「ああ、そうね。いいわ、自分でいいます。口にするのも恐ろしいけど……。わたしはボンドストリートに行きました。ナオミのなじみの宝石店にではなく、別の店に。《ヴィロー》という、模造宝飾品をあつかう店です。ええ、魔がさしたんです。わたしは指輪を見せて、これとそっくり同じものを造ってほしいといいました。外国に行くので、本物を持っていきたくないのだという口実でしたが、店の者はきわめて当然だと思ったようです。そういうわけで、わたしは人造ダイヤの指輪を手に入れました。とても出来がよくて、本物と見分けがつかないぐらい。そしてそれを書留郵便にして、ナオミに送ったんです。彼女のなじみの宝石店の名前が入った箱を持っていたので、それを利用しました。いかにもプロが包んだようにきちんと包装しましたし。

そして、そのう、わたし、本物の指輪を質に入れたんです」ダフニは両手で顔をおおった。「どうしてそんなことができたんでしょう？　どうして？　わたしは最低の、卑劣な泥棒です！」

パインは咳ばらいをした。「まだお話はすんでいないように思えますが」

「ええ、そう。いまお話ししたのは、六週間ほど前のことです。わたしは借金をすべて返して、きれいに清算しました。でも、当然ながら、内心ではずっとみじめな思いにさいなまれていたんです。そんなときに、年老いたいとこが亡くなり、そこばくの遺産をいただきました。お金を受けとると、わたしはまっ先に質屋に行き、その魔の指輪を請けだしました。ほら、ちゃんとこうしてここにあります。でも、ものすごく厄介なことが起こったんです！」

「ふうむ？」

「わたしたち夫婦とドートハイマー夫婦との仲が、険悪になってしまったんです。それというのも、サー・ルーベン・ドートハイマーが、ジェラルドに株を買わないかと勧めたからです。その株が下がって、夫はひどく損をしてしまい、サー・ルーベンをののしったんです――すごい剣幕で。そのせいで、わたしは指輪を返せなくなってしまったんです」

「レディ・ドートハイマーに匿名でお送りになっては？」

「そんなことをしたら、すべてが明らかになってしまうじゃありませんか。ナオミは手元にある指輪を調べ、偽物だとわかったら、わたしがしたことだとぴんとくると思うわ」

「彼女はご友人だとおっしゃいましたね。だったら、すべてを話してみてはいかがですか？　謝罪して、許してほしいとお願いすれば？」

ダフニはくびを横に振った。「そういう仲の友人ではないんです。お金や宝石がからめば、ナオミは鉄の釘のように頑強になります。指輪を返せば、まさか裁判沙汰にはしないでしょうけど、わたしのしでかしたことを、誰かれかまわず吹聴するでしょうね。そうなったら、わたしは破滅です。ジェラルドが知ったら、ぜったいに許してくれないはず。ああ、なんて恐ろしい！」ダフニはまたすすり泣いた。「考えに考えましたけど、どうすればいいか、どうしてもわからなくて。ああ、ミスター・パイン、なんとかしていただけますか？」

「多少のことなら」パーカー・パインは請け合った。

「できるんですか？　ほんとに？」

「まちがいなく。これまでの経験からわかっていることですが、もっともシンプルな方法がもっともいい結果を生むんですよ。予想外の紛糾が避けられます。しかし、あなたがわたしの案に反対なさるとしても、無理もないと思いますが。ところで、この不運な出来事を知っているのは、あなただけですか？」

「そして、あなたと」

「いや、わたしは数に入りません。ならば、目下のところ、あなたの秘密は安全に保たれていますね。なすべきは、誰にも疑われない手段で、指輪をすり替えることです」

「ああ、なるほど」ダフニは熱をこめてうなずいた。

「たいしてむずかしいことではありません。ただし、最上の手段を考えるために、少し時間が必要で――」

ダフニは最後まで聞かずに口を出した。「でも、その時間がないんです！　だから頭がへんになりそうなの。ナオミったら、あのダイヤをセットしなおそうとしてるんです」

「どうしてそれをごぞんじなんですか？」

「たまたま。先日、ある女性と昼食をとったとき、彼女の指輪を褒めたんです――大粒のエメラルドの指輪。彼女がいうには、最新のデザインだとか。それで、ナオミ・ドートハイマーもそれと同じように、指輪のデザインを変えるつもりだと教えてくれたんです」

「それでは、早急に手を打たなくてはなりませんね」パインは考えこんだ。

「ええ、そうなの」

「そのためには、ドートハイマー家に入りこまなければなりません。それも、できれば、召使いなどの奉公人としてではなく。召使いだと、高価な指輪に近づく機会はほとんどありませんからね。なにかいい考えはありませんか、ミセス・セントジョン？」

「じつは、ナオミは水曜日に大がかりなパーティを開くんです。わたしの友人の話では、パーティの余興に模範演技をしてもらおうと、プロのダンサーたちを探しているとか。もう決まったのかどうか、わたしは知りませんが……」

「それならなんとかできます。ダンサーたちがすでに決まっていれば、ちょっと費用がかさみますが、それだけのことです。あともうひとつ。お屋敷の電気のメインスイッチがどこにあるか、もしかして、ごぞんじではありませんか？」

「あら、たまたま知ってるんですよ。あのお宅に滞在していたとき、ある夜遅くに、ヒューズがとんでしまったんです。召使いたちはもうとっくに寝てました。それでわたしたちでなんとかしなくてはならなくて。電気のメインスイッチは、廊下の奥の小さな戸棚のなかに設置してありました」

パインの求めに応じて、ダフニはその場所の見取り図を描いた。

「これでもう、万事うまくいきますよ。ご心配なく、ミセス・セントジョン。ところで、この指輪ですが。わたしがお預かりしましょうか？　それとも、水曜日まで、あなたが保管なさいますか？」

「そうですね、わたしが保管しているほうがいいかも」

「では、そういうことで。無用のご心配をなさらないように」パインはクライアントを安心させた。

「あのう、料金は、いかほどでしょう？」ダフニはおずおずと訊いた。

「いまのところは、ペンディングということで。必要経費を精算して、木曜日にお知らせします。なに、ちょっとした謝礼金という程度の額ですみますよ」

パインはダフニをドアから送りだすと、デスクに設置されているブザーを押した。

「クロードとマドレーヌをこちらに」

クロード・ラトレルは英国でみつけた、美形の、典型的なジゴロだ。マドレーヌ・ド・サラはきわめて妖艶《ようえん》な、蠱惑的《こわくてき》な美女。

パーカー・パインはふたりを見て、良しとばかりにうなずいた。

「さて、仕事だ。きみたちには、国際的に有名なプロのダンサーとして、パーティでダンスの模範演技を披露してもらいたい。で、よく聞いてくれ。クロード、きみは万全の注意をはらって……」


レディ・ナオミ・ドートハイマーは、舞踏会の準備が万端遺漏なくととのい、ご満悦だった。花の飾りつけを眺めて感嘆し、執事にいくつか最後の指図をしてから、夫に手抜かりはないと告げた。

とはいえ、ひとつだけ不安なことがあった。《レッド・アドミラル》に出演しているダンサーのマイケルとジュニータのコンビが土壇場で来られなくなり、レディ・ナオミは大いに失望した。ジュニータが足くびを捻挫して踊れなくなった、代わりのダンサーを派遣すると、（電話で）連絡があったのだ。代わりのダンサーは、パリで大喝采のコンビだという。

時間どおりにやってきたふたりのダンサーを見て、レディ・ナオミは安堵し、満足した。そしてすばらしい夕べとなった。ジュールとサンチャのふたりはみごとな踊り手で、すばらしいダンスを披露した。野性的なスパニッシュ回転のダンスを踊ったあとは、〈堕落の夢〉と呼ばれるダンスを披露。さらに、洗練されたモダンダンスの模範演技をおこなった。

〝キャバレー〟的なダンスのパフォーマンスが終わると、ごくふつうのダンスタイムとなった。ハンサムなジュールはレディ・ナオミに一曲お相手をと申しこんだ。ふたりは流れるように踊った。ナオミは、これほど完璧なパートナーと踊ったのは初めてだった。サー・ルーベン・ドートハイマーは妖艶なサンチャを捜したが、みつからなかった。舞踏室にいないのだ。

じつをいえば、サンチャはひとけのない廊下の奥、小さな戸棚のなかに設置されている小さな箱のそばにいた。宝石をはめこんだ腕時計をじっとみつめている。

「おくさまは英国人ではありませんね――英国人であるはずがございません。こんなふうに踊れるのですから」ジュールはナオミの耳もとでそうささやいた。「妖精のようなかただ。風の精霊と申しましょうか。ドロシーカ・ペトローヴカ・ナヴァローチ」

「まあ、いったいどこの国のことば？」

「ロシア語です」ジュールはしゃあしゃあと嘘をついた。「英語でいいにくいことは、ロシア語でいうことにしてるんです」

ナオミは目を閉じた。ジュールは彼女をぐっと抱きよせた。

ふいに明かりが消えた。暗がりのなかで、ジュールは肩に置かれたナオミの手を引き寄せた。彼女が手を引っこめようとすると、その手をつかみ、くちびるに持っていった。その途中で、ナオミの指輪がすっと抜けて、ジュールの手にすべりこむ。

明かりが消えてまたつくまで、ナオミにはほんの一秒しかたたなかったような気がした。

ジュールはにっこりほほえんだ。

「おくさまの指輪です。抜けてしまったようですね。ちょっと失礼します」ジュールはナオミの指に指輪をはめてやった。その間、彼は目にものをいわせていた。

サー・ルーベンは電気のメインスイッチのことをしゃべっていた。「まったく、なんてことだ。タチの悪いいたずらだな」

レディ・ナオミは夫の文句など気にもしなかった。あの数分間(彼女には一秒にしか思えなかったが)の暗がりでの出来事に、すっかり心が浮きたっていたのだ。

木曜日の朝、パーカー・パインが事務所に出勤すると、早くもミセス・ダフニ・セントジョンが待合室に来ていた。

「なかにお通しして」パインはミス・レモンにいった。

「それで、どうでした？」ダフニはせっかちに訊いた。

「顔色が悪いですね」パインは咎めるようにいった。

ダフニは頭を振った。「昨夜はなかなか眠れなくて。心配で――」

「さてさて、必要経費は少額ですみました。交通費、衣装代、それに、マイケルとジュニータのキャンセル料の五十ポンド。全部で六十五ポンド十七シリングです」

「ええ、よろしいですとも！　で、昨夜は――うまくいきました？　計画どおりに？」

パインは驚きの目でダフニを見た。「当然ながら、うまくいきましたとも。それはあなたも了承ずみだと思っていましたが」

「よかった！　わたし、心配で――」

パインはきっぱりと頭を振った。「わたしどもの事務所では〝失敗〟ということばは禁句です。成功する見こみがなければ、最初からご依頼をお引き受けしません。お引き受けしたからには、成功すると決まっているのですよ」

「では、あの指輪は彼女の手にもどったんですね。疑われることもなく？」

「なにごともなく。作戦はきわめて巧妙に実行されました」

ダフニはふっと息をついた。「どれほど気持が軽くなったか、おわかりにならないでしょうね。ええっと、費用はいかほどとおっしゃいましたっけ？」

「六十五ポンド十七シリング」

ダフニはバッグを開け、財布を取りだして金を数え、それをパインに渡した。

パインは礼をいって、領収書にサインした。

「でも、あなたの手数料は？」ダフニは訊いた。「請求なさったのは、必要経費だけでしょ？」

「この件では手数料はいただきません」

「まあ、ミスター・パイン！　そんなわけにはいかないでしょう？」

「いえ、それでいいんです。手数料は一ペニーたりともいただきません。わたしの信念に反しますから。では、領収書をどうぞ。それから――」首尾よくトリックを使いこなした手品師のように、パインは満足そうな微笑を浮かべ、ポケットから小さな箱を取りだした。それをデスクの上に置き、ダフニのほうにすべらせる。ダフニは小箱を開けた。例の指輪とそっくり同じダイヤの指輪が、目にとびこんでくる。

「ひどい！」ダフニは顔をしかめた。「あんまりじゃありませんか！　あなたなんか、窓から突き落としてやりたい！」

「それはお断りしますよ。往来のひとたちが驚くでしょうからね」

「まさか、これ、本物じゃないでしょうね？」

「いいえ、とんでもない！　先日、あなたが見せてくださった指輪は、無事にレディ・ドートハイマーの指にはまっていますよ」

「ああ、なら、いいんです」ダフニはうれしそうに笑いながら立ちあがった。「それが本物かとお訊きになるとは、不思議ですね。もちろん、クロードはたいして頭の切れる男ではありません。うっかり本物と偽物をごっちゃにしたかもしれません。それでわたしは、念のために、今朝、専門家にその指輪を鑑定してもらいました」

ダフニは力が抜けたように、すとんと椅子に腰をおろし、パインをじっとみつめた。

「それで、鑑定の結果は？」

「じつにみごとな人造ダイヤだと」パインはにこやかにいった。「一流の出来だそうです。これであなたも、心から安心できますね。そうでしょう？」

ダフニはなにかいおうと口を開きかけたが、その口を閉じ、パインをにらみつけた。デスクの向こうから、パインはやさしいといってもいい目でダフニを見た。

「火のなかからクルミを取りだす猫」パインは夢見るようにいった。「愉快な役まわりではありません。うちのスタッフにやらせたい任務ではありませんね。失礼、なにかおっしゃいましたか？」

「い、いいえ、なにも」

「そうですか。ではあなたに、ちょっとした物語をお聞かせしましょうか、ミセス・セントジョン。若いご婦人の物語です。金髪の若い淑女と申しましょうか。彼女は未婚です。

名前はセントジョンではないし、ファーストネームもダフニではありません。本名はアーネスティン・リチャーズといい、つい最近までレディ・ナオミ・ドートハイマーの秘書をしていました。

ある日、レディ・ナオミに、台座の爪がゆるんだダイヤの指輪を修理させるように命じられて、ミス・リチャーズはロンドンにやってきました。ここまではあなたのお話とよく似ていますね。そうでしょう？　そして、あなたの頭に浮かんだのと同じアイディアが、ミス・リチャーズの頭にも浮かびました。彼女は指輪の模造品をあつらえたのです。しかし、この若い婦人には先見の明がありました。いつかそのうち、レディ・ナオミに指輪が偽物だと気づかれる日がくるはずです。そうなったら、誰に指輪を持たせてロンドンに行かせたか、レディ・ナオミは思い出すでしょう。そうなれば、ただちに、ミス・リチャーズが疑われるのは明白です。

それで、彼女はどうしたか？　おもしろいことに、ミス・リチャーズはちょっとした金額を投資して、一流の美容院《ラ・メルヴェイユ》で髪をいじってもらったのです。七番の横分けスタイルですね」そういいながら、パインは邪気のない目で、クライアントの波うつ巻き毛をみつめた。

「そして金髪を褐色に染めました。それから、この事務所にやってきたのです。彼女はわたしに指輪を見せ、それが本物であることをわたしの目で確認させました。この目で鑑定したことによって、わたしの疑惑はきれいに払拭されました。彼女はわたしに問題を丸投げしたあと、指輪を宝石店に持っていきました。宝石店は然るべき時間をかけて指輪を修理し、レディ・ナオミに返しました。

昨日、水曜日の夕方、もうひとつの指輪——偽物のほう——がウォータールー駅で列車の発車まぎわに、あわただしく、当方のスタッフの手に渡されました。当然のことながら、ミス・リチャーズは高を括っていたのです——指輪を渡した相手、ミスター・ラトレルにダイヤの鑑定ができるはずがないとね。ですが、わたしは念には念を入れて、友人のダイヤモンド商人にその列車に同乗してもらう手筈をつけていました。彼は指輪を見て、すぐに断言しました——これは本物のダイヤではない。じつに精巧にできた人造ダイヤだ、と。

この物語のポイントはもうおわかりですね、ミセス・セントジョン？　レディ・ナオミが指輪が偽物だと気づいたとき、なにを思い出すでしょう？　踊っているさなか、突然明かりが消えたときに、彼女のパートナーだったあの若くてハンサムなダンサーが、巧妙に指輪を抜きとったにちがいない！　彼女は調査を依頼し、来るはずだったペアのダンサーが金をつかまされて、契約をキャンセルしたことを突きとめるでしょう。その線をたどっていけば、最終的にこの事務所にたどりつきます。たとえわたしがミセス・セントジョンの依頼の件を話したとしても、穴だらけのいいわけにしか聞こえないでしょうね。レディ・ナオミはミセス・セントジョンという女性など、まるっきり知らないのですから。となると、ミセス・セントジョンの話は、薄っぺらな作りごとにしか思えません。わたしがそんなことを許すとお思いになりますか？　とんでもない。わたしの友人のミスター・ラトレルは、レディ・ナオミの指から抜きとった指輪を、そのままお返ししたんですよ」パインは微笑したが、いつもの好意的な微笑ではなかった。

「あなたから手数料をいただかない理由がわかりますか？　わたしは幸福をもたらすことを請け合っています。しかしながら、あなたを幸福にすることはできませんでした。そういうことです。それから、ひとつだけ申しあげておきましょう。あなたはまだ若い。おそらく、こんなことに手を染めたのは、これが初めてでしょう。その反対に、わたしはあなたより長く生きてきたし、長年、複雑な統計の仕事をしてきました。その経験から、犯罪の八十七パーセントは割りに合わないといいきれます。それをよく考えなさい！」

凍ったような一瞬が過ぎ、自称ミセス・セントジョンは立ちあがった。

「口達者な老いぼれのペテン師め！　よくもだましたわね！　必要経費をふんだくって！なのに——」そこで息が切れたらしく、彼女はそそくさとドアに向かおうとした。

「指輪をお忘れですよ」パインは偽物の指輪をつまんで持ちあげた。

彼女はそれを引ったくり、ちらと目をやってから、開いた窓の外に放り投げた。

乱暴な音をたててドアが閉まり、彼女はいずこかへ消えた。

パーカー・パインは少しばかり興味をもって、窓の下を眺めた。「思ったとおりだ。天からダイヤの指輪が降ってきたというので、相当な騒ぎになっている」窓の下の通りで、いま大人気の犬のぬいぐるみを売っている男が、仰天して騒いでいる。「あの男には、なにがなにやら、わけがわからないだろうな」

不満な夫の事件

The Case of the Discontented Husband

パーカー・パインの最大の長所は、親身になって相手を思いやる、その態度だろう。この態度は信頼を招く。パインは、オフィスに入ってくるクライアント（彼もしくは彼女）が、ある種の無感覚状態に陥っていることを知っている。そういうクライアントに本音を吐露《とろ》してもらうには、話の糸口をつけてやる必要がある。それがパインの仕事なのだ。

その朝、パインは新しいクライアント、レジナルド・ウェイドと面談していた。すぐに、ウェイドは口べただとわかった。このタイプの人間は、おしなべて、感情と結びつくことに関しては、ことばでうまく表現できないものだ。

ウェイドは背が高く、がっしりした体格だが、青い目はやさしげで感じがいい。顔は浅黒く日焼けしている。上の空というようすで小さな口髭をひっぱりながら、口のきけない動物のような、哀れをさそうまなざしでパインをぼんやり見ている。

「こちらの広告を見たんです」ウェイドは唐突に切り出した。「それで、こちらにうかがうのがよかろうと思ったんです。突飛な話で、どういうことか、他人にはわからないでしょうね」

　この謎めいたいいまわしの裏にひそむ本音を、パインは正確に読みとった。「なにかとうまくいかないときは、いっそ、思い切ったことをしてみたくなりますね」パインは水を向けた。

「そう。まさしくそのとおり。ぼくは思い切ったことをしたい――どんなことでもいい。ミスター・パイン、じつをいえば、どうもうまくいかなくて。どうすればいいのかわからないんです。難儀なことで。そう、ひどくむずかしい」

「その点が、わたしの役割になります。わたしはどうすればいいか、知っていますからね。どんなことであれ、人間の悩みに関しては、わたしはスペシャリストなのですよ」

「やあ、そいつはたいしたもんだ！」

「いや、それほどではありません。人間の悩みというのは、だいたい、いくつかの項目に分類できます。病気。退屈。夫の頭痛の種である細君。その逆の」ここでパインは少し間《ま》をおいてから先をつづけた。「妻を苦しませる夫」

「なるほど、おっしゃるとおりですね。ぼくの悩みもずばり的中です」

「では、そのことを話していただけますか」

「話すほどのことはないんです……。家内がぼくと離婚して、ほかの男といっしょになりたがってるってだけで」

「今日びではよくあることですね。ですがあなたは、おくさまとはちがう見解をおもちなんですね？」

「ぼくは家内が好きです」ウェイドは率直にいった。「ええ、そうなんです――ぼくは彼女が好きなんです」

率直で、あっけらかんとした口ぶりだ。しかし、ウェイドが熱をこめて〝ぼくは家内を崇拝している。彼女がその足で踏んだ地面すらあがめている。彼女のためならこの身を切り刻んでもいい〟といったとすれば、彼の本意はパインに伝わらなかっただろう。

「かといって、ぼくになにができるでしょう？　無力です。家内がぼくではない別の男のほうがいいというのなら――こっちはいさぎよく態度を決めるしかない。黙って身を引くだけです」

「おくさまのほうから離婚を申しでられたのですか？」

「むろん、そうです。でも、彼女を離婚裁判所に駆けこませるなんてまねは、させたくありません」

パインは考えぶかげにウェイドをみつめた。「しかしあなたは、この事務所にいらした。なぜですか？」

ウェイドは恥ずかしそうに笑った。「自分でもわからない。ごらんのとおり、ぼくは頭が切れるほうではありません。物事を深く考えるなんてことは、苦手なんです。それで、あなたなら……なにかいい考えを教えてくれるんじゃないかと思ったんですよ。離婚を決めるまで、半年の猶予があります。家内も同意しました。半年たっても、彼女の気持が変わらないなら——ええ、そのときは、ぼくが家を出ます。でも、ひとつふたつ、あなたになにかヒントをもらえるんじゃないかと思って。いまのぼくは、なにをしても、家内を怒らせるだけなんですよ。

ミスター・パイン、こういうことなんです。ぼくは頭脳派ではありません。ボール競技が好きでしてね、ゴルフをワンラウンドとか、テニスをワンセットとか。でも、音楽や美術ときては、どうも気が乗らない。家内は頭のいい女です。それに、絵画の鑑賞や、オペラやコンサートが好きなんです。だから、ぼくにうんざりしてきたのは、まあ、当然でしょう。彼女が気持を寄せるようになった男というのは、髪を長くのばした、気どったやつです。美術も音楽もなんでもござれ。どれをとっても、如才《じょさい》なく話ができるんです。ぼくはだめです。そういう意味では、頭のいい美人がぼくのような朴念仁に愛想をつかすのは、無理もないと思いますよ」

パインは思わず唸った。「結婚して何年になります？　そう、九年ですか。あなたは結婚した当初から、そういう態度をとってこられたと拝察します。それがまちがっていたんです！　大いなるまちがいです！　女性に対し、おもねるような態度をとってはいけません。そんなことをすれば、あなたはその程度の人間だと判断されます。つまりは、ほかならぬあなた自身が招いたことなんですよ。あなたはご自分のスポーツの腕前を、おくさまに見せつけるべきだった。そして美術や音楽を〝家内の好きなつまらないもの〟と鼻であしらうべきでした。おくさまのプレイが上達しないことを、嘆いてみせるべきでした。いいですか、結婚生活において、過度の謙譲はたいして役に立たないのですよ。妻は夫のそんな態度を良しとして、喜んだりはしないものです。あなたのおくさまがそういう生活に、次第に耐えられなくなってきたのも不思議ではありません」

ウェイドは驚き、目を丸くしてパインをみつめた。「なるほど。では、ぼくはどうすべきだと思いますか？」

「まさにそれが問題ですね。どうするにしろ、九年前にやっておくべきことだったのですから、いまとなってはもはや手遅れです。となれば、新しい策を講じなければ。ところで、おくさま以外の女性と、ごく親密なつきあいをなさったことはありますか？」

「とんでもない！」

「いや、失礼。軽いおつきあいというべきでしたな。いかがです？」

「家内以外の女に心を向けたことはありません」

「それがいけなかった。これから始めるといい」

ウェイドはあわてた。「ちょっと、まさか、そんなこと、できっこない――」

「いやいや、ご心配はいりません。うちの女性スタッフがお手伝いします。あなたがどうすべきか、その女性が指示します。もちろん、あなたがどれほど彼女に気遣いを見せても、彼女は仕事上、必要なことだと承知していますから」

それを聞いて、ウェイドは安心したようすだ。「それならいいです。けれど、本気でおっしゃっているんですか――そのう、そんなことをすれば、アイリスはいまよりもずっときびしく、ぼくを追っぱらおうとするんじゃないでしょうかねえ」

「ミスター・ウェイド、あなたは人間性というものを理解しておられない。そのうえ、女心というものには、まったく疎《うと》くていらっしゃる。女性の観点から見ると、いまのあなたは埃やゴミと同じです。あなたを必要とする者などいません。誰も必要としないものを、女性がほしがると思いますか？　ですが、別の観点から見てみましょう。おくさまと同じく、あなたも自由をとりもどすことを待ち望んでいると、おくさまが知ったら？」

「家内は喜ぶでしょうよ」

「まあ、そうお思いになるのは当然ですが、いいえ、きっとそうではないでしょう！　しかも、あなたがとても魅力的な、若い女性に夢中になっていることを知れば。それも、相手を自由に選べる、独身の若い女性ときては。たちまち、あなたへの評価が上昇します。おくさまの友人たちは、あなたのほうがおくさまに飽きて、もっと魅力のある若い女性と結婚したいと望んでいるにちがいない、とみなすでしょう。おくさまにはそれが痛いほどわかり、おもしろくないでしょうね」

「そう思います?」
「まちがいありませんとも。あなたは〝かわいそうなレジー〟ではなく、〝ずるいレジー〟になるんです。世界ががらりと変わりますよ! おくさまは別の男などさっさと見限って、躍起になってあなたを取りもどそうとするでしょう。しかし、あなたは屈しません。いかにも思慮ぶかく、おくさまのいいぶんを我がものにすることです。〝別れるのがいちばんいい〟、〝きみとは性格が合わない〟とね。おくさまがいったことは真実だと認めるんです――自分はきみのことを理解していなかったと。これはつまり、おくさまがあなたのことを理解していなかったのも、やはり真実だということを意味します。

ですが、いまはこれ以上、とやかくいっても始まりません。そのときがくれば、必要な指示をお出しします」

それでもまだ、ウェイドは不信をぬぐえないようだ。「あなたの策がうまくいきますかねえ?」半信半疑の口ぶりだ。

「ぜったいに確実だとは申しませんよ」パーカー・パインは慎重にいった。「あなたのおくさまが別の男性との恋に溺れていて、あなたがなにをいおうと、なにをしようと、いっさい関心をもたないこともありえます。が、それは考えにくい。おそらく、おくさまは退屈しきっていたから、浮気心をくすぐられてしまった。夫であるあなたは愚かしくも妻におもねり、批判することもなく、ただひたすらに妻の顔色をうかがって機嫌をとる――そんな結婚生活にうんざりして退屈してしまったんですよ。もしあなたがわたしの指示にしたがって行動なされば、あなたが有利になるチャンスは九十七パーセントです」

「よろしい。やりましょう。ですが、そのう、費用はいかほどかかりますか？」

「前払いで、二百ギニーいただきます」

ウェイドは小切手帳を取りだした。


ロリマー荘には、さんさんと午後の陽光が降りそそいでいた。庭の長椅子に横になっているアイリス・ウェイドは、なかなかあでやかな色どりとなっていた。濃淡のある藤色の服に、手のこんだ化粧が功を奏して、三十五歳という年齢よりも若く見える。

話し相手はミセス・マッシントン。アイリスの愚痴《ぐち》を聞いて同情してくれる友人だ。ふたりとも、スポーツ至上主義の夫に悩まされている。ふたりの夫ときたら、話題は株か配当かゴルフの三つにかぎられているのだ。

「こうして人間は生きることを学び、生きさせることを他人《ひと》に学ばせるのね」アイリスはしみじみといった。

「まあ、高尚ねえ」ミセス・マッシントンはそういうと、急いでつけくわえた。「ねえ、あのお嬢さんはどなた？」

アイリスはうんざりだというように肩をすくめた。「あたしに訊かないで！　レジーがみつけてきたのよ。彼のかわいいお友だちってわけ。おもしろいでしょ。あなたもごぞんじのとおり、レジーはふつう、若い女には目もくれないんだけど。

あのひとったら、何度も咳払いをしては、もごもごと口ごもったあげく、ようやく、週末のゴルフに、ミス・ド・サラを誘ってもいいかと訊くんですもの。もちろん、あたしは笑ったわ――笑わずにいられるものですか。あのレジーがよ！　わかるでしょう？　ええ、それで、彼女が来たってわけ」

「どこで彼女に会ったの？」

「知らないわ。それについては、あいまいなことしかいわなかった」

「前からの知り合いなんでしょうね」

「あら、そうは思わないわ。もちろん、あたしは喜んでるのよ。ええ、ほんとうに。だって、あたしにとっては願ったりですもの。これまでは、レジーのことを考えると、すまない気持になっていたから。なんといっても、いいひとですからね。だから、シンクレアにもずっといってきたの――レジーを傷つけることになるって。でもシンクレアは、レジーはきっと乗り越えるというのよ。どうやら、シンクレアのいうとおりね。二日前のレジーは、失意のどん底にいるみたいだった――それが急に、あの娘さんをゴルフに誘いたいといいだして。さっきもいったけど、おもしろくって。楽しそうなレジーを見るのは好きよ。あのひと、あたしがやきもちを焼くとでも思ったのかしらね。ばかばかしい！　だからいってやったの。〝どうぞ、そのお友だちを連れていらっしゃいな〟ってね。かわいそうなレジー。あんな娘さんが本気でつきあってくれると思ってるのかしらね。彼女のほうは、ただゴルフを楽しんでいるだけでしょうに」

「とっても魅力のある娘さんだわ」ミセス・マッシントンはいった。「いわせてもらえば、危険なほど魅力的。男のことしか考えないタイプ。ええ、そう、手放しで、いいお嬢さんだとはいいきれないところがあるわ」

「そうね」アイリスはうなずいた。

「それにしても、すてきな服だこと」ミセス・マッシントンはいった。

「異国的《エキゾチック》だわね。風変わりだと思いません？」

「でも、とてもお高そう」

「お金持なんでしょ。見るからに贅沢《ぜいたく》好みって感じだし」

「あら、こっちに来るわ」

マドレーヌ・ド・サラとレジー・ウェイドが、芝生を横切ってもどってきた。ふたりは笑い声をあげ、おしゃべりに興じ、とても幸福そうだ。

マドレーヌはふわりと椅子にすわり、ベレー帽をぬいで、両手で美しい黒い巻き毛をかきあげた。どこから見ても、すばらしい美人だ。

「とてもすてきな午後をすごしましたわ」マドレーヌはいった。「でも、汗をかいてしまって。きっとひどい顔になってるでしょうね」

レジーはきっかけ《キュー》のことばを受け、ぎごちなくいった。「いや、そんな――」あいまいに口を濁し、ちょっと笑った。「いや、やめよう」口を閉ざしてしまう。

マドレーヌの目がレジーの視線をとらえた。いわれなくてもわかるといわんばかりのまなざしだ。ミセス・マッシントンはそれを見逃さなかった。

「おくさまもゴルフをなさるとよろしいのに」マドレーヌはアイリスにいった。「もったいないわ。なぜなさらないの？　わたしの友人は始めてからすぐに、めきめきと上達しましたよ。あなたよりも年配の女性ですけど」

「そういうものに興味がないんです」アイリスはひややかにいった。

「スポーツが苦手なんですか？　お気の毒に！　それじゃ仲間はずれになった気分でしょうねえ。でもね、ミセス・ウェイド、いまはコーチのしかたがいいから、ほとんどのかたが上達できるんですよ。わたしも去年、テニスの腕前がけっこうあがったんです。でも、あいにく、ゴルフのほうは見こみがなさそう」

「とんでもない！」レジーが否定した。「あなたには適切なコーチが必要なだけです。今日の午後は、うまくブラッシーショットが決まったじゃありませんか」

「それはあなたが教えてくださったから。あなたのすばらしいコーチのおかげです。たいていのかたは、ひとに教えることすらできませんけど、あなたはその才能がおありになる。あなたのようになれたら、気持がいいでしょうね。だって、あなたはなんでもおできになるんですもの」

「とんでもない。ぼくなんかどうってことはない——なんの役にも立たない木偶坊《でくのぼう》ですよ」レジーはうろたえた。

「ご主人のこと、さぞご自慢でしょうね」マドレーヌはアイリスにいった。「いったいどうやって、長いことご主人とうまくやっていらしたのかしら。きっとあなたは賢くていらっしゃるにちがいないわ。それとも、ご主人を人目につかないように隠していらしたの?」

アイリスは返事をしなかった。本をつかんだ手が震えている。

レジーは着替えをしなくてはとつぶやきながら、その場を立ち去った。

「こちらにお招きくださって、ほんとうにありがとうございます」マドレーヌはアイリスに礼をいった。「夫の女友だちを、おかしな目で見る女性もいらっしゃいますけどね。嫉妬なんて、滑稽《こっけい》だと思いますわ。そうじゃありません?」

「そうですとも。あたしがレジーのことで嫉妬するなんて、とうてい考えられません」

「お偉いわ! だって、女から見て、彼はとても魅力があるかたですもの。わたしも彼が既婚者だと聞いて、ショックでしたわ。魅力的な殿がたって、たいてい、若いうちに女に捕まって結婚していらっしゃる。どうしてかしら?」

「あなたがレジーをそれほど魅力的だと思ってくださるなんて、あたしもうれしいわ」

「あら、だって、そうじゃありません？　男前だし、抜群にスポーツがおじょうずだし。それに、女性には無関心だという、あのそぶり。そこが、わたしたち女をぐっと惹きつけるんですよ」

「あなたには男友だちが大勢いるようですわね」アイリスはいった。

「ええ。わたしは女性より男性のほうが好きなんです。女性には邪険にされますもの。なぜだかわかりませんけど」

「結婚している男性たちに、あなたが親切にするからでしょうよ。親切すぎるぐらい親切に」ミセス・マッシントンが口をはさみ、かんだかい声で笑った。

「それにしても、ときどき、お気の毒になるんですよ。すてきな殿がたが、退屈なおくさまに縛りつけられているのが。〝芸術かぶれ〟の女性や〝高尚好み〟の女性がいますでしょう？　でも、あたりまえのことですけど、殿がたは、若くて、楽しく会話がはずむ、頭のいい女性のほうがお好きなんです。現代の結婚と離婚の考えかたは、とても筋が通ってると思いますわ。まだ若さが失われないうちに離婚して、趣味や性格の合う相手と、新たなスタートを切る。そのほうが、けっきょくは誰にとってもいいことですものね。ただし、高尚好みの女性は、髪を長くのばした、自己満足タイプの男に引っかかってしまいがちですけど。いずれにしろ、早めに見きわめをつけて、新しい人生のスタートを切る。それこそが賢い選択だと思います。そうですよね、ミセス・ウェイド？」

「そうですとも」

その場の雰囲気にひややかな空気がまじったことに、マドレーヌもなんとなく気づいたようだ。お茶の時間のために着替えをするとつぶやいて、立ち去った。

「いまどきの娘さんって、恐るべき生きものね」アイリス・ウェイドはいった。「頭のなかはからっぽなのよ」

「あの娘《こ》の頭のなかには、ひとつだけ思いが詰まってるわ」ミセス・マッシントンはいった。「あの娘、レジーに恋してる」

「ばかばかしい！」

「でも、そうよ。ついさきほど、レジーをみつめていた、あの娘の目ときたら。彼が結婚していることなんか、まったく気にしてないわ。自分のものにするつもりね。おぞましいこと」

一瞬、アイリスは黙っていたが、すぐに、おもしろくもなさそうな笑い声をあげた。

「だからといって、なにか問題があるかしら？」

やがてアイリスも二階にあがった。夫は化粧室で着替えていた。鼻歌まじりに。

「楽しそうね、あなた」

「ああ、いや――うん、そうだね」

「よかった。あなたには幸福でいてほしいから」

「ああ、うん」

レジーは芝居をするのは決して得意ではないが、まさにこのとき、自分は芝居をしているのだという意識が強く働いてどぎまぎしてしまい、それがかえっていい効果をもたらした。妻の視線を避け、妻に話しかけられるたびにびくびくする。それというのも、恥ずかしかったからだ——こんな茶番を演じなければならないことが嫌でたまらなかった。しかし、この心の動きが思いもよらない効果をあげた。絵に描いたような、うしろめたい思いをしている夫の姿そのものだったからだ。

「どれぐらい前からおつきあいをしているの？」

「ん、誰と？」

「ミス・ド・サラとですよ、もちろん」

「ああ、そうか。よくわからないな。ええっと、そのう、そんなに前からじゃないよ」

「ほんとうに？　彼女のことは一度も話してくれなかったわね」

「そうだっけ？　いうのを忘れてたんだろうな」

「忘れてたですって！」アイリスは藤色のスカートをしゅっと鳴らして身をひるがえし、化粧室を出ていった。

お茶のあと、レジーはマドレーヌを薔薇《ばら》園に案内した。ふたりとも、アイリスとミセス・マッシントンの視線が穿鑿《せんさく》がましく、彼らの背中を追ってきていることを意識しながら、芝生を歩いていった。

「やれやれ」薔薇園に入り、ふたりの女の視線から逃れると、レジーはほっと安堵したようだ。

「もうこんな芝居はやめたほうがいいと思うんですがね。家内の目つきときたら、いまはぼくのことを憎んでいるみたいだ」

「心配なさらないで」マドレーヌはレジーをなだめた。「だいじょうぶ。あなたはうまく演じてらっしゃるから」

「ほんとうですか?」

「ええ」マドレーヌは声を低めた。「おくさまがテラスを回って、こっちに来るわ。わたしたちがなにをしてるか、見にいらしたのよ。さあ、わたしにキスなさいな」

「えっ!」レジーは動揺した。「どうしても? いや、その——」

「キスなさい!」マドレーヌは断固として命じた。

レジーはマドレーヌにキスした。気合いの入らない、レジーのおざなりなキスを、マドレーヌは修正した。彼を抱きしめたのだ。レジーは思わずよろけた。

「ううっ」

「あら、お気に召さなかった?」

「いやいや、もちろん、嫌だなんてことはありません」レジーは男らしく答えた。「ただ、その、ちょっと驚いただけです」そして、いかにも残念そうにつけくわえた。「ここにずいぶん長居してしまいましたね。そうじゃありませんか？」

「ええ、そうね。ちょっとしたお芝居ができたわ」

レジーとマドレーヌはテラスにもどった。ミセス・マッシントンが、アイリスは部屋で横になるといっていたと、ふたりに伝えた。

しばらくしてから、レジーは不安そうな顔でマドレーヌにいった。

「家内がひどい状態です。ヒステリックになってて」

「よかった」

「ぼくがあなたにキスしているところを見たんですよ」

「見るように仕向けたんですもの」

「そりゃあ、わかってますが、まさか家内にそうはいえないし。そうでしょう？　といって、なんといえばいいか、わからなくて。それで、そのう、たまたま、ああいうことになったんだと」

「うまいわ」

「あなたはぼくと結婚するつもりなんだって、家内がいうんです。そして、あなたのことを悪しざまにののしってました。あまりのいいかたに、ぼくはかっとなってしまった――

そんないわれようをするなんて、あまりにもあなたが気の毒で。だって、あなたにとっては、これは仕事なんですからね。だから、ぼくはあなたの名誉のために発憤して、家内にこういいました——彼女はそういうひとではないと。そして、おまえがそんなことをいいつづけるようなら、ぼくは本気で怒るぞって……」

「すばらしい！」

「すると、家内はぼくに部屋を出ていけ、もう二度とぼくとは口もききたくない、荷物をまとめてこの家を出ていくというんです」レジーは途方にくれた顔でいった。

マドレーヌは微笑した。「おくさまに、おっしゃるべきことはひとつ——出ていくのはぼくのほうだ、荷物をまとめてロンドンに行く、ってね」

「だけど、ぼくはロンドンなんぞに行きたくはない！」

「だいじょうぶ。ほんとうにそうなさる必要はありません。だって、あなたがロンドンで楽しくおすごしになるなんて、おくさまは考えるのも嫌でしょうからね」

次の朝、レジーは晴れやかな顔でマドレーヌに報告した。

「家内は自分が六カ月間、家にいることに同意したというのに、ぼくが家を出ていくなんて、フェアじゃないというんです。けれども、ぼくが友人を家に招いているのだから、なぜ自分も友人を招いてはいけないのか、納得できないそうです。家内はシンクレア・ジョーダンを呼ぶつもりなんですよ」

「おくさまの、例のかた？」

「そう。ぼくの家にあいつを招くなんて、嫌なこった！」

「でも、そうなさらなければ」マドレーヌはきっぱりいった。「だいじょうぶ。そのかたのこと、わたしが引き受けましょう。あなたはおくさまに、こうおっしゃいな——よく考えてみたが、おまえの要求はもっともだと思うし、それなら、ぼくが彼女——わたしのことよ——を引きとめてもかまわないよね、と」

「ふーっ！」レジー・ウェイドはため息をついた。

「さあ、元気をだして。なにもかも順調にいってます。あと二週間。それで、あなたの悩みはすべて解決するわ」

「二週間？　ほんとうにそう思いますか？」

「そう思うかですって？　そうに決まってます」マドレーヌはまたもやきっぱりいった。


一週間後、マドレーヌ・ド・サラはパーカー・パインのオフィスで、ぐったりと椅子にすわりこんでいた。

「妖婦の女王、登場！」パインは微笑した。

「妖婦ですって！」マドレーヌはうつろな笑い声をあげた。「妖婦らしくふるまうのに、あんなに苦労したことって、いままで一度もなかったわ。あの男ときたら、まるっきり女房に取り憑かれてるんですもの。あれは一種の病気ね」

パインはまた微笑した。「そのとおり。だが、ある意味、そのおかげでこちらの仕事はやりやすくなったんだよ。マドレーヌ、わたしにしても、そうやすやすと、どんな男にもきみの魅力をふりまいてもらおうとは思ってないからね」

マドレーヌは今度は本物の笑い声を響かせた。「その気もない男に、キスをさせるのがどんなにたいへんか、ごぞんじかしら？」

「きみにとっては、じつに貴重な経験だったわけだ。それで、任務は完了したのかね？」

「ええ、万事うまくいったと思うわ。昨夜はものすごかったの。ええっと、最後に報告したのは、三日前までのことだったわね？」

「ああ、そうだ」

「報告書にも書いたけど、あのみじめな虫けらみたいな男、シンクレア・ジョーダンには、ちらりと流し目を送れば充分だったわ。それだけで、あの男はめろめろ——特に、わたしの身なりを見て、金持だと思ったらしくて。もちろん、ミセス・ウェイドはすっかり怒っちゃって。そりゃあね、夫と愛人の両方がわたしをちやほやするのを、目のあたりにしなきゃならないんですもの。でも、すぐに、わたしがどっちに気があるか、はっきり教えてあげたわ。シンクレア・ジョーダンを笑いものにしてやったの。ミセス・ウェイドとジョーダンに面と向かってね。ジョーダンの服装をこきおろし、長い髪を鼻で笑ってやった。

それに、ジョーダンの脚は内わにだと指摘したのよ」

「うまい手だ」パインは褒めた。

「で、昨夜、ついに大爆発が起こったわけ。ミセス・ウェイドが積もりに積もった、鬱屈《うっくつ》した思いをぶちまけたのよ。わたしに家庭をこわされたと非難ごうごう。レジー・ウェイドがシンクレア・ジョーダンのことを持ちだすと、彼女はそれは自分が不幸で孤独だったから、その結果にすぎないといいかえしてね。ときどき、夫が放心しているのには気づいていたけれど、その原因を考えようとはしなかったそうよ。そして、自分たち夫婦はいつも幸福だったし、自分が夫を尊敬していることは夫もわかっている、自分がほしいのは夫、夫だけなのだと、わめきたてて。

だから、いってやったの。もう手遅れですよって。もちろん、ミスター・ウェイドはこちらの指示どおりにふるまったわ。

ぼくの知ったことではない！ ぼくは彼女（わたしのことね）と結婚するつもりだ！ きみがそうしたいのなら、とっととシンクレアといっしょになればいい。さっそく、離婚の手続きを進めよう。六カ月も待つなんてばかげている、とね。

そしてさらにいったわ――二、三日以内に、必要な証拠をそろえて弁護士に相談したまえ、ぼくはもう彼女なしでは生きていけない、と。

ミセス・ウェイドは胸をつかんで、弱々しい声で心臓がどうのというんで、ブランディを飲ませなきゃならなかった。でも、ミスター・ウェイドは弱気になったりはしなかった。今朝、ロンドンに発ったわ。いまごろは、おくさんがあとを追いかけてるはずよ」

「すると、一件落着だね」パーカー・パインは明るい声でしめくくった。「この一件、成果は満点ということか」

そのとき、ドアが勢いよく開けられ、レジー・ウェイドが姿を見せた。

「彼女、いますよね？」レジーはずかずかとオフィスに踏みこんできた。「どこです？」きょろきょろ動いていた視線が、マドレーヌ・ド・サラをとらえた。

「ああ、いとしいひと！」レジーはマドレーヌの両手をしっかりと握りしめた。「愛してます！　愛してます！　わかってますよね、昨夜、ぼくが本気だったことは。アイリスにいったことは、すべて本心です。どうして、こんなにも長いこと、物事をちゃんと見ずにすごしてきたのか、自分でもわからない。だけど、この三日で、ようくわかった」

「なにが？」マドレーヌは気のない口調で訊いた。

「あなたを心から愛していることを。ぼくにとっては、この世界にあなた以外に女性はいない。アイリスとは離婚する。そうなったら、ぼくと結婚してくれますか？　するといってください、マドレーヌ。ぼくのいとしいひと」

驚きのあまり麻痺《まひ》して動けなくなっているマドレーヌをレジーが抱きしめた、ちょうどそのとき、またもやドアが開き、今度はグリーンの服を着たやせぎすの女が現われた。あわてて着替えたのだろう、服装が乱れている。

「思ったとおりね」女はいった。「あなたを尾《つ》けてきたのよ！　ぜったいに、その女に会うんだと思って！」

「ちょっと待ってくださ――」想定外の展開に、あっけにとられていたパーカー・パインは、ようやく気を取りなおして、事態を収拾しようとした。

しかし、侵入者はパインには一瞥もくれない。「ああ、レジー、あたしの心をこわしたくはないでしょう？　帰ってきてちょうだい！　このことについては、なにもいいません！　あたし、ゴルフを習うわ。あなたが気になさるなら、友だちともつきあいません。長いあいだ、あたしたち、幸福にすごしてきたというのに――」

「ぼくはいまほど幸福だと思ったことはない」レジーはマドレーヌから目を離さずにいった。「いまさら、なにをいう。きみは、あのろくでなしのジョーダンと結婚したがっていたじゃないか。どうしてそうしないんだ？」

アイリス・ウェイドは泣き声をあげた。「あんな男、どうでもいいわ！　もう見るのもいや！」そう叫ぶと、今度はマドレーヌに非難の矛先を向ける。「この、男たらしめ！　性悪の浮気女！――あたしの夫を盗むなんて！」

「あなたのご主人なんかほしくないわ」マドレーヌは断固とした口調でいった。

「マドレーヌ！」レジーの顔がゆがんだ。

「出ていってちょうだい」マドレーヌは追い打ちをかけた。

「だけど、これは芝居じゃないんだ。本心なんだよ」

「ああ、もう、出ていって！」マドレーヌはヒステリックに叫んだ。「出ていってよ！」

レジー・ウェイドはうしろ髪を引かれるようすで、ドアに向かった。「また来ますよ。これっきりにはしませんからね」ドアを乱暴に押し開けて、レジーは出ていった。

「あんたみたいな女は鞭で打たれて、淫婦の烙印を押されればいいんだわ！」アイリスは毒々しくわめいた。「あんたが現われるまで、レジーはあたしの天使だった。それがあんなに変わってしまって、いまはもうあのひとのことがわからない」すすり泣きながら、アイリスは夫のあとを追って、足早に部屋を出ていった。

マドレーヌとパインは顔を見合わせた。

「お手あげよ」マドレーヌは力なくつぶやいた。「そりゃあね、とてもいいひとよ――かわいいひと。でも、結婚したいとは思わない。そんなこと、これっぽっちも考えられない。あのひとにキスさせるのに、どれほど苦労したことか！」

「ふうむ」パインは唸った。「遺憾ながら、その点では、わたしの判断が誤っていたのを認めるよ」頭を振りながら、パインはレジー・ウェイドのファイルを引き寄せ、新たな書きこみを追加した。

失敗——当然の原因に帰す
考察——原因は予想して然るべきだった

ある会社員の事件

The Case of the City Clerk

パーカー・パインは回転椅子の背もたれに寄りかかり、じっとクライアントをみつめた。その目に映っているのは、小柄だが、四十五歳を過ぎているわりにはがっしりした体格の男だ。目からは、なにかに焦がれるような、それでいて踏ん切りがつかないという思いのいりまじった、小心さが見てとれる。だが同時に、その目には、不安ながらもなにかを期待する気持がこもっている。

「新聞でこちらの広告を目にしました」小柄な男はおずおずと切り出した。

「なにか厄介ごとを抱えていらっしゃるんですね、ミスター・ロバーツ」

「いえ、正確にいえば、厄介ごとではありません」

「でも、不幸だと？」

「そういいきるのもどうかと思います。わたしは恵まれた人生を歩んでいるほうですから」

「なるほど。しかし、そういう事実を嚙みしめて自分を納得させなければならないというのは、良くない徴候ですね」

「わかってます」小柄な男は熱をこめて同意した。「そう、そこなんです！　さすがですねえ」

「ご自身の口から、気にかかっていることを話してくださるほうがよろしいかと」パインはそう勧めた。

「お話しするようなことはたいしてないんですよ。先ほども申しましたとおり、わたしは恵まれています。仕事がありますし、そのおかげで、ちょっとした貯金もできました。子どもたちは元気で健康ですし」

「でも、なにかを欲している――なにを？」

「あーっと、そのう、それが自分でもわからないんです」男は赤面した。「いや、その、さぞ、ばかげて聞こえるでしょうね」

「そんなことはありませんよ」

巧みに質問を重ねて、パインはロバーツからさまざまな情報を引き出した。

名の通った会社に勤めていて、遅々とはしているが着実に昇進している。目下のところ、結婚生活はまずまず順調で、子どもたちの教育をおざなりにせず、〝こぎれいな〟身なりをさせるように気を配っている。家計に関しては計画を立てて予算を組み、倹約して、年に数ポンドは貯金に回している。それはまさに、せちがらい世の中で家族を守って生き抜いていくために、営々と努力を積み重ねているひとりの男の、一大叙事詩ともいえる人生の物語だった。

「とまあ、そんなこんなで――おわかりいただけたでしょう」ロバーツはいった。「家内はいま留守にしています。ふたりの子どもを連れて実家の母親のもとに行ってるんです。あちらには子どもたちにはささやかな気分転換になりますし、家内は息抜きができます。あちらに行くほど余分な部屋がないので、わたしは行けません。かといって、家族そろってどこかに行くほどの余裕もありませんし。で、ひとりで留守番をしているときに、こちらの広告が目に留まり、いろいろ考えたんです。わたしは四十八歳になりました。年齢のことを考えているうちに、そのう、ふと思ったんです……あちこちで、いろんな事件が起こっているなあと」ロバーツの目には、平穏無事をありがたく思いながらも、ごくごく平凡な都会暮らしのせつなさがこもっている。

「たとえ十分間でもいい、すばらしい経験をしてみたい。そういうことですね？」パインは訊いた。

「そうですね、わたしにはそういういいかたはできませんが、ええ、たぶん、あなたのおっしゃるとおりでしょう。ほんのいっときでいい、退屈な暮らしから抜けだしてみたい。あとになって思い返せば、きっとうれしくなるでしょう――そういうふうに思い返せる経験を一度でもできれば」ロバーツは不安そうにパインをみつめた。「無理な話でしょうか？　そのう、料金のことですけど、あまり多くはお支払いできないんですが……」

「いかほどなら、ご都合がつきますか？」

「五ポンドなら」息を詰めるようにして、ロバーツはパインの返事を待った。

「五ポンド。そうですね、五ポンドなら、なんとかできると思いますよ。ところで、あなたは危険な目にあうのは、まっぴらごめんだというほうですか？」パインはするどい口調で訊いた。

ロバーツの青白い顔にさっと血の気がさした。「危険、ですか？　いやいや、いっこうにかまいません。とはいえ、じつのところ、いままで危険な目にあったことなどありませんが」

パインは微笑した。「では、また明日お越しください。あなたにしていただくことをお話ししましょう」

《ボン・ヴォヤージュ》は、世間ではほとんど知られていないホテルだ。そこのレストランは、数少ない常連客をたいせつにしていて、新規の客をあまり歓迎しない。

そのホテルを訪れたパーカー・パインは、顔なじみとして愛想よく迎えられた。

「ミスター・ボニントンはおいでかね？」

「はい。いつものテーブルにいらっしゃいます」

「わかった。そこに同席するよ」

一見したところ、ルーカス・ボニントンはいくぶんか鈍重な表情の、いかにも軍人らしい男だ。友人に会うと、うれしそうにいった。

「やあ、パーカー。ひさしぶりだな。きみがここの客だとは知らなかった」

「ときどき来るんだ。特に旧友をみつけたいときには」

「わたしのことかい？」

「きみのことだよ。じつをいうとね、ルーカス、このあいだの話をじっくりと考えてみたんだ」

「ピーターフィールド教授の一件か。新聞記事を読んだのかい？　いや、それはありえないな。わたしですら、今日の夕方まで知らなかったんだから」

「最新の報せというのは？」

「昨夜、ピーターフィールドが殺されたんだ」ボニントンは淡々とサラダを食べながら、そういった。

「なんと！」

「ああ、わたしも驚いたよ。頑固な老人だったたな、ピーターフィールドは。こちらの申し出に耳を貸そうとはしなかった。例の設計図を、どうしても自分の手元に置いておきたがった」

「で、奪われた？」

「いやいや。じつはね、知り合いの女にハムをボイルする料理のレシピをもらったらしいんだが、あのじいさん、いつものようにうっかりと、そのハムのレシピを金庫にしまいこみ、設計図のほうを台所に置いていたのさ」

「不幸中の幸いだね」

「神の摂理といえなくもない。だが、いったい誰に、あれをジュネーヴに持っていかせればいいか、まだ決められずにいるんだ。メイトランドは入院中。カースレイクはベルリン。わたしは英国を離れられない。若手のフーパーときては――」ボニントンは旧友の顔をみつめた。

「まだきみの意見は変わっていないのか?」パインは訊いた。

「これっぽっちも。あいつは買収されている。証拠の影すらないがね、パーカー、誰かが不正をはたらけば、わたしにはちゃんとわかるんだ。わたしはあの設計図をジュネーヴに届けたい。国際連盟にはあれが必要なんだ。いいかね、ある発明が、特定の国家に売り渡されずにすむというのは、今回が初めてのケースなんだよ。なにしろ、設計者がみずから進んで、国際連盟に渡すというんだから。

平和を願うパフォーマンスとしては、かつてないほど最高のやりかただから、どうしても成功させなければならない。なのに、フーパーの裏切りときている。そうだな、あいつに運ばせたら、列車内で一服盛られることになるだろう。飛行機なら、どこかつごうのいい場所に不時着させられるだろう。しかし、冗談じゃないね！　あいつらの好きにさせてなるものか。秩序だ！　秩序は遵守されるべきだ。だからこそ、先日、きみに相談したんだよ」

「誰か適当な人物を知らないかと、きみに訊かれたね」

「うん。仕事上、きみは顔が広そうだからな。暴力沙汰も辞さないという、血気盛んなやつとか知ってるんじゃないか。わたしがジュネーヴに送りこむ人物は、必ずや命を狙われるだろう。きみのところの人間なら、疑われてマークされる心配はなさそうだ。とはいえ、それなりに肝っ玉のすわったやつでないとまずいんだが」

「ひとり、心あたりがあるよ」パインはいった。

「ありがたい、あえて危険な任務を引き受けようという男がいるとは、なんとも心丈夫だな。それじゃあ、それでいいね？」

「承知した」パインはうなずいた。

パーカー・パインはいくつもの指示をこまごまと列挙した。

「すべて呑みこんでいただけましたか？　行きは一等車で、ジュネーヴまで旅をしていただきます。ロンドン発午前十時四十五分の列車は、ドーバー海峡をはさんで英国側のフォークストンと、フランス側のブーローニュの双方で停車します。その列車でブーローニュまで行き、そこでジュネーヴ行きの一等寝台に乗り換えてください。翌日の午前八時にジュネーヴ到着。連絡員と接触するホテルの住所は、このメモのとおり。暗記していただいたら、メモはここで破棄します。ホテルで次の指示を待ってください。経費として、フランスとスイスで使える紙幣とコインを、充分に用意しました。よろしいですね？」

「あ、はい」ロバーツは興奮して、目が輝いている。「すみませんが――そのう、なにを届けるのか、お尋ねしてもかまいませんか？」

パインは寛大な微笑を浮かべた。

「ロシアの王冠についていた宝石の、隠し場所を示す暗号書です」重々しい口ぶりでいう。「おわかりでしょうが、当然ながら、ボルシェヴィキの情報員グループがあなたを阻止しようと、執拗《しつよう》に狙ってくるでしょう。ご自分のことを話さなければならない場合は、思いがけず、ちょっとした遺産を受けとったので、短い海外旅行を楽しんでいるとおっしゃってください」

ロバーツはコーヒーを飲みながら、ジュネーヴのレマン湖を眺めていた。幸せな気分だが、同時に、失望感もあった。

幸せなのは、生まれて初めて外国に来たから。そのうえ、生涯二度と泊まることはないといいきれるほど、高級なホテルに滞在している。しかも、費用の心配はしなくていいのだ！　専用のバスルームのついた部屋、おいしい食事、ゆきとどいたサービス。ロバーツはそのすべてを心楽しく満喫している。

しかし、失望感が否めないのは、冒険といえるような出来事にまったく遭遇していないからだ。これまでのところ、憎むべきボルシェヴィキにも、謎めいたロシア人にも、出くわしていない。列車内では、流暢《りゅうちょう》な英語を話すフランス人のビジネスマンと、愉快に四方山《よもやま》話に興じた。それが旅路の途中で交わった、唯一の人物だ。ロバーツの洗面道具入れには、極秘書類がしのばせてあった。そしてジュネーヴで、指示されたとおりの場所にそれを届けた。危険はいっさいなかったし、命からがら逃げださなければならない羽目に陥ったこともなかった。それゆえに、ロバーツは失望していたのだ。

そんなことを考えていると、背の高い、顎髭の男が、低い声でつぶやくように失礼といって、小さなテーブルの向かい側の椅子に腰をおろした。

「ぶしつけながら」顎髭の男はいった。「わたしの知り合いのご友人とお見受けします。〝P・P〟というイニシアルの友人ですが」

ロバーツはうれしくもぞくぞくする思いに見舞われた。ようやく現われたのだ、謎めいたロシア人が。

「そ、そのとおりです」ロバーツは答えた。

「では、双方ともに了解ずみということですね」顎髭の男はいった。

ロバーツは探るように男を見た。幻ではない。この男は現実に目の前にいる。五十歳ぐらいの品のいい外国人だ。片眼鏡をつけ、ボタンホールには、色のついた細い飾り紐が留めつけられている。ただの飾り紐ではなく、勲章の綬だ。

「あなたはじつにみごとに使命を果たされた」顎髭の男はいった。「もうひとつ、任務を引き受ける気はおありだろうか?」

「ありますとも。ええ、はい」

「よかった。では、明日の夜ジュネーヴを発つ、パリ行きの寝台車を予約してください。ナンバー9の寝台をたのむこと」

「空いてなかったら?」

「空いています。そのはずです」

「ナンバー9」ロバーツは復唱した。「はい、わかりました」

「旅の途中、ある人物があなたに〝ムッシュ、失礼だが、つい最近、グラースで会わなかったか?〟と尋ねるでしょう。あなたは〝ええ、先月〟と答えてください。すると、その人物は〝香りに興味があるのか〟と訊きます。グラースは香水の街ですからね。あなたは〝ええ、自分はジャスミンの合成オイルを作っている〟と。

そのあとは、話しかけてきた人物の指示にしたがうこと。ところで、なにか武器をお持ちですか?」

「いえ」ロバーツの心臓の鼓動が速くなった。「持ってません。まさか——そんなもの——」

「その件はすぐに解決できます」顎髭の男はさりげなく周囲を見まわした。彼らのテーブルの近くには誰もいない。

ロバーツの手に、なにやら硬くて光るものが押しつけられた。

「小型のリヴォルヴァーですが、威力があります」顎髭の男は微笑した。

拳銃を撃った経験のないロバーツは、おそるおそる、それをポケットにすべりこませた。いまにも勝手に弾がとびだすのではないかと、気が気ではない。

そして、ふたりは合いことばをもう一度、確認した。それがすむと、ロバーツの新しい友人は立ちあがった。

「幸運を祈ります。あなたなら、無事に切り抜けられると思いますよ。ミスター・ロバーツ、あなたは勇気のあるおかただ」

このわたしが？　そう思ったときには、顎髭の男はすでに立ち去っていた。ロバーツは胸の内でつぶやいた——なんにしても、殺されるなんて、冗談じゃない。それはぜったいに嫌だ。ぜったいに。

背筋を快感に似た戦慄が走る。しかし、きっぱり快感と断言できない、微妙な思いもまじっている。

ホテルの部屋にもどり、拳銃をしげしげと見る。こういう武器のメカニズムに関してはあやふやな知識しかないので、こんなものを使わなくてすむことを切に願う。

そして、寝台車の予約に出かけた。

予約した寝台列車は、ジュネーヴ発午後九時三十分。ロバーツは時間を見計らって駅に向かった。寝台車の車掌はロバーツの切符とパスポートを受けとって、コンパートメントまで案内し、ドアのわきに寄った。荷物を持ってついてきたボーイがなかに入り、ロバーツのスーツケースを網棚にのせた。網棚には相客の荷物がのっている。豚革の鞄とグラッドストンバッグ。

「ナンバー9は下段の寝台になります」車掌はいった。

ロバーツがコンパートメントから出ようとしたとき、ちょうど入ってこようとした大柄な男とぶつかりそうになった。双方で失礼を詫びあう――ロバーツは英語で、大柄な男はフランス語で。

男は体格がよく、頭をつるつるに剃っている。レンズの分厚い眼鏡をかけているが、その奥の目は測るようにロバーツをみつめていた。

小柄なロバーツは内心で思った――なんだか下品なやつだな。

この旅の道づれに、ロバーツはどことなく不穏なものを感じた。ナンバー9の寝台を取るようにいわれたのは、この男を見張れということだろうか。そんな気がする。

ロバーツは通路に出た。発車時刻までまだ十分ある。ロバーツはプラットホームをぶらぶらしてみようと思った。列車の通路をなかばほど進んだところで、向こうから婦人客がやってきたため、ロバーツはわきに寄った。婦人客は列車に乗りこんできたばかりらしく、切符を手にした車掌が彼女をコンパートメントまで案内している。ロバーツのそばを通るとき、婦人はハンドバッグを落とした。ロバーツはそれを拾いあげて、彼女に渡した。

「ありがとうございます、ムッシュ」婦人は英語とフランス語をまぜこぜにして礼をいったが、その声は深みがあり、聞きほれてしまいそうな魅力があった。そして、ロバーツのそばを通りすぎるさいに、ためらうように小声でいった。

「失礼《パルドン》ですが、ムッシュ、つい最近、グラースでお会いしませんでしたか？」

ロバーツの心臓の鼓動が急激に速くなった。このように美しい婦人――そう、美しいひとであることは目に明らかだ――の指示にしたがうことになろうとは、夢にも思っていなかった。婦人は旅行用の毛皮のコートを着こみ、シックな帽子をかぶり、真珠《しんじゅ》のくびかざりをつけている。髪は黒く、口紅の色は深紅だ。

「香りに興味がおありなんですか？」

ロバーツは合いことばを口にした。「ええ、先月」

「ええ、わたしはジャスミンの合成オイルを作っているので」

婦人は軽く頭をさげて歩きだした。ささやき声がロバーツの耳に届く。「発車したらすぐに通路で」

発車までの数分間が、ロバーツにはじれったくなるほど長く感じられた。ようやく列車が動きだす。ロバーツはゆっくりと通路を進んだ。少し先で、毛皮のコートの婦人が窓を開けるのに手こずっている。ロバーツは手助けしようと、急いで彼女に近づいた。

「ありがとう、ムッシュ。窓を閉めるようにいわれる前に、少し新鮮な空気を入れようと思いまして」そういったあと、ものやわらかな声が、急に、低く切迫した響きをおびた。「国境を越えて――越える前ではなく越えてからですよ。あなたと同室の客が眠ってしまったら、仕切りの洗面所を通りぬけて、隣のコンパートメントに入ってください。よろしいですね？」

「はい」ロバーツは窓を押しさげてから、少し声を張りあげた。「これでよろしいですか、マダム？」

「お手数をかけました。ありがとうございます」

ロバーツは自分のコンパートメントにもどった。相客はすでに上段の寝台で横になっている。ロバーツはきわめて簡単に寝支度をすませた。簡単も簡単、靴とコートをぬぐだけだ。というのも、服装をどうすべきか考えてみたのだ――婦人のコンパートメントに入るのなら、きちんと服を着ていなければまずいのではないか、と。

備えつけのスリッパをみつけ、靴をぬいでそれに履きかえて、寝台のわきに靴をそろえて置く。寝台に横になり、明かりを消す。数分後、上段の寝台からいびきが聞こえてきた。午後十時を過ぎてすぐに、列車は国境近くにさしかかった。コンパートメントのドアが開く。お定まりの質問をされる――申告すべき関税品をお持ちですか？ドアが閉まる。九時半にスイスのジュネーヴを出た列車はフランスに入り、現在、ベルガルドあたりを走っている。

上段寝台の男がまたいびきをかきはじめた。ロバーツは二十分待った。それからそっと起きあがって靴を履き、寝台を抜けだして洗面所のドアを開けた。なかに入ると、ドアの掛け金をおろし、隣のコンパートメントにつづくドアをみつめた。そのドアに掛け金はおりていない。一瞬、ためらう。ノックすべきだろうか？

ノックは無用だろう。ばかげている。とはいえ、ノックもせずにドアを開けるのはいかがなものか。妥協案として、そっと細めにドアを開け、思い切って小さく咳払いした。すぐさま反応があった。ドアが大きく開けられたかと思うと、ロバーツは腕をつかまれてなかに引っぱりこまれたのだ。例の婦人がロバーツの背後のドアを閉め、掛け金をおろした。

婦人を見て、ロバーツは思わず息を呑んだ。これほど美しいひとがこの世に存在するとは、夢にも思わなかったからだ。クリーム色のふんわりしたシフォンとレースの、裾の長い部屋着をまとった婦人が、通路側のドアにもたれて息をはずませている。ロバーツは窮《きゅう》地《ち》に追いこまれた美女の話なら、何度も本で読んだことがある。それがいま、目の前で、現実のものとなっている――じつに、まさに、胸が高鳴る光景だった。

「ああ、よかった！」婦人はつぶやいた。

ロバーツが思っていたよりも、婦人は若かった。その美貌は、彼の目には別世界の生きもののように映った――これぞロマン！　いまこそ自分はロマンの渦中にある！

若い婦人は声を抑えて、早口でいった。流暢な英語だが、アクセントは外国人のものだ。

「来てくださって、うれしいわ。とても恐ろしくて。この列車にワシリヴィッチが乗っているんです。それがどういうことを意味するか、おわかりですか？」

ロバーツは少しもわからなかったが、とりあえず、こっくりとうなずいた。

「うまく逃げきったと思っていたのに……。もっと注意すべきでした。どうしましょう？　ワシリヴィッチは隣のコンパートメントにいます。なにがあろうと、宝石を奪われるわけにはいきません」

「あなたを殺させたりはしませんし、宝石も奪わせません」ロバーツはきっぱりいった。

「では、宝石をどうすればいいでしょう？」

ロバーツは婦人の背後のドアに目を向けた。「ドアに掛け金はかかっていますね」

婦人は笑った。「ワシリヴィッチに、掛け金をかけたドアがなんの役に立ちましょう」

いつも愛読している小説の登場人物になったみたいだ――ロバーツのその思いがいっそ

う強くなる。

「打てる手はひとつしかありません。宝石をわたしに預からせてください」

若い婦人はあやぶむような目でロバーツを見た。「二十五万ポンドの価値のある宝石なんですよ」

ロバーツの顔がさっと紅潮した。「わたしを信じて」

ほんのつかのま、婦人はためらった。そして、うなずいた。「わかりました。あなたを信用します」そういって、すばやく手を動かしたかと思うと、くるくると巻いた一足分のストッキング──蜘蛛《くも》の巣のように薄い上質の絹──をさしだした。「さあ、これを」

驚いて目を丸くしていたロバーツは、ストッキングを受けとって初めて納得した。空気のように軽いはずのストッキングが、意外にもずしりと重かったからだ。

「それをあなたのコンパートメントにお持ちになって。明日の朝、わたしに渡してください──もし──もしわたしがまだここにいたら」

ロバーツはこほんと咳払いした。「あのう、そのことなんですが」一拍ほど間《ま》を置いて、あとをつづける。「わ、わたしがあなたを守ります」そうはいったものの、無作法すぎるのではないかと思い、またもや顔が赤くなった。「ここにいすわるというのではなく、あちらにいます」洗面所のほうを見る。

「ここにいるとおっしゃるのなら──」婦人は空いている上段の寝台に目をやった。

ロバーツは今度は髪の根元まで赤くなった。「いやいや、とんでもない！　あそこで充分ですよ。なにかあれば、呼んでください」

「ありがとう、あなた」婦人はやさしい声でいった。

下段の寝台にすべりこみ、上掛けを引っぱりあげながら、婦人は感謝のほほえみをロバーツに向けた。

ロバーツは洗面所にたてこもった。

それから二時間ほどたったころだろう、ロバーツはなにか物音が聞こえたような気がした。耳をそばだてる――なにも聞こえない。気のせいか。だが、隣のコンパートメントでかすかな物音がしたのは、空耳ではなかったように思える。もしかすると――そう、もしかすると……。

洗面所のドアをそっと開ける。先ほどロバーツがそこを出たときと同じく、コンパートメントには、天井のちっぽけな明かりが青く灯っているだけだ。青い薄闇に慣れるまで、力をこめて目を凝らす。

あのひとがいない！

ロバーツはコンパートメントのメインの明かりをつけた。誰もいない。ふと、あるかなしかのにおいに気づき、鼻をひくひくさせる。かすかだが、知っているにおい――甘くきついクロロフォルムのにおいだ！

通路側のドア――いまは掛け金がかかっていない――から外に出て、ロバーツは通路を見まわした。人影はない。隣のコンパートメントのドアに目が留まる。彼女は、ワシリヴィッチとかいう男が隣のコンパートメントにいるといっていた。用心ぶかくドアノブを回す。ドアには内側から掛け金がおろされている。

どうすればいい？　ドアをがんがんたたいて、開けろと要求すべきか？　だが、拒否されるに決まっている。それに、あの婦人はここにはいないかもしれない。もしいるとしても、騒ぎを起こして、事が公《おおやけ》になるのは望まないのでは？　この戦いでは、基本的に〝秘密〟の保持が重要なのではないだろうか。

不安にざわつく胸を抱え、ロバーツはゆっくりと通路を歩いてみた。車輛のいちばん端のコンパートメントの前で立ちどまる。ドアが開いている。なかをのぞくと、車掌が横になって眠りこんでいた。その上方のフックに、褐色の制服の上着と、前びさしのついた帽子が掛けてある。

とっさに、ロバーツは次の行動を決めた。手早く車掌の上着をきこんで帽子をかぶり、急いで通路に出る。例のコンパートメントのドアの前に立ち、ありったけの勇気をふりしぼって、断固としてドアをノックした。

応答がない。ロバーツはもう一度ノックした。

「ムッシュ」せいいっぱい、フランス語らしいアクセントで呼びかける。細めにドアが開き、顔がのぞいた。外国人だ。黒い口髭以外は、きれいに顔をあたっている。怒りもあらわな、憎々しげな表情。

「なんの用だ？《ケス・キリ・ヤ》」嚙みつくような口ぶりだ。

「パスポートを拝見します《ヴォトル・パスポル》、ムッシュ」そういうと、ロバーツは一歩さがり、男を手招きした。

男は一瞬どうしようかと迷ったようだが、いわれたとおり、通路に出てきた。ロバーツは必ず相手がそうすると読んでいた。もしあの婦人がこのコンパートメントのなかにいるのなら、当然、男は車掌をなかに入れたくないに決まっているからだ。閃光のように、ロバーツはすばやく行動した。ありったけの力で男を押しのけ——男は無防備だったし、列車の揺れがロバーツの味方をしてくれた——て、さっとコンパートメントのなかにとびこみ、ドアに掛け金をおろした。

下段の寝台の端に、婦人が横たわっていた。さるぐつわを嚙まされ、両の手くびを縛られている。ロバーツは急いでいましめをといてやった。婦人はほっと息をついて、ぐったりとロバーツにもたれかかった。

「力が出ません。気分が悪い」婦人は小さな声でいった。「クロロフォルムのせいだと思います。あれは——あれはあの男に奪われてしまった？」

「いいえ」ロバーツはポケットを軽くたたいた。「さて、これからどうしましょうかね？」

婦人はすわりなおした。薬のせいでぼんやりしていた頭が、ようやく働くようになったようだ。ロバーツの上着をつまむ。

「気転の利くこと！　こんなこと思いつくなんて、すばらしいわ！　ええ、あの男は、宝石のありかをいわなければ殺すと脅しをかけてきました。とっても怖かったけど、そこにあなたが現われた」くすっと笑う。「わたしたち、あの男を出し抜いてやりましたね。こうなったら、あの男にはなにもできません。このコンパートメントに入ることさえできないんですから。

朝までここにいましょう。あの男はディジョンで下車するでしょうね。あと三十分もすればディジョンに着きます。そこで彼はパリに電報を打つはず。となれば、彼の仲間がパリで、この列車の到着を待ちかまえているでしょう。ああ、そうね、車掌の制服と帽子は窓から捨ててしまったほうがいいわ。よけいなトラブルに巻きこまれるといけないから」

ロバーツはいわれたとおりにした。

「眠るわけにはいきませんね。朝まで、しっかり用心しなくては」

奇妙な、だが、胸躍る、寝ずの番となった。午前六時になると、ロバーツは慎重にドアを開けて通路をのぞいた。通路には誰もいない。婦人はすばやい身のこなしで、隣の、自分のコンパートメントにすべりこんだ。ロバーツもあとを追う。コンパートメントのなかは徹底的に荒らされていた。

ロバーツは洗面所経由で、自分のコンパートメントにもどった。相客は依然としていびきをかいて熟睡している。

午前七時、列車はパリに到着した。車掌は制服の上着と帽子がなくなったと騒いでいる。だが、乗客のひとりがいなくなったことには、まだ気づいていないようだ。

ロバーツと婦人の、スリル満点の逃避行が始まった。次々とタクシーを乗り換えて、パリの街を走りまわる。あちこちのホテルやレストランのドアから入っては別のドアから出る。そしてようやく、婦人は安堵の吐息をついた。

「もう尾行している者はいません。うまく振り切ってしまえたようです」

ふたりは朝食をとってから、タクシーでル・ブールジェ空港に行った。三時間後、英国のクロイドン空港に到着。ロバーツは飛行機に乗ったのは、生まれて初めてだった。

クロイドン空港には、白髪で背の高い、顎髭をたくわえた年配の男が待っていた。ロバーツがジュネーヴで指示を受けた、あの男にどことなく似ている。男は最敬礼で婦人を迎えた。

「お車が待っております、マダム」男はいった。

「こちらの紳士もごいっしょよ、パウル」そしてロバーツに男を紹介した。「パウル・ステパニー伯爵です」

車は堂々たるリムジンだった。リムジンは一時間ほど走ってから、大邸宅《カントリーハウス》の門をくぐった。壮麗な正面玄関の前で停まる。

ロバーツは書斎とおぼしい部屋に通された。そしてそこで、かの貴重なストッキング一足を婦人に返した。そのあと、ロバーツはひとり取り残された。待つことしばし、やがてステパニー伯爵がもどってきた。

「ミスター・ロバーツ、あなたには心からお礼を申しあげます。勇敢で高潔な精神を、遺憾なく発揮なさった」

ステパニー伯爵はモロッコ革のケースをさしだした。

「あなたにセント・スタニスラス勲章、すなわち勲十等の栄誉章をお贈りさせていただきます」

夢見心地で、ロバーツはケースを開けた。宝石のついた勲章がおさまっている。

伯爵はさらにことばを継いだ。「お帰りになる前に、オルガ女大公が、ご自身であなたにお礼を申しあげたいとおっしゃってます」

ロバーツは広々とした応接間に案内された。そこには、ゆるやかなローブをはおった、美しい旅の道づれが待っていた。

彼女は尊大に手を振って、伯爵にさがるように命じた。

「あなたは命の恩人ですわ、ミスター・ロバーツ」

女大公はそういって、片手をさしのべた。ロバーツがその手にキスすると、彼女はつと身をかがめていった。「ほんとうに勇気のあるかた」

ロバーツのくちびるに彼女のくちびるが触れ、彼はエキゾチックな芳香につつまれた。ほんの一瞬、ロバーツはほっそりした美しいひとを胸に抱きしめていた……。

夢見心地から覚めやらぬロバーツの耳に、誰かの声が届いた。

「お望みのところまで、車でお送りいたします」

一時間後、車はオルガ女大公を乗せるために、屋敷にもどってきた。彼女と年配の男が車に乗りこむ。暑かったらしく、男は顎鬚を取ってしまっている。

車がストレタムの女大公の自宅の前で停まると、女大公は車を降りた。家に入ると、お茶の用意がととのったテーブルから、年配の女が顔をあげた。

「あら、マギー、おかえり」

ジュネーヴ―パリ間の列車のなかではオルガ女大公、パーカー・パインの事務室ではマドレーヌ・ド・サラという妖艶《ようえん》なる美女は、実直で働き者の一家の四女、マギー・セイヤーズなのだ。

やんごとなき女大公から一般庶民への、なんという零落！

パーカー・パインは友人と昼食をとっていた。

「おめでとう」友人はいった。「きみの推奨した男が、首尾よくあれを運んでくれた。トーマリー一党は、あの大砲の設計図はもはや国際連盟の手にあると推測し、さぞ怒りくるっていることだろう。きみ、なにを届けてもらうか、例の男に話しておいたのかね？」

「いや、いわなかった。そう、少しばかり潤色したほうがいいかと思ってね」

「慎重をきわめたわけだ」

「慎重だったからじゃないよ。あの男に楽しんでもらいたかっただけだ。大砲じゃ、ちょっと地味だと思ってね。彼には胸躍る冒険を味わってほしかったんだよ」

「地味だと？」ボニントンは目をみはった。「やつらに目をつけられたら、殺されていたかもしれないんだぞ」

「ああ、そうだね」パインはあっさり認めた。「だけど、わたしだって、彼を殺されたくはなかったさ」

「きみの仕事、かなり儲かっているのかい？」

「ときには持ち出しということもある。その価値がある場合なら」

パリでは、三人の男が怒りくるって、それぞれがほかのふたりを責めたてていた。

「いまいましいフーパーめ！　あいつのせいだ！」

「設計図はオフィスから誰かに持ち出されたわけじゃなかった」ふたり目がいう。「だのに、水曜日には消えていた。そいつはまちがいない。だから、おまえがヘマをやったといってるんだ」

「ヘマなんかしてねえ」三人目の男はふくれっつらでいいかえした。「あの日、ジュネーヴ行きの列車に乗っていた英国人は、ちびの会社員ひとりきりだったんだ。そいつに探りを入れてみたけど、ピーターフィールドの名前も、大砲のことも、なんにも知っちゃいなかった」そして笑いながらつけくわえた。「そういやあ、むやみにボルシェヴィキを目の敵にしてたな。ありゃあ、一種の病気だぜ」

ロバーツはガスストーブを前にすわっていた。膝の上にはパーカー・パインからの封書があった。手紙といっしょに五十ポンドの小切手が同封されていた。手紙には〝ある任務が首尾よく遂行されたことを喜んでいるかたがたから〟と記してあった。

椅子の肘掛けには、図書館から借りてきた本がのっている。ロバーツはその本を手にすると、ぱっとページを開いてみた。

……狩りたてられている美しい猛獣のように、女はドアを背にうずくまっていた。

うん、こういうことなら先刻承知だ。

ロバーツはまた別の文章に目を向けた。

……においを嗅いでみた。かすかに、甘くてきついクロロフォルムのにおいが鼻孔を刺した。

うん、これも知っている。

……彼は女を抱きしめた。真紅に彩られたくちびるが震え、彼のくちづけに応えた。

ロバーツはふっと息をついた。あれは夢ではなかった。すべて現実に起こったことだ。行きの旅はどうということもなかった。だが、帰りの旅ときたら！

彼は一連の出来事を充分に楽しんだ。しかし、我が家がいちばんだ！　人生というものは、日々、あんなふうな出来事に追いたてられてすごすものではない――それはなんとなく納得している。あのオルガ女大公の面影さえ――あの別れのキスでさえ――もはや現実感が薄れ、夢のように思える。

メアリと子どもたちは明日帰ってくる。ロバーツの顔が幸福そうに笑みくずれた。

メアリはいうだろう――あたしたちはすてきな休暇を楽しんできたけど、あなたがひとり寂しくお留守番をしているかと思うと、胸が痛んだわ。

ロバーツはこう答える――気にすることなんかなかったのに。わたしは社用でジュネーヴに行ったんだ。少しばかりめんどうな商談だったものでね、ほら、これを見てごらん。

そしてメアリに、五十ポンドの小切手を見せてやるのだ。

ロバーツは勲十等栄誉章であるセント・スタニスラス勲章のことを思った。隠してあるが、いずれメアリにみつかるだろう。なんと説明しようか……。

そうだ、こういおう――スイスで買ったと。骨董品だと。

ロバーツはまた本を開き、幸福そうに読みはじめた。その顔にはもう、せつないほどの憧憬は浮かんでいない。

ロバーツもまた、〈なにごとか〉の渦中にあって、勇敢に、栄誉ある行動を遂行したひとりだったのだから。

大富豪夫人の事件

The Case of the Rich Woman

ミセス・アブナー・ライマーが来ていると受付からいってきた。パーカー・パインは彼女の名前を知っていたので、思わず眉を吊りあげた。

その本人がクライアントとしてオフィスに通された。

ミセス・ライマーは背が高く、女性ながら骨格ががっしりしている。容姿はお世辞にも見目麗しいとはいいがたく、ヴェルヴェットの服も、どっしりした毛皮のコートも、その事実をごまかすことはできていない。手は大きく、指の関節がふしくれだっている。顔も大きくて幅広で、じつに血色がいい。黒い髪は流行の髪型だし、帽子には、くるりと巻いたオーストリッチの羽根が山ほど飾りつけてある。

彼女は軽く会釈して、どっしりと椅子に腰をおちつけた。

「おはよう」ぶっきらぼうな口調で、用件を切り出す。「あんたがなにもかもわきまえているというのなら、お金の使い道を教えてちょうだい」

「これはまた奇抜なことをおっしゃる」パインはつぶやいた。「今日び、めずらしいご相談ですな。お金の使い道に困っていらっしゃるんですか、ミセス・ライマー？」

「そのとおり」ミセス・ライマーは無愛想に答えた。「毛皮のコートは四着、パリ製のドレスはかぞえきれないほど。車は一台あるし、住まいはパークレーンの屋敷。大きなヨットも一隻持ってるけど、あたしは海が苦手。鼻の先っぽからひとを見おろすような、ごたいそうな召使いも大勢抱えてる。国内はあちこち旅行したし、少しばかり外国も見てきた。なにかを買うとか、なにかをするとか、なんでもいい、新しいことを思いついてもらえたらありがたいわね」ミセス・ライマーは期待するようにパインをみつめた。

「慈善事業はどうでしょう」

「え？　お金をばらまけっていうの？　いいえ、そんなことはしたくありません。いいこと、あたしのお金は働いて稼いだものなの。懸命に働いて、ね。そんなお金を、塵や埃みたいに吹き飛ばせると思う？　それはあんたの考えちがいってもんですよ。あたしはそのお金を自分のために使いたい。出しただけの金額に見合うものがほしい。あんたがなにかいい考えを思いついて、あたしにもそれが妥当だと納得できたら、たんと報酬をはずみますよ」

「じつに興味ぶかいご提案ですな。ところで、田舎のお屋敷のことは話に出ませんでしたね」

「忘れてた。一軒ありますよ。死ぬほど退屈なとこだけど」

「あなたご自身のことをもっと話していただきたいですね。あなたの問題は、そう簡単に解決できそうもないようなので」

「いいですよ、話しましょう。自分の過去を恥ずかしいと思ったことはありませんからね。子どものころから農家で働いてましたよ。そりゃあもうきつかった。それから、近くの製粉所で働いてたアブナーと知り合った。あのひとったら、八年もあたしを口説きつづけてね。で、結婚した」

「幸せでしたか？」

「幸せだった。アブナーはあたしにはもったいないぐらい、いいひとでね。そりゃあ、いろいろ苦しいこともあった。アブナーは二度も職を失ったし、次々に子どもたちが産まれたし。子どもは四人。息子が三人に、娘がひとり。だけど、ひとりも育たなかった。子どもたちが生きていたら、あたしも変わっていただろうに」

ミセス・ライマーの顔がやわらぎ、若返って見えた。

「アブナーは胸が悪くてね。そのせいで、戦争にはいけなかった。でも、銃後の守りはりっぱに果たしましたよ。職工長になってね。頭のいいひとだったんですよ、アブナーは。新しい製粉方法を思いついてね。いっとくけど、工場側はちゃんと対応してくれましたよ。相当な額の報奨金をくれたし。それを元手にして、また新しい方法を編みだした。それがあたって、どんどんお金が入ってきた。アブナーは会社を創立して経営者になり、職工をふたり雇う立場になった。それから、破産した会社をふたつ引き受けた。もちろん、相応の金額を払いましたよ。それがうまくいってね、またまたお金が入ってきた。いまも金を生みつづけてます。

そう、最初はほんとうに楽しかった。大きな屋敷に、現代風の設備がととのった浴室、それに大勢の召使い。あたしは料理も床磨きも洗濯もしなくてよくなった。居間で絹のクッションに寄りかかって、ベルを鳴らしてお茶を持ってこさせる――まるで公爵夫人みたいにね。ええ、とっても快適でしたよ。あたしたちはその暮らしを存分に楽しんだ。それからロンドンに出てきたんです。あたしは一流の婦人服店に行き、服を仕立ててもらった。夫婦でパリにも、リヴィエラにも行った。ほんとうに楽しかった」

「で、それから？」パインは先をうながした。

「たぶん、そんな暮らしに慣れてしまったんだろうね、しばらくすると、以前ほど楽しめなくなって。自分の好みで選んだ料理であっても、おいしいと思えなくなった。それに浴室だって――けっきょくのところ、どんなに設備が現代風であっても、入浴は一日に一度で充分だし。それにアブナーは、体調の不具合に苦しめられるようになってきた。医者には惜しまずに金をつぎこんだけど、まったく成果はあがらなかった。医者の処方にしたがって、あれやこれやといろんな治療を受けてみた。でも、どれも効果がなくて、アブナーは死んだ」ミセス・ライマーはそこでちょっと口をつぐんだ。「まだ若かったんですよ。

四十三歳でした」

パインは同情をこめてうなずいた。

「それが五年前のこと。お金はいまもどんどん入ってくる。でも、そのお金を使ってできることがないなんて、もったいない気がしてね。さっきもいったとおり、お金で購《あがな》えるのに、まだ持っていないものなんて、もうなにも思いつかないんですよ」

「ことばを換えていえば」パインはいった。「日々が退屈でたまらない、楽しくない。そういうことですね」

「退屈で、つまらない」ミセス・ライマーは陰鬱《いんうつ》な口調で答えた。「友人はいません。新しく知り合った人々は、あたしに寄付してほしいだけで、裏ではあたしのことを笑いものにしています。むかしの知り合いは、いまのあたしとはつきあおうとしない。あたしが車で乗りつけるのを恥ずかしがってね。

さあ、どうにかできそう？　なにかいい考えがある？」

「なんとかできるでしょう」パインはゆっくりといった。「むずかしいけれども、チャンスを提供することはできます。あなたが失ったもの――生きることへの関心――を、取りもどすチャンスをさしあげることは可能です」

「どうやって？」ミセス・ライマーはぶっきらぼうに訊きかえした。

「それは」パインはいった。「職業上の秘密です。事前に手の内を明かすようなことはいたしません。問題はひとつ。あなたはそのチャンスをつかもうとお思いになりますか？　成功するかどうかは保証できませんが、わたしは合理的に可能性があると考えています」

「お金がかかる？」

「ちょっと異例の手段を講じなくてはならないので、かなり費用がかかりますね。千ポンド、いただきます。前金で」

「いうわね」ミセス・ライマーは褒めるようにいった。「わかった。その提案、のもうじゃないの。高額な請求には慣れてる。ただし、お金を支払うからには、それがむだにならないように、目を光らせることにしてるからね」

「むだになることはありますまい」パインは答えた。「ご心配なく」

「今日の夕方には小切手を届けさせます」ミセス・ライマーは立ちあがった。「じつのところ、あんたを信用していいものかどうか、あたしにはわからない。愚か者とお金は相性が悪い、すぐ離れるっていうわね。ええ、あたしは愚か者にちがいないね。でも、あんたは肝がすわってる。どの新聞にも、幸福にしてあげますなんて広告を、堂々と載せているんだから」

「広告を出すには費用がかかります。広告どおりの仕事をしなければ、広告の費用がすべてむだになるわけでして」

わたしはさまざまな不幸の種を知っています。したがって、それとは反対の状態を生じさせるにはどうすればいいか、明確なアイディアをもっているのですよ」

ミセス・ライマーは疑わしげに頭を振り、高価な香水の香りを透明な煙のようにたなびかせながら、パインのオフィスを出ていった。

ハンサムなクロード・ラトレルがオフィスにすべりこんできた。「ぼくの出番ですか？」

パインはくびを横に振った。「それほど単純な依頼じゃないんだ。いや、はっきりいって、かなりむずかしい。肚を決めて、リスクを冒さなければなるまい。異例の手段をとるしかないな」

「すると、ミセス・オリヴァーに？」

世界的に有名な作家の名前を耳にして、パインは微笑した。「ミセス・オリヴァーは、うちのスタッフのなかで、いちばん紋切り型だよ。わたしは大胆不敵な案を考えているんだ。ともあれ、ドクター・アントロバスに電話してくれないか」

「ドクター・アントロバス？」

「そうだ。彼の手助けが必要になる」

一週間後、パーカー・パインのオフィスに、ミセス・ライマーが姿を見せた。パインは立ちあがって彼女を迎えた。

「遅くなりましたが、どうしてもこれだけの時間が必要だったのです。いろいろと手配をしなければなりませんでしたので。それに、ヨーロッパ大陸を半分ほど横断してこなければならない、ある特別な人物に、必ず来ていただくという確約も取りつけなければならなかったものですから」

「ふうん」ミセス・ライマーは疑わしそうにいった。千ポンドもの小切手を切り、それがすでに現金化されているという事実は、この一週間、かたときも彼女の脳裏を去らなかったのだ。

パインはデスクに設置されているブザーを鳴らした。黒髪の、東洋的な顔だちの若い女が事務室に入ってきた。白い看護婦の制服に身を固めている。

「準備は完了したかね、ミス・ド・サラ?」

「はい。ドクター・コンスタンチンがお待ちです」

「なにをする気なの?」ミセス・ライマーは気色ばんだ。

「東洋の神秘をご紹介したいのですよ」

ミセス・ライマーは看護婦に案内されて、一階上のフロアに向かった。そして、この建物の、ほかの部屋とはまったく感じのちがう部屋に通された。四面の壁には、東洋の刺繡《ししゅう》をした布が掛かっている。やわらかそうな座面の寝椅子が数脚あり、床には美しい絨毯《じゅうたん》が敷いてある。男がひとり、コーヒーポットの上にかがんでいたが、一同が部屋に入ってくると、上体を起こした。

「ドクター・コンスタンチンです」看護婦がいう。

ドクターはヨーロッパスタイルの服を着ているが、顔は浅黒く、黒い目はアーモンド形で、その目には、一瞥で相手を射抜くような、異様にするどい力がこもっている。

「すると、こちらがわたしの患者ですね？」ドクターは低い、響きのいい声でいった。

「あたしはどこも悪くない」ミセス・ライマーはいった。

「体は健康でしょう」ドクターは応じた。「ですが、心が疲れている。わたしたち東洋人は、弱った心を治療する方法を熟知しています。さあ、そこにすわって、コーヒーを一杯、どうぞ」

ミセス・ライマーは寝椅子にすわり、香りのいい湯気が立ちのぼる、小さなコーヒーカップを受けとった。彼女がそれをひとくちすすると、ドクターがいった。

「ここ西洋では、医学は肉体の病《やまい》しか治療しません。それではいけない。肉体は楽器にすぎません。調べが奏でられる楽器。奏でられるのは、寂しく憂鬱《ゆううつ》な調べかもしれません。あるいは、陽気で喜びに満ちた調べかもしれません。あなたにはお金がある。それを使って楽しめるように。わたしたちはあなたに、後者の調べが奏でられるようにしてあげたい。あなたには生きている価値のある人生を送れるように。

とても簡単なことです——簡単です——簡単で……」

ミセス・ライマーは心身ともにだるくなってきた。医者の姿も、看護婦の姿も、次第にぼやけてくる。なんだか幸福な気分になってきた。眠い。ぼやけていた医者の姿が、だんだん大きくふくらんできた。世界がぼわっとふくらんできた。

ドクターはミセス・ライマーの目をのぞきこんだ。

「眠りなさい。眠るのです。まぶたが落ちてきます。さあ、眠くなってきた。眠くなってくる。眠くなって……」

ミセス・ライマーのまぶたが閉じた。そして意識が、広く大きな世界に浮遊していった……

……目が開いたとき、長い時間眠っていたような気がした。いろいろなことをぼんやりと思い出す――おかしな、ありえないような夢を見ていたようだ。目が覚めたような感じがしたかと思うと、また夢の世界にもどる。そのくりかえしだった。車に乗ったような気もする。看護婦の制服を着た黒髪の若い美人が、自分の上にかがみこんでいたのをうっすらと思い出す。

どちらにしろ、いまは目が覚めている。そして、自分のベッドに寝ていた。

いや、自分のベッド、か？　寝心地がちがう。ミセス・ライマーのベッドはふんわりとやわらかいが、このベッドはちがう。なんだか、もう忘れていた過去の日々を思い出させる寝心地だ。体を動かすと、ベッドがきしんだ。パークレーンの自宅のベッドはきしんだりしない。

ミセス・ライマーはあたりを見まわした。ここはパークレーンの自宅ではない。それはまちがいない。では、病院だろうか？　いや、それもちがう。病院ではない。ホテルでもない。飾りけのない粗末な部屋で、壁は色褪せ、かろうじてもとは薄い藤色だったとわかる。松材の洗面台があり、水さしと洗面器がのっている。同じく松材の引き出しつきのチェストが一台と、ブリキのトランクがひとつ。壁のフックには、見憶えのない衣類が掛かっている。キルトの上掛けはあちこちつぎはぎだらけだ。彼女はそれにくるまっている。

「ここはどこ？」ミセス・ライマーはつぶやいた。

ドアが開き、ぽっちゃりした小柄な女がせかせかと入ってきた。頬が赤く、気さくな感じだ。袖をまくりあげ、エプロンをつけている。

「おや！」女は大きな声でいった。「起きてるよ。先生《ドクター》、どうぞ、入って」

ドクターと聞き、ミセス・ライマーは文句をいってやろうと、口を開いた――が、なにもいわなかった。というのも、ぽっちゃりした女のあとから現われたのは、あの品のいい、浅黒い肌のドクター・コンスタンチンとは似てもにつかぬ男だったからだ。背中が丸くなった年寄りで、分厚いレンズの眼鏡の奥からじっと彼女を見ている。

「よくなっとるな」医師はベッドに近づき、ミセス・ライマーの手くびにさわって脈をとった。「じきに元気になるよ」

「あたし、どうしたんですか?」ミセス・ライマーは強い口調で訊いた。

「発作を起こしたんじゃよ。この一両日、意識がなかった。だが、心配せんでいい」

「そりゃあもう、びっくりしたんだよ、ハンナ」ぽっちゃりした女がいった。「わけのわからない、おかしなことばっかりいってね」

「うん、わかっとるよ、ミセス・ガードナー」医師は女をさえぎるようにいった。「だがな、いまは病人を興奮させてはいかん。いいかい、あんた、じきにベッドから出て、また元気に動きまわれるようになる」

「だけど、仕事のことはなんにも気にしなくていいからね、ハンナ。ロバーツのおかみさんが手伝いにきてくれたから、だいじょうぶだよ、心配いらない。しばらく休んだら、元気になるさ」

「どうしてあたしをハンナと呼ぶんです?」ミセス・ライマーはいった。

「だって、それがあんたの名前じゃないか」ミセス・ガードナーは驚き、あきれたようにいった。

「いいえ、ちがう。あたしの名前はアメリア。アメリア・ライマー。ミセス・アブナー・ライマーです」

医師とミセス・ガードナーは目を見かわした。

「さあさ、ゆっくりお休みな」とミセス・ガードナー。

「うん、うん、なんも心配せんでいいからな」医師もいう。

ふたりは部屋を出ていった。アメリア・ライマーは茫然としていた――なぜ彼らはあたしをハンナと呼ぶのだろう？　自分の本名をいったとき、なぜ彼らはおかしそうに目を見かわしたのだろう？　ここはどこで、なにがどうしてこうなっているのだろう？

アメリアはそっとベッドから出てみた。少しばかり足の動きがおぼつかないが、のろのろと小さな屋根窓まで行き、外を見てみた。見えたのは、農家の庭！　ますます頭が混乱して、アメリアはベッドにもどった。

こんな、まったく見知らぬ農家で、自分はいったいなにをしているのか？

ミセス・ガードナーがスープの入ったボウルののったトレイを持って、また部屋に入ってきた。

アメリア・ライマーは次々と彼女に疑問をあびせた。「あたしはどうしてここにいるんです？　誰がここに連れてきたんです？」

「誰かに連れてこられたわけじゃないよ。ここはあんたの家じゃないか。少なくとも、あんたはこの五年、ここで暮らしてる。けど、あんたがあんな発作を起こすなんて、夢にも思わなかったよ」

「ここで暮らしてる？　五年も？」

「そうだよ。どうしたんだい、ハンナ、あんた、なんにも憶えてないのかい？」

「ここで暮らしてたなんて、ありえない！　あなたには会ったこともありません！」

「ああ、そうか、あんた、病気のせいで、なにもかも忘れちまったんだね」

「ここで暮らしてたなんて、ありえない」

「けど、そうなんだよ」ミセス・ガードナーはつかつかと引き出しつきのチェストまで行き、その上にのっていた写真立てをつかむと、古ぼけた写真をアメリアに見せた。

写真には四人の男女が写っている。顎髭の男、ぽっちゃりした女（ミセス・ガードナーだ）、はにかんでいるが楽しそうな笑みを浮かべている、ひょろっと背の高い男、そして、プリントの服を着てエプロンをつけた女。なんと、その女はアメリアではないか！

驚きのあまり神経が麻痺《まひ》してしまったように、アメリアは茫然と写真をみつめた。

ミセス・ガードナーはトレイをアメリアのそばに置くと、部屋を出ていった。

アメリアはほとんど機械的にスープを口に運んだ。濃くて熱くて、おいしいスープだ。その間《かん》も、アメリアの頭のなかでは疑問がぐるぐる渦を巻いていた——頭がおかしいのは誰だ？　ミセス・ガードナーか、それとも、自分か、どちらかだ。だが、あの医者は？

あたしはアメリア・ライマーだ——きっぱりと自分にいいきかせる。あたしは自分がアメリア・ライマーだとわかっている。そうじゃないとは誰にもいわせない。

スープを飲み終えた。ボウルをトレイにもどす。折りたたまれた新聞が目につき、取りあげて日付を確かめる。十月十九日。パーカー・パインの事務所に行ったのは、いつだっただろう？　十五日か十六日だ。すると、最低でも丸三日は、ぐあいが悪かったにちがいない。

「あのインチキ医者め！」怒りをこめてののしる。

と同時に、安心もした。以前に聞いたことがあるが、記憶を喪失する病気があるという。自分もその病気にかかってしまったのではないかと、不安におののいていたのだ。

アメリアは新聞の紙面をめくり、読むというわけでもなく、なんとなく記事を眺めていた。と、ある記事が目に留まった。

〈ボタン軸〉の王、アブナー・ライマーの寡婦であるミセス・アブナー・ライマーは、昨日、私立の精神病院に入院した。二日間というもの、自分はアメリア・ライマーではなく、ハンナ・ムアハウスという名の農婦だといいはっていたという。

「ハンナ・ムアハウスだって！　ははあ、そういうことなんだね。この女があたしで、あたしはここにいる。すり替えたんだ。いいさ、黒白つけてやろうじゃないの！　あのパーカー・パインというペテン師がなにか企んでいて、ほかの者たちも――」

怒りをたぎらせたアメリアの目に、紙面に印字されたコンスタンチンという名前がとびこんできた。れいれいしく記事の見出しになっている。

〈ドクター・コンスタンチンは主張する〉

日本に向けて出立する前夜、ドクター・クローディアス・コンスタンチンは、驚くべき説を発表した。ドクターの主張では、ある人間の肉体から別の人間の肉体に魂を移すことによって、魂の存在を証明できるという。

東洋において実験したところ、ふたりの人間の魂を入れ替えることに成功した。すなわち、魂の二重移動――催眠術で眠らせたAという人間の魂を、同様に催眠術で眠っているBという人物の肉体に移し、さらに、Bの魂をAの肉体に移す。催眠術をとくと、Aは自分がBであると主張し、Bは自分がAであると認めた。この実験を成功させるには、ふたりの人間の肉体が似ていることが必須である。体型がよく似ているふたりの人間が感情的に共鳴しやすいのは、まぎれもない事実である。これは双生児の場合、顕著な事実であるが、血縁関係のない人間同士であっても、社会的立場がまったく異なっていても、容貌・風采が非常によく似ていれば、魂と肉体の構造が調和することが明らかになった。

アメリアは新聞を放り投げた。「悪党ども！　腹黒いやつらめ！」

ようやくすべてに合点がいった。これはアメリアの財産を奪おうという、卑劣な悪だくみなのだ。ハンナ・ムアハウスはパーカー・パインの道具にされたのだ。おそらく、パインたちの悪だくみなどは、なにも知らないのだろう。パインと、あの悪魔のごときコンスタンチンが、この奇天烈《きてれつ》な奸計を実践したのだ。

パインの化けの皮を剝いでやる！　世間に正体を暴露してやる！　法的措置をとってやる！　知り合いという知り合いに話して——。

アメリアの怒りの奔流がふいに止まった。読んだばかりの新聞記事を思い出したからだ。ハンナ・ムアハウスは、意志のない道具ではなかった。彼女は自分が誰であるか、声高に主張しつづけた。

アメリアの背筋に寒けが走った。そしてどうなったか？

ハンナは精神病院に入院させられた。悪党どもに強制的に入院させられ、そこから出てこられないようにされた。ハンナが自分は正気だといいはればいいはるほど、ますます信じてもらえなくなっただろう。つまり、ハンナは病院にとどめおかれ、二度と世間に出てこられない。いや、だめだ。自分、アメリアはそんな危険を冒すわけにはいかない。

ドアが開き、ミセス・ガードナーが入ってきた。

「おや、スープをきれいに食べたんだね。よかったよかった。じきに元気になるよ」

「あたしのぐあいが悪くなったのはいつだったんですか？」アメリアは訊いた。

「こうっと、そう、三日前だね。水曜日だった。十五日。午後の四時ごろ、発作が起こったんだ」

「なんですって！」アメリアは思わず叫んだが、これには意味がある。なぜなら、彼女がドクター・コンスタンチンに引き合わされたのは、午後四時ごろだったからだ。

「急に椅子にすわったままぐったりしてしまって」ミセス・ガードナーはいった。「〝ああ！〟とか、〝ううー〟とか唸ってたと思うと、ぼんやりした口ぶりで〝眠たい〟といった。そしてそのとおり、あんたは眠ってしまった。で、あたしたちはあんたをベッドに運び、先生を呼びにやった。で、それ以来、あんたはここで眠ってたんだよ」

「あのう――」アメリアは思い切って切り出した。「あたしが誰だかわかるんですか。そのう、顔だち以外に、なにか見分けられる特徴があるとか」

「なんとまあ、おかしなことをいうね。顔で見分けるほかに、もっといい方法があるっていうのかい？　まあいいやね、それで気分がおちつくんなら、教えてあげよう。あんたにはアザがあるんだよ」

「アザ？」アメリアは驚いた。そんなものはないからだ。

「右肘の下に、イチゴみたいに赤いアザがあるよ。自分で見てごらんな」

それが決め手になる――アメリアは胸の内でつぶやいた。右肘の下に赤いアザなどないことは、自分がいちばんよく知っている。アメリアは寝間着の袖をまくりあげた。右肘の下に赤いアザがあった。

アメリアはわっと泣きくずれた。

それから四日間、アメリアは考えに考えた。どう行動するか、いくつか案を考えたのだ。だが、どれも却下せざるをえなかった。

たとえば、ミセス・ガードナーに例の新聞記事を見せて説明してはどうか。信じるだろうか？　いや、信じないだろう。

たとえば、警察に相談してみてはどうか。警察が信じてくれるだろうか？　いや、そうは思えない。

では、パーカー・パインの事務所に行ってみてはどうか。この案は、考えただけで痛快きわまりなかった。ひとつには、あの調子のいい悪党を思い切りののしってやりたいからだ。だが、この名案を実行するには、致命的な支障があるため、あきらめざるをえない。現在、アメリアはコーンウォールにいて（そう教えられた）、ロンドンまでの旅費など持っていないからだ。すりきれた財布の中身は、二ポンド四ペンス。財布の持ち主のハンナの全財産と思われる。

そこで、四日後、アメリアはきっぱりと決断した――当面は、この状況を受け容れる、と。それも、ハンナ・ムアハウスとして。その人物になりきって働き、そこそこ金が貯まったら　ロンドンに出向き、あの詐欺師どもの巣窟に乗りこんでやるのだ。

心が決まると、いささか皮肉な思いがこもっているものの、アメリアは機嫌よく自分の立場を受け容れた。歴史はくりかえす。じつのところ、それに尽きる。ここの暮らしは、アメリアの子ども時代を思い出させてくれる。はるか、遠いむかしのように思えるが！

のんびりした安楽な生活に慣れてきた身にとっては、農場の作業はかなり重労働だったが、一週間もすると、すっかりその暮らしになじんだ。

ミセス・ガードナーは気がよくて、面倒見のいい女だった。夫のミスター・ガードナーは大柄で無口だが、やはり、親切な男だった。写真にいっしょに写っていた、長身のひょろっとした男はいなくなっていて、別の農夫が雇われている。ジョー・ウェルシュという、四十五歳の気さくな大男で、しゃべりかたも頭脳の回転もゆっくりしているし、内気だが、青い目にはきらめく光を宿している。

一週間、また一週間と日々が過ぎていった。そしてようやく、ロンドンまでの旅費が貯まった。だが、いまはハンナになりきっているアメリアは、ロンドンには行かなかった。先延ばしにしたのだ。急がなくても、時間なら充分にある——そう思ったからだ。いまだに、精神病院のことを考えると、平然としてはいられなくなる。あの悪党、パーカー・パインはじつに狡猾だ。うっかり事務所に乗りこんだりしたら、医者を抱きこんで、アメリアは心を病んでいるといいくるめ、世間のひとが誰も知らないうちに、彼女をも病院に閉じこめてしまうだろう。

それに――アメリアはひとりごとをいった。こんなふうな、ちょっとした暮らしの変化も悪くない、と。

ハンナ／アメリアは朝早く起きて、仕事に励んだ。

その冬、ジョー・ウェルシュが病気になり、アメリアとミセス・ガードナーが看護した。大男のジョーは、いじらしいほどふたりにたよった。

春になった。羊たちが仔を産む時期だ。生け垣には野生の花が咲き、外気がふんわりとやわらかくなった。ジョーはせっせとハンナの仕事を手伝った。ハンナはジョーの服を繕ってやった。

日曜日には、ときどき、いっしょに散歩した。ジョーはやもめで、四年前に連れあいに先立たれていた。女房の死後、大酒を飲むようになったと、正直に告白した。

ジョーは、地元のパブの王冠亭にはめったに行かなくなった。新しい服を何着か買いそろえた。ガードナー夫婦はひやかして笑った。

ハンナは不器用なジョーをからかったが、ジョーは気にしなかった。はにかみながらも、幸福そうだった。

春が去り、夏が来た。すばらしい夏だった。誰もが懸命に働いた。

収穫期が終わった。木々の葉は紅葉し、あるいは黄金色に染まった。

十月八日、キャベツの収穫作業をしていたハンナがふと目をあげると、パーカー・パインが柵にもたれていた。

「あんた！」ハンナはアメリア・ライマーにもどって叫んだ。「よくも……」パインに会ったらいってやろうと思っていたことをすべて吐きだしてしまうと、アメリアは息が切れてしまった。

パインはにっこりと微笑した。「まったく、おっしゃるとおりです」

「詐欺師の大嘘つきめ！」アメリアはののしりことばを、またくりかえした。「あんたとコンスタンチンはぐるになって、催眠術で、かわいそうに、ハンナ・ムアハウスを病院に閉じこめた——心が病んでいるからと嘘をついて」

「いいえ、あなたはわたしを誤解していらっしゃいます。ハンナ・ムアハウスは、精神病院に閉じこめられたりはしていません。そもそも、ハンナ・ムアハウスなる女性は実在しないのです」

「え？　それじゃ、あの写真はなに？　あたしはちゃんとこの目で見たんだからね」

「作りものですよ。あんなものは簡単にできます」

「じゃあ、彼女の新聞記事は？」

「あの新聞じたいが作りものなんです。あの二本の記事を自然な形で掲載して説得力をもたせるために、いかにも本物の新聞らしくこしらえたんですよ。うまくいきましたね」

「それなら、あのいかさま師、ドクター・コンスタンチンというのは？」

「名前も職業も偽物です。わたしの友人で、俳優なんです」

アメリアは鼻を鳴らした。「ふふん！　だったら、あたしは催眠術にかけられたわけじゃないんだね？」

「じつをいえば、そのとおり。あなたがお飲みになったコーヒーに、インドの大麻をちょっと入れてあっただけです。そのあとはほかの薬を使い、あなたを眠らせて車でここに運びました。そして薬の効果が切れ、意識がもどるがままにしたんです」

「ミセス・ガードナーは最初《はな》っから知ってたんだね？」

パインはうなずいた。

「買収したのかい。でなきゃ、嘘八百を吹きこんだ」

「ミセス・ガードナーはわたしを信頼してくれています。前に息子さんが懲役を受けずにすむように、助力したことがありますので」

パインの態度のなにかが、アメリアを黙らせ、その件を追及する気を抑えこんだ。

「だったら、あのアザは？」

パインは微笑した。「もう薄くなっていますよ。あと半年もすれば、きれいに消えてしまうはずです」

「それじゃあ、訊くけどね、この大がかりな茶番はいったいなんなんだい？　あたしをだまして、雇い人としてここに縛りつけて――銀行には唸るほどお金のあるあたしを。いや、訊くまでもないね。あんたはそのお金を使いまくったにちがいない。たいした悪党だこと。そのために、この茶番を仕組んだんだ」

「確かに、薬が効いているときに、あなたに弁護士宛の委任状を書いてもらい、あなたの財産を管理していました――そう、あなたがお留守のあいだの処置として。ですが、最初に前金で千ポンドいただいたほかは、わたしはあなたのお金を、一ペニーたりとも自分のポケットに入れたりはしておりません。じっさいのところ、手堅い投資によって、あなたの財政状態はますます安定し、上向きになっています」パインはアメリアに明るい笑顔を向けた。

「それなら、なんだって――？」

「ミセス・ライマー、あなたにひとつ質問があります。あなたは正直なかただ。ですから、この質問に対し、正直な答が返ってくるのはわかっています。

あなたにお尋ねしたいのは、いま幸福かどうかです」

「幸福！　なんてまあけっこうな質問だこと！　お金を盗んだ当人がいけしゃあしゃあと、盗まれた当人に幸福かなんて訊くとはね。ずうずうしいにもほどがある！」

「まだお怒りはとけないようですね。まあ、無理もありませんが。けれど、少しのあいだだけ、わたしの無礼を忘れてください。ミセス・ライマー、一年前の今日、あなたがわたしの事務所にいらしたとき、あなたは幸福ではなかった。いまも不幸ですか？　もしそうなら、あやまります。わたしを告訴するなりなんなり、ご自由になさってください。前金でいただいた千ポンドもお返しします。

さあ、いかがですか、ミセス・ライマー、あなたはいまも不幸ですか？」

アメリア・ライマーはしばらくパーカー・パインをみつめていたが、やがて目を伏せた。

「いいえ。不幸じゃないわね」その声には、けげんそうな響きがまじっている。「あんたのおかげだ。ええ、認めますよ。これほど幸福なのは、アブナーが亡くなってから初めてのこと。あ、あたし、ここで働いている農夫と結婚するつもりなんですよ——ジョー・ウエルシュと。結婚予告は次の日曜日。そう、その予定だった」

「ですが、もちろん、いまは事情が変わった」

アメリアの顔がさっと紅潮した。ぐいと一歩、前に足を踏みだす。

「どういう意味なの、事情が変わったって？　あんた、世界じゅうのお金をひとり占めにしたら、あたしがレディになれるとでも思ってるの？　おあいにくさま、あたしはレディになんかなりたくない。レディなんて、なんの役にも立たないお人形さんじゃないか。ジョーはあたしに似合いの男だし、あたしはジョーに似合いの女だ。あたしたちは似合いのふたりだから、幸福になれる。ミスター・パーカー・パイン、あんたは引っこんでおくれ。あんたにはなんの関係もないことに、くびを突っこむのはやめとくれ！」

パインはポケットから書類を一枚取りだし、アメリアにさしだした。「弁護士宛の委任状です。破り捨てましょうか？　今後は、あなたがご自身で財産の管理をなさるでしょうから」

アメリアの顔に奇妙な表情が浮かんだ。そして、委任状をパインに突きかえした。

「あんたが持っていて。あんたにはずいぶん失礼なことをいったね——まあ、そのうちの一部は、いわれてもしかたのないことだったと思うけど。あんたってひとは、まったく油断がならない。だからこそ、あたしはあんたを信頼する。

あたしの財産のなかから、ここの銀行のあたしの口座に、七百ポンド入れてもらおう。そのお金で、前から目をつけていた農場を買うよ。残りのお金は——そうだね、慈善事業に寄付しておくれ」

「まさか、全財産を慈善事業に寄付なさるのではないでしょうね？」

「その、まさかよ。ジョーはいいひとだけど、気が弱い。お金なんか持たせたら、あのひとはダメになってしまう。お酒はやめさせたけど、この先も目を光らせるつもり。ありがたいことに、あたしは自分の気持がはっきりわかってる。こんりんざい、あたしと幸福のあいだに、お金を割りこませる気はない」

「あなたは驚くべき女性だ」パインは感に堪えたようにいった。「あなたのような決断ができる女性は、千人にひとりでしょう」

「なら、分別がある女は、千人にひとりしかいないってことだね」

「脱帽です」パーカー・パインの声には、めったにない響きがこもっていた。そして丁重に帽子を持ちあげ、踵《きびす》を返した。

「ぜったいにジョーに知られないようにしてくださいよ！」アメリアは去っていくパインにそういった。

沈みゆく赤い夕陽を背にして、アメリアはまっすぐに立っていた。青緑色の大きなキャベツを手に、誇らしげに頭をそらし、肩を張って、大地をどっしりと踏みしめている姿は、たくましい農婦そのものだった。

ほしいものはすべて手に入れましたか？

Have You Got Everything You Want?

「そっちです、マダム《パリスィ》」

ミンクのコートをまとった背の高い婦人が、リヨン駅のプラットホームを歩いていた。そのうしろを、彼女のいくつもの荷物を持ったポーターが追っている。

婦人のダークブラウンの帽子は、片方の目と片方の耳が隠れるほど深く引きさげられている。反対側は浅くかぶっているために、つんとそらしたチャーミングな横顔と、貝殻のような耳にかぶさっている金色の巻き毛が見える。典型的なアメリカ人だ。なかなかの美人なので、停車中の丈の高い列車のそばを歩いている彼女を、ふりかえって見送る男もひとりやふたりではなかった。

各車輛の側面のホルダーには、大きなプレートがさしてある。

〈パリ―アテネ、パリ―ブカレスト、パリ―イスタンブール〉

最後のプレートの車輛の前で、ポーターはふいに立ちどまり、いくつものスーツケースをまとめて縛ってあるストラップをほどいた。荷物がどさりとホームに落ちる。

「これでさあ《ヴワスィ》、マダム」

車輛のステップのわきに、個室寝台担当の車掌が立っている。車掌は前に進みでて、婦人に声をかけた。「ボンソワール、マダム」良質で高級なミンクのコートのせいか、いやに熱意のこもった口調だ。

婦人は寝台車の薄っぺらい切符を車掌に渡した。

「六号室でございますね。こちらです」

ひらりと車輛にとびのった車掌のあとから、婦人もステップを昇って車内に入った。通路を早足で進んでいた婦人は、かっぷくのいい紳士とぶつかりそうになった。ちょうど、男が彼女のコンパートメントの隣の個室から出てきたところだったのだ。一瞬だったが、婦人の視界に、感じのいい大きな顔とやさしげな目がとびこんできた。

「こちらです《ヴワスィ》、マダム」車掌が声をかける。

コンパートメントのドアを開け、婦人を通す。そして、窓を開けて、ホームで待っていたポーターに、荷物を車輛に入れるように合図した。車輛づきのボーイが荷物を運びこみ、コンパートメントの棚に積みあげた。

婦人は座席に腰をおろした。かたわらに真紅の小型のケースとハンドバッグを置く。車内は暖かいが、ミンクのコートをぬごうともしない。見るともなしに、ぼんやりと車窓から外を眺めている。ホームでは人々がせわしげに行きかっている。新聞売り、枕売り、チョコレート売り、フルーツ売り、ミネラルウォーター売り。さまざまな売り子が声を張りあげている。売り子たちは品物を持ちあげて婦人に見せたが、婦人の視線は彼らの姿を突き抜けて、その向こう側を見ているようだ。彼女の視界のなかで、リヨン駅の光景がぼやけていく。その顔は寂しげで、不安の色が濃い。

「マダム、パスポートを拝見させていただけますか?」

車掌の声も婦人には届いていない。コンパートメントのドアの外に立っている車掌は、もう一度、声をかけた。

エルシー・ジェフリーズははっとして我に返った。「え、なんですって?」

「パスポートを、マダム」

エルシーはハンドバッグを開けてパスポートを取りだし、車掌に渡した。

「ありがとうございました。どんなご用でも承ります」ほんのつかのま、意味深長な間《ま》をおいてから、車掌はつづけた。「イスタンブールまで、わたしがお供いたしますので」

エルシーは五十フラン札を取りだし、車掌に渡した。車掌は事務的な態度でチップを受けとると、ベッドの支度は何時ごろがいいか、また、夕食の予約をどうするか、尋ねた。

一連の手つづきが終わり、車掌が引きさがると、まるでそれを待っていたかのように、食堂車の係がうるさいほど小さな鈴を鳴らし、「一回目のご予約《プルミエ・セルヴィス》のかた、一回目のご予約《プルミエ・セルヴィス》のかた」と叫びながら、小走りに通路を進んできた。

エルシーは食堂車に行こうと、立ちあがって重いコートをぬぎ、ちらっと小さな鏡をのぞいてから、ハンドバッグと真紅の宝石ケースを手にしてコンパートメントを出た。何歩も進まないうちに、呼びかけの車内ツアーを終えた食堂車の係が、また小走りでもどってきた。エルシーは隣のコンパートメントの前であとずさった。ドアは開いており、なかに一歩踏みこんだ形になる。乗客はいない。食堂車の係を通してやってから、エルシーはまた歩きだそうとした。そのとき、彼女のものうげな目が、座席に置かれたスーツケースのラベルをとらえた。がんじょうな造りの豚革のスーツケースは、かなり使いこまれている。ラベルには〝C・パーカー・パイン　イスタンブール行き〟と記してある。スーツケース本体には〝P・P〟とイニシアルが入っている。

エルシーの顔に驚きの表情が浮かんだ。しばし通路にたたずんだあと、自分のコンパートメントにもどり、テーブルに置いた数冊の雑誌や本の小さな山から、タイムズ紙を抜きだした。

エルシーは第一面《フロントページ》の広告欄に目を走らせたが、そこに捜している広告はなかった。かすかに眉をひそめて新聞を置くと、あらためて食堂車に向かった。

食堂車の給仕に小さなテーブルに案内されたが、そこにはすでに先客がいた。車輛に乗りこんだときに、通路でぶつかりそうになった、あの紳士だ。隣のコンパートメントにあった、豚革のスーツケースの持ち主でもある。

なにくわぬ顔で、エルシーはその男を観察した。おだやかで、やさしげで、どことなく安心感を誘う雰囲気をたたえている。食事中は英国人らしい控えめな態度をくずさなかったが、デザートのフルーツが運ばれてくると、初めて彼女に話しかけてきた。

「この車輌はいやに暑いですね」

「ええ。窓を開けられるといいんですけど」

紳士は残念そうにほほえんだ。「それは無理ですね。わたしたち以外の乗客のみなさんに、反対されるでしょう」

エルシーは微笑で応えた。それきり、会話はなかった。

コーヒーといっしょに、例によって判読不能な勘定書が運ばれてきた。勘定書の上に紙幣を何枚か置くと、エルシーはいきなり大胆な行動に出た。

「失礼ですけど」小声でつぶやくようにいう。「スーツケースのラベルを拝見しました。パーカー・パインと記してありました。あの、もしかして、あなたは――？」

エルシーが口ごもると、紳士はすばやくあとを引きとった。

「そうです。つまり――」紳士はエルシーがタイムズ紙で何度も目にした広告文を口にした。「〈あなたは幸せですか？　幸福でないかたはパーカー・パインにご相談ください〉そう、わたしがその当人です」

「やっぱり。まさかこんなふうにお会いできるとは、なんて不思議なんでしょう！」

パーカー・パインは頭を振った。「それはちがいますね。あなたの観点からいえば不思議でしょうが、わたしの見解はちがいます」そういって、相手を元気づけるような笑みを見せて、軽く身をのりだした。食堂車に、ほかの乗客はもうほとんどいない。

「すると、あなたは幸せではないんですね？」

「そのう――」エルシーはなにかいいかけたのをやめて、黙りこんでしまった。

「そうでなければ、〝不思議〟とはおっしゃらなかったはずですよ」パインは指摘した。

エルシーはなおも沈黙していたが、パーカー・パインという人物が目の前にいるというだけで、気持がほぐれてくるのを感じた。

「そう……です」ようやく口を開く。「ええ、幸せじゃありません。少なくとも、心配でたまらないことがあるんです」

パインは同情するようにうなずいた。

「じつは、とてもおかしなことがあったんです。わたし、どうすればいいかわからなくて」

「その話を聞かせていただけますか？」

エルシーの脳裏にパーカー・パインの広告文が浮かんできた。彼女はエドワードといっしょにその広告を読み、なにかといいあっては笑ったものだ。それなのにまさか自分が……いや、いわないほうがいい……もしこのパーカー・パインという男がくわせ者だったら……でも、とても感じのいいひとだ！

エルシーは心を決めた。なんでもいい、この憂《うれ》いを晴らしてもらえるならば。

「わたしは夫に会いにイスタンブールに向かうところなんです。夫は近東のかたがたと手広く商売をしていて、今年になって、どうしてもあちらにいかなければならない用事ができたんです。それで、二週間前にあちらに行きました。先乗りして、わたしを迎える準備をしようと。あちらに行くことを思うと、胸がわくわくしました。だって、ヨーロッパ大陸には行ったことがないんですもの。英国には六カ月、住んでいましたけど」

「あなたもご夫君もアメリカ人ですか？」

「ええ」

「結婚してまだ間がない？」

「結婚して一年半になります」

「お幸せでしたか？」

「そりゃあもう。エドワードは天使のようにやさしいひとです」そこでちょっと口ごもる。「もちろん、なにからなにまで完璧というわけではありません。ちょっとばかり――そうですね、厳格すぎるところがあります。清教徒《ピューリタン》の子孫ですし。でも、とってもいいひとなんですよ」エルシーは急いで最後のことばをつけくわえた。

パインはつかのま、彼女の顔を見守ってから、先をうながした。「どうぞ、つづけて」

「エドワードがイスタンブールに発ってから、一週間ぐらいあとのことでした。わたしは夫の書斎で手紙を書いていたんです。そのとき気づいたんですけど、吸い取り紙が替えられたばかりで、文字の跡はまだほんの数行しか残っていませんでした。ちょうど、吸い取り紙が犯罪事件解決の手がかりになるという探偵小説を読んだばかりだったので、なんの気なしに、それを鏡に映してみたんです。ほんとうに、お遊びのつもりだったんですよ、ミスター・パイン。夫はとても高潔なひとなので、吸い取り紙になにかおかしな文言が残っているなんて、夢にも思いませんでした」

「ええ、そうでしょうね、わかります」

「鏡に映った文字は、簡単に読みとれました。最初に〝妻〟、それから〝シンプロン急行〟。下のほうに〝ヴェネツィア到着寸前の時刻が最適〟」エルシーはそこでまた口をつぐんだ。

「妙な文言ですね。じつに奇妙だ。ご夫君の筆跡にまちがいありませんでしたか?」

「ええ。でも、どんなに必死で考えても、どういう事情があって、夫がそんな文言を使った手紙を書いたのか、見当もつきませんでした」

「〝ヴェネツィア到着寸前の時刻が最適〟」パインはその文言を口にした。「じつに奇妙だ」

エルシー・ジェフリーズは期待をこめて、すがるような目でパインをみつめ、率直に訊いた。「どうすればいいでしょう?」

「そうですね、とりあえずは、ヴェネツィアに到着する寸前まで待つしかないようです」そういって、テーブルの上に置いてあるフォルダーを取りあげる。「これはこの列車の時刻表です。ヴェネツィア到着は、明日の午後二時二十七分」

ふたりは目を見かわした。

「わたしにお任せください」パーカー・パインはいった。


翌日の午後二時五分。シンプロン急行は定時進行より十一分遅れていた。メストレを通過したのは十五分ほど前だ。

パインはエルシーのコンパートメントにいた。これまでのところ、平穏無事に快適な旅ができている。しかし、いよいよ例の時刻が近づいてきた。なにか起こるものならば、そろそろ起こりそうだ。パインとエルシーは顔を見合わせた。エルシーは胸の鼓動が速くなってきた。安心させてほしくて、すがりつくような目でパインをみつめる。

「おちついて」パインはいった。「あなたは安全ですよ。わたしがついてます」

ふいに通路から悲鳴が聞こえた。

「誰か！　誰か！　火事よ！」

エルシーとパインは通路にとびだした。スラブ系の顔だちの女性が震えあがっている。女性が指さしている前方のコンパートメントから、もくもくと煙が噴きだしている。エルシーとパインは通路を走った。ほかの乗客も彼らに加わった。問題のコンパートメントには煙が充満していた。最初になかにとびこんだ乗客は、ごほごほと咳きこみながらあとずさった。車掌が駆けつけてきた。

「そのコンパートメントにお客さまはいらっしゃいません！」車掌はそう叫んだ。「メッシュ・エ・メダム、どうぞご心配なく。火《ル・フ》はすぐに消し止めます！」

興奮した乗客たちが口々に声をあげ、質問と返事が錯綜した。列車はイタリア本土とヴェネツィアを結ぶ鉄橋を走行中だ。

パインはいきなり体の向きを変えて、うしろにいた人々をかきわけながら、足早にエルシーのコンパートメントに向かった。そこにはあのスラブ女性がいて、開けた窓のそばで深呼吸をしていた。

「失礼ですが、マダム。ここはあなたのコンパートメントではありませんよ」

「ええ、わかってます」スラブ女性はいった。「すみません《パルドン》。ショックで、心臓が――」スラブ女性は背もたれに寄りかかり、窓を指さした。そして、あえぎながら、また深く息を吸った。

ドア口に立っていたパインは、なかには入らずに、父親が子どもを安心させるような声でいった。「もう心配はいりません。火が燃え広がるとは思えませんので」

「ほんとうに？　ああ、よかった！　おちついてきました」腰を浮かせる。「わたしのコンパートメントにもどります」

「まだだめですよ」パインは彼女を押しもどそうとするように、片手をそっとのばした。

「マダムにちょっとお訊きしたいことがあります」

「ムッシュ、乱暴なまねをしないでください！」

「マダム、そのままお待ちください」

パインの声がひややかに響く。スラブ女性はパインをみつめたまま、また座席に腰をおろした。そこにエルシーがもどってきた。

「発煙筒だったようです」エルシーは息を切らしてそういった。「あくどい悪ふざけみたい。車掌がかんかんになって、みなさんを質問攻めに――」ようやくコンパートメントに見知らぬ乗客がいるのに気づき、口をつぐんだ。

「ミセス・ジェフリーズ、あなたの赤い小型ケースには、なにが入っていますか？」

「宝石類です」

「お手数ですが、すべてそろっているかどうか、ちょっと調べてみてください」

たちまちスラブ女性がわめきだした。感情を率直に伝えられるように、フランス語を使っている。

エルシーは宝石ケースを手に取った。「あら！　鍵が開いてる！」

「……寝台車の車掌に文句をいってやります《エ・ジュ・プランドレ・プラーント・ア・ラ・コンパニ・デ・ワゴンリ》」

「ないわ！」エルシーが叫んだ。「なにもかも！　ダイヤモンドのブレスレットも、パパにもらったネックレスも、エメラルドとルビーの指輪も。それに、きれいなダイヤのブローチ。ブローチはいくつかあったはずなのに。でも、ありがたいことに、真珠《しんじゅ》は身につけているから無事だわ！　ああ、ミスター・パイン、どうしましょう？」

「あなたが車掌を呼びにいってくだされば、もどってくるまで、わたしがこの女性を見張っています」

「悪党《セレラ》！　ひとでなし《モンストル》！」スラブ女性は金切り声で侮辱的なことばをわめきつづけた。

列車はヴェネツィアに到着した。

その後の三十分間で、たいしてもめることなく、事態はあっさりと片がついた。パーカー・パインはフランスとイタリアの役人や捜査員たち数人を相手に、二カ国語で奮戦したが、けっきょく、彼の主張は通らなかった。疑いをかけられたスラブ女性は事情聴取に応じたが、あやしい人物ではないと判断された。身体検査をしても、宝石はひとつも持っていないと判明したのだ。

ヴェネツィアからトリエステに向かうあいだ、パインとエルシーは消えた宝石についてあれこれと話しあった。

「宝石類を最後に見たのは、いつですか？」

「今朝です。昨日つけていたサファイアのイヤリングをしまって、シンプルな真珠のイヤリングに替えたんです」

「そのとき、ほかの宝石類はちゃんとそろっていた？」

「あら、そんなことを確かめようなんて思いもしなかったわ。でも、見たかぎりでは、いつもと変わりないようでした。ひょっとすると、指輪の一個や二個はなくなっていたのかもしれませんが、ほかの品々はあったと思います」

パインはうなずいた。「では、今朝、車掌が寝台を片づけにきたときは？」

「宝石ケースはわたしが持っていました。先ほど火事だと聞いてコンパートメントをとびだしたときをのぞけば、ずっと手元から離さないようにしていたんです」

「すると、あのスラブ女性、自称マダム・スバイスカが盗んだにちがいない、ということになりますね。ですが、盗んだ宝石類をどうしたのでしょう？　彼女がこのコンパートメントにひとりでいたのは、わずか一分半ほど。合鍵で宝石ケースを開け、なかの品々を取りだす――ええ、そこまではいい。では次にどうしたのか？」

「誰かほかのひとに渡したとか？」

「それはむずかしい。わたしは通路の人々をかきわけて、このコンパートメントまで走ってもどりました。ここから誰かが出てくれば、必ず目に留まったはずです」

「窓から外の誰かに投げたんじゃないかしら」

「すばらしい推理ですね。ですが、あのとき、列車は海の上を走っていたんですよ。鉄橋を渡っていたんです」

「それなら、このコンパートメントのどこかに隠したのよ」

「では捜してみましょう」

エルシーはアメリカ人らしいエネルギッシュな行動力を発揮して、てきぱきと捜しはじめた。パインもあちこち調べていたが、どこかおざなりといった態度だ。それをエルシーに咎められると、パインは弁解口調でいった。「トリエステで、重要な電報を打たなければならないことを考えていたものですから」

この説明を、エルシーはひややかに受けとめた。口にはしなかったが、パーカー・パインへの評価がぐっと下がったようだ。

「お怒りのようですね、ミセス・ジェフリーズ」パインはすまなそうにいった。

「そうですね、これまでのところ、めざましい成果をあげてくださったとは思えません」

「そうはおっしゃいますが、わたしは探偵ではありません。窃盗などの犯罪をあつかうのは、わたしの領分ではないんです。わたしが専門としているのは、人間の心なんですよ」

「ええ、この列車に乗ったとき、わたしはちょっと不幸でした。でも、いまのわたしはどうでしょう！　わんわん泣きたいぐらい不幸です！　たいせつなたいせつなブレスレット。それに、婚約したときにエドワードからもらった、エメラルドの指輪」

「ですが、盗難保険はかけておいででしょう？」パインは訊いた。

「保険? わかりません。いえ、たぶん、かけていると思います。でも、これはお金じゃなくて、気持の問題なんですよ、ミスター・パイン」

列車のスピードが落ちてきた。

パインは窓の外を見た。「トリエステに到着しますね。電報を打たなければ」

「エドワード!」

イスタンブール駅のプラットホームを駆けてくる夫を見て、エルシーの顔がぱっと輝いた。その瞬間、宝石盗難のことは頭から消えていた。夫の書斎で見た、吸い取り紙の奇妙な文言も忘れていた。夫に会うのは二週間ぶりだということと、きまじめな堅物だがどこから見ても魅力的な夫だということ以外は、すべて脳裏から消えてしまったのだ。

夫とふたりで駅を出た直後に、エルシーは親しげに軽く肩をたたかれてふりむいた。パインだった。おだやかな顔が愛想よくほころんでいる。

「ミセス・ジェフリーズ、三十分後に、トカトリアンホテルにいらしてくださいませんか。いい知らせをお聞かせできるかと思います」

エルシーはどうしようかというように夫を見た。そして、ふたりを紹介した。

「こちらはわたしの夫、エドワードです。あなた、こちらはミスター・パーカー・パイン」

「宝石の盗難にあったと、おくさまが電報でお知らせなさったと思います」パインはいった。「それを取りもどす算段をしておりましてね。三十分後には、その結果をお知らせできるでしょう」

エルシーは尋ねるように夫を見た。エドワードは即座に妻にいった。「行ったほうがいいよ、きみ。トカトリアンホテルとおっしゃいましたね、ミスター・パイン。わかりました。妻を行かせますよ」

ぴったり三十分後に、エルシーはトカトリアンホテルを訪れ、パインのスイートルームに通された。

「ミセス・ジェフリーズ、あなたはわたしに失望なさっておいでですね。いや、否定なさる必要はありませんよ。わたしは手品師ではありませんが、わたしにできることはいたします。こちらを見てください」

テーブルの上に、しっかりした造りの小さなボール箱がのっている。パインはそれをエルシーのほうに押しやった。

エルシーは箱を開けた。指輪、ブローチ、ブレスレット、ネックレス。数々の宝飾品がすべてそろっている。

「まあ、ミスター・パイン、すごいわ！　ほんとに、なんてすばらしい！」

パインはつつましく微笑した。「あなたを落胆させずにすみ、わたしもうれしいですよ」

「ああ、ミスター・パイン、わたし、恥ずかしいわ。トリエステからずっと、わたしはあなたに冷淡にあたったのに、それなのに、こうして……。でも、どうやってこれをみつけたんですか？　いつ？　どこで？」

パインはゆっくりと頭を振った。「長い話になります。いずれ、わかりますよ。じつのところ、じきに」

「どうして、いま話してくださらないの？」

「ちょっと理由《わけ》がありましてね」

そういう次第で、好奇心を満たされないまま、エルシーは辞去しなければならなかった。

エルシーが帰ると、パインは帽子とステッキを手にして、ペラの街の通りに出ていった。しばらく歩いて、小さなカフェをみつけると、にっこりほほえんだ。いまは客がいないが、金角港《ゴールデン・ホーン》が見渡せるカフェだ。港の向こう側には、イスタンブールのモスクがいくつも見える。モスクの細い尖塔《ミナレット》が、午後の空を突き刺すようにそびえている。じつに美しい眺めだ。パインはテーブルにつき、コーヒーをふたり分、注文した。濃くて甘いトルココーヒーが運ばれてきた。パインがカップに口をつけたとたん、向かい側の席に男がすべりこんだ。エドワード・ジェフリーズだ。

「あなたの分も注文しておきましたよ」パインは小さなカップを手で示した。

エドワードはコーヒーカップをわきにどかし、テーブル越しに身をのりだした。「どうしてわかったんです？」

パインはいかにもうまそうに、うっとりとコーヒーをすすった。「おくさんから、吸い取り紙に残っていた文言のことをお聞きになりましたか？　聞いていない？　おや、そうですか。ですがそのうち、その話をお聞きになれますよ。いまのところ、そんなことは、おくさんの頭からすっぽり抜け落ちているんでしょうね」

パインはエルシーに代わり、彼女が夫の書斎で発見したものについて話をした。

「いいですか、その文言と、ヴェネツィアに到着する寸前に起こった奇妙な出来事とが、じつにぴったりとつながったんです。なんらかの理由で、あなたはご自分の妻の宝石を盗む計画を立てた。だが、〝ヴェネツィアに到着する寸前が最適〟とは、どういうことなのか？　どうにも意味が通らない。なぜ、あのスラブ女性――あなたの手先に、つごうのいい時と場所を選ばせなかったのか？

そう不審に思ったとき、筋書きが読めたんです。おくさんの宝石は、あなたがロンドンを発つ前に、すでに盗まれていた。つまり、すべて、出来のいい模造品とすりかえられていたんです。しかし、あなたはそういう形での問題解決には、どうしても満足できなかった。あなたは高潔で、良心もおありになる。自宅で盗難が発覚すれば、なんの罪もない召使いをはじめ、ほかの人々が疑われかねない。あなたはそれを恐れた。しかし、宝石はどうしても盗まれなければならない――あなたの自宅の使用人や友人知人が、決して嫌疑をかけられることのない場所で。

あなたの手先というか、共犯者は、宝石ケースの合鍵と発煙筒を持たされていた。まさに適時に、彼女は火事だと叫び、すぐさまあなたのおくさんのコンパートメントに入りこみ、合鍵でケースを開け、模造宝飾品をすべて海に放りこんだ。当然ながら、彼女は疑いをかけられて身体検査をされるだろうが、盗んだ宝石類を隠しもっているわけではないので、証拠はなにひとつみつからない。

そこで、実行に選ばれた場所の重要性が浮き彫りになりました。もし宝石類が線路わきに投げ捨てられれば、必ず発見されます。したがって、列車が海上を通過する、まさにその時刻が重要なんです。

一方、あなたはここ、イスタンブールで、宝石類を売却する手筈をととのえた。盗難事件が起こったあとなら、宝石類を売り渡せる。しかし、わたしの電報が、ぎりぎりのまぎわに、あなたに届いた。あなたはわたしの指示にしたがい、宝石を入れたボール箱をトカトリアンホテルにあずけてから、わたしの到着を待った。そうしなければ警察に引き渡すという脅しを、わたしが躊躇《ちゅうちょ》なく実行するとわかっていたからです。そして、このカフェに来るようにという、もうひとつの指示にもしたがった」

エドワード・ジェフリーズは、すがるような目でパインをみつめた。まだ若く、すっきりした容姿の男だ。背が高く、金髪で、顎の線はゆるやかに丸く、目もぱっちりと丸い。

「どういえば、あなたにわかってもらえるでしょう?」無力そのものといった口調だ。「あなたの目には、ぼくはただの泥棒にしか見えないでしょうね」

「そんなことはありませんよ。むしろ、その反対に、あなたは痛ましいほど正直なかただとお見受けします。わたしは人間をタイプ別に見分けるのが得意です。はっきりいって、あなたは被害者のタイプですね。さあ、なにもかも話してごらんなさい」

「ひとことでいえます。恐喝です!」

「ほう?」

「ぼくの妻を知っていますよね。妻は純真で、一点の曇りもない心の持ち主です。この世に邪悪なことがあるとは思ってもいないし、邪悪がなんであるかさえ知らない女なんです」

「なるほど」

「妻は驚くほど純粋な理想の持ち主でもあります。もしぼくのしたことを知ったら――きっと、ぼくから離れていくでしょう」

「それはどうでしょうね。しかし、そこが問題なのではありません。お若いかた、あなたはなにをなさったんですか? どうやら、女性が関係していると推察しますが」

エドワードはうなずいた。

「結婚後? それとも結婚前?」

「前です。結婚前のことですとも!」

「ふむふむ。で、なにがあったんです？」

「なにも。なにもなかったんです。そこが無道だというか。西インド諸島の、とあるホテルでの話です。そこに、とてもきれいで魅力的な女性――ミセス・ロシターという女性が滞在していました。彼女の夫というのは乱暴で、癇癪《かんしゃく》を起こすと拳《こぶし》をふりまわす、暴力的な男です。ある夜、そいつはおくさんにリヴォルヴァーをつきつけて脅したんです。彼女は逃げて、ぼくの部屋に駆けこんできました。恐怖で半狂乱になって。そして、ぼくに、朝まで匿《かくま》ってほしいとたのみました。ぼ、ぼくほ、ほかにどうしようもなかった。そうでしょう？」

パインはエドワードをみつめ、エドワードはやましいところはないという目でパインをみつめた。

パインは吐息をついた。「別のことばでいえば、つまり俗にいえば、あなたはまぬけなカモにされたんですよ、ミスター・ジェフリーズ」

「すると――」

「ええ、古い手です。ですが、騎士道精神を良しとする若い男性には、じつに効果的な手口です。結婚が決まったことが公表されたときに、脅迫が始まったのではありませんか？」

「そのとおりです。手紙が届きました。こちらが提示する額の金を払わなければ、妻の父親、つまりぼくの舅となるひとに、すべてをぶちまける、と。ぼくがどんなふうに、あの女性の心を夫から引き離したかとか、彼女がぼくの部屋を頻繁に訪れるところを見た者がいるとか、そんなことが書いてありました。そして、彼女の夫は離婚訴訟を起こすつもりだというんです。まるでぼくが最悪の卑劣漢であるかのように、すべてをねじまげて書いてありました」エドワードは苦しげに額の汗をぬぐった。

「ええ、わかりますよ。そしてあなたは金を支払った。だが、その後も時間をおいて、脅迫の手紙がまいこんできた」

「そうです。ぼくにとっては、今度の脅迫が、重荷に加えられた最後の藁《わら》となりました。世界的な経済恐慌のせいで、ぼくたちの商売もひどい打撃を受けましたから。でも、商売の予備費に手をつけるわけにはいきません。苦しまぎれに、この計画を思いついたんです」エドワードはコーヒーカップを取りあげ、冷めているのにも気づかないようすで、コーヒーをごくりと飲んだ。

「どうすればいいんでしょう?」エドワードは哀れを誘う口調で訊いた。「ほんとに、どうすればいいんでしょうか、ミスター・パイン?」

「わたしのいうとおりになさることです」パインはきっぱりといった。「あなたに代わって、わたしが恐喝者の相手をします。あなたは、そう、まっすぐにおくさんのもとに行き、真実を話しなさい。すべてではなくても、少なくとも一部はきちんと話すことです。しかし、西インド諸島でじっさいに起こったことは、おくさんに話してはいけません。それは封印しておくこと。先ほどいったように、まぬけなカモにされたという事実は隠しておきなさい」

「でも――」

「ミスター・ジェフリーズ、あなたは女性のことを理解していない。まぬけなカモか、ドン・ファンのいずれかを選べといわれたら、たいていの場合、ご婦人はドン・ファンを選ぶものなのです。ミスター・ジェフリーズ、あなたのおくさんは魅力的で、純真で、高潔な女性です。ですから、あなたとの結婚でなによりも強い喜びをもってもらうには、放蕩者の夫を改心させたのは妻である彼女だ、と信じこませることでしょうね」

エドワードは驚きのあまり、ぽかんと口を開けた。

「本気でそういっているのですよ」パインは話をつづけた。「いま、おくさんはあなたを愛している。ですが、わたしにはわかります――あなたがこのまま、絵に描いたような善人ぶりと清廉潔白な態度をとりつづけていれば、おくさんの気持は変わるでしょう。清廉潔白な善人とは、いいかえれば、退屈でおもしろくもない人間ということですからね」

エドワードは顔をしかめた。

「さあ、おくさんのもとにお帰りなさい」パインはやさしくいった。「すべてを告白なさい。思いつくかぎり、自分のいけなかった面をさらけだすんです。そして、彼女に会ってから、そんな自分とは訣別したといいなさい。過去のことをおくさんの耳に入れないために、盗みまでやってしまったとおっしゃい。必ずやおくさんは許してくれますよ。それも、心から」

「でも、許してもらうようなことはなにもなかった――」

「真実とはなんです？　わたしの経験からいって、真実というのは、たいてい、物事を台無しにしてしまうものなんですよ！　結婚生活の根本的原則は、ときには妻に嘘をつく必要がある、ということです。妻はそれを好みます。おくさんのもとに帰って、告白なさい！　そして末永く幸福に暮らしてください。この先、あなたにきれいなご婦人が近づいてくるたびに、おくさんは不安に駆られ、あなたから目を離さないでしょう――そんなのはまっぴらだという男性もいるでしょうが、あなたはそうではないと思います」

「ぼくはエルシー以外の女に興味はありません」エドワードはあっさりそういった。

「なによりです！　でも、それはおくさんにいわないほうがいいと思いますよ。どんな女性であれ、波風ひとつ立たない暮らしには飽き足らなくなるものです」

エドワード・ジェフリーズは立ちあがった。「ほんとうにそうお思いに――？」

「思うのではなく、わたしは知っているのです」パーカー・パインは力をこめていった。

バグダッドの門

The Gate of Baghdad

〝ダマスカスの都に四つの大いなる関門あり……〟

パーカー・パインはひとりごとをいうように、英国の文学者ジェームズ・エルロイ・フレッカーの詩の一行をくちずさんだ。

〝そは、運命の裏門、砂漠の門、災厄の洞窟、恐怖の砦。われはバグダッドの正門に立つ、こはディヤルバキルの戸口なり〟

パインはダマスカスの通りに立っていた。オリエンタルホテルの前には、いやに横長の大型六輪バスが一台停まっている。明日、パインを含め十一名の乗客を、砂漠を越えてバグダッドまで運んでくれるバスだ。

〝その門をくぐるなかれ、おお、キャラバンよ、
さてこそ、歌いながらくぐってはならぬ。
汝《なれ》は聞かずや、
鳥たちが死にたえ、静寂そのものの地に、
なおも鳥のさえずりのごとき音色が響くを。
その門を静かにくぐりぬけよ、おお、キャラバンよ。
運命のキャラバンよ、死のキャラバンよ！〟

いまはこれとは真反対だ。かつてバグダッドの正門は、死の門だった。旅人たちはキャラバンを組んで、シリア砂漠を四百マイルも旅しなければならなかった。数カ月もの長く苛酷な旅。それがいまは、大量のガソリン喰いの怪物が三十六時間で、バグダッドまで旅人たちを運んでくれるのだ。

「なにかおっしゃいましたか、ミスター・パーカー・パイン？」

ネッタ・プライスのはりきった声がした。バス旅行の同行者のなかでいちばん若く、もっともチャーミングな女性だ。しかし、付き添いのおばなる人物は、聖書に書かれていることを見聞するのがなによりも重要だといわんばかりの、いかめしい女性で、うっすらと髭がはえているのがおかしくないほどだ。ネッタは、そんなおばに知られれば叱られると

決まっているのに、浮ついた行動をしては楽しんでいた。

パインはネッタのために、フレッカーの詩を暗唱してやった。

「んまあ、スリル満点ね」これがネッタの感想だ。

すぐそばに空軍の制服を着た士官が三人いたが、そのうちのひとり、オルーク大尉はネッタの崇拝者で、パインとネッタの話に割りこんできた。

「この旅では、もっとスリルを味わえますよ。今日びでも、ときどき護送隊が賊に銃撃されるんです。それに、道に迷うことも——たまに、そういう旅人がいます。そうすると、わたしたち、捜索隊の出番です。ある男性は五日間も砂漠をさまよってました。でも、幸いなことに、たっぷり水を持ってたんですよ。それに、道路はでこぼこだらけ。そりゃあすごいもんです！　穴ぼこのせいで亡くなった男性がいます。ほんとうですよ。そのひとが眠っているとき、車が穴ぼこに突っこんだんです。それで、そのひとは車の天井に激しく頭をたたきつけられて、死亡したんです」

「こういう六輪バスでですか、オルーク大尉？」ネッタのおばが尋ねた。

「いえ、その車は、六輪バスではなかったんですよ」若い男は請け合った。

「でも、少しは観光をしなくちゃね」ネッタはいった。

ネッタのおばはガイドブックを広げた。

ネッタは逃げ腰になった。「おばさまときたら、窓から聖パウロが吊りさげられたとこなんかに、あたしを連れていきたがるのよ」小声でいう。「でもあたしは、だんぜん、市場《バザール》を見たいの」

オルーク大尉は急いでいった。「わたしと行きましょう。ストレイトという通りから歩きはじめて――」

若いふたりはそっとその場を離れた。

パインはそばに立っているもの静かな男に目を向けた。ヘンズリーという名のその男は、バグダッドの公共事業局の職員だ。

「ダマスカスは、じっさいに初めて目にすると、少し失望させられますね」パインはすまなそうにいった。「思ったよりも近代化が進んでいて。路面電車が走っているし、住宅や店舗はモダンだし」

ヘンズリーは黙ってうなずいた。話好きな男ではない。

「あなたが思い描いていらっしゃったような、辺鄙《へんぴ》なところではありません」意外にも、寡黙な男が沈黙を破った。

そこにふらりと若い男がやってきた。名門イートン校のネクタイを締めている。愛想はいいけれども、いささかしまりのない顔つきなのだが、いまはその顔が心配そうに曇っている。ヘンズリーと同じ職場の同僚だ。

「やあ、スメサースト」ヘンズリーがいった。「なにか失くしたのかい？」

スメサーストは、くびを横に振った。この若者は少しばかり頭の働きが鈍い。「ぶらぶらしてるだけだよ」あいまいに答えたが、すぐに気を取りなおしたようだ。「今夜は出発前のお祝いをしなくてはね。どうだい？」

スメサーストとヘンズリーはいっしょにその場を去っていった。

パインは地元新聞のフランス語版を買った。興味を惹かれる記事はなかった。彼にとって、地元のニュースは関係がないし、ほかの地域でも重大な事件は起きていないようだ。

〈ロンドン発〉という見出しのついた記事がいくつかあった。

最初の記事は経済問題で、二番目の記事は、背任横領の罪で起訴されたのに裁判に出廷していない、金融業者のサミュエル・ロングは、どこにいるのかという疑問を呈していた。ロングはおよそ三百万ポンドという大金を横領し、南アメリカに渡ったという噂がある。

「三十歳になったばかりの男にしては、たいしたものだ」パインはひとりごちた。

「なんとおっしゃったのかな？」

ふりむいたパインは、イタリア人の将軍と顔をつきあわせることになった。イタリアのブリンディジから、イスタンブール経由でベイルートに向かう船に乗りあわせていた男だ。

パインはひとりごとの内容を説明した。ポーリという名のイタリア人の将軍は何度もうなずいた。

「たいした悪党だよ、そやつは。イタリアも被害をこうむった。世界じゅうを相手にして信用を勝ちとったんだからなあ。良家の出だという話ですな」

「そうですね、イートン校からオクスフォードに進学してます」パインは慎重にことばを選んだ。

「捕まると思うかね？」

「彼がどれだけ当局の先をいっているかによりますね。まだ英国にいるのかもしれない。どこにいても不思議ではありませんよ」

「わしらのなかにまじっているとか？」将軍はおもしろそうに笑った。

「ありえます」パインはまじめな顔をくずさなかった。「将軍、ひょっとすると、このわたしかもしれませんよ」

ポーリ将軍は驚いて目をみはり、パインをみつめた。そして、冗談だとわかると、そのオリーヴブラウン色の顔をほころばせ、笑みを浮かべた。

「ふうむ！　なるほど、なるほど。だが、きみは――」

そういいながら、将軍は、パインの顔から足の先までじろじろと眺めた。

パインはその無遠慮な視線の意味を正しく理解した。

「見かけだけで判断するべきではありません。少しばかり、そう、ちょっと肉をつけて太るのは簡単ですし、太っただけで、老けて見えますからね」

パインは夢見るようにつけくわえた。「もちろん、髪を染めるとか、化粧をするとか、そういう手もありますし、国籍を偽《いつわ》ることもできます」

ポーリ将軍はたじろいだ。まったく、英国人というのはどこまでまじめなのか、さっぱりわからない。

その夜、パインは映画鑑賞のあと、《夜の歓楽の館》とやらに案内された。そこは館でもなければ、楽しい場所でもなかった。いろいろな女たちが踊ったが、見るからに熱意に欠けていたし、拍手もおざなりだった。

ふいにパインの視野にスメサーストの姿がとびこんできた。ひとりでテーブルについている。顔が赤い。かなり酒をきこしめしているようだ。パインは席を立って、スメサーストのテーブルに行った。

「ここの女たちの接待はなってませんね」スメサーストはつまらなそうにいった。「酒を二杯か三杯おごってやっても、なんにもならない。飲んだら、笑いながら、さっさとほかの客と行ってしまうんだから。まったく、なってない」

パインは若いスメサーストがかわいそうになった。コーヒーでもどうかと訊いてみる。

「注文したアラクがきますよ。なかなかいけます。あなたもどうです?」

パインはアラクがどういう酒か知っているので、やんわりと、いっしょに出ようといってみた。だが、スメサーストは頭を振った。

「ぼくはちょいとめげてるんです。気合いをいれなくちゃ。あんたがぼくだったらどうします？　友だちを裏切るのは嫌だ。そうとも。それじゃあ、どうすればいい？」

くだを巻いていたスメサーストは、初めてパインがいるのに気づいたというように、しげしげと彼をみつめた。

「あんた、誰だい？」酔いのせいで乱暴な口調になっている。「仕事はなに？」

「ちょっとした信用詐欺をね」パインはおだやかに答えた。

スメサーストはパインのことばに強く反応した。「なんだって――あんたもか」

パインは財布から新聞の切り抜きを取りだし、スメサーストの前に置いた。

〈あなたは幸せですか？〉切り抜きにはそう印刷されていた。〈幸福でないかたはパーカー・パインにご相談ください〉

スメサーストはやっとのことで、その切り抜きに目の焦点を合わせた。

「うーん、やられた」叫ぶようにいう。「つまり、そのう、こういう客が大勢くるのかい？」

「わたしを信用して――ええ、大勢いらっしゃいますよ」

「ばかな女どもが押しかけてくるわけだな」

「善良なご婦人たちがね。でも、男性もいらっしゃいますよ。あなたはどうですか？　いままさに、助言が必要なんじゃありませんか？」

「おせっかいはたくさんだ。他人の知ったことじゃない。ぼくの問題なんだ。アラクはまだ来ないのか？」

パーカー・パインは気の毒そうに頭を振った。

こうまで酔っていては、とうてい手に負えない。パインはスメサーストと話をするのをあきらめた。


午前七時、バグダッド行きの大型バスは発車した。乗客は総勢十一名。パーカー・パイン。ポーリ将軍。年配のミス・プライスと、その姪のミス・プライス。空軍の士官三名。スメサーストとヘンズリー。それに、ペンテミアンという名前のアルメニア人の母と息子。バスの旅は順調にスタートし、ダマスカスの果樹が背後に消えていった。空は曇っている。若い運転手は気がかりそうに、一度ならず空を見あげた。そしてヘンズリーにいった。

「ルトバの向こう側ではけっこう雨が降ったんでさ。ぬかるみにはまって立ち往生、なんてことにならなければいいんだけど」

正午ごろ、バスは停止し、四角いボール箱のランチボックスが乗客に渡された。運転手ふたりはランチボックスのなかに入っていたカップに、お茶をついで回った。

ランチ休憩が終わると、バスはふたたび、果てしなくつづく平原を走りだした。

パインは、歩みの遅いキャラバンと、何週間もかかる旅に思いを馳せた……。

日没時に、バスはルトバの砦に到着した。

広く開いている大きな門を通り、バスは砦の内庭に入った。

「んまあ、いい感じ」とネッタ。

手洗いに行ったあと、ネッタは少し歩きたいといいはった。オルーク大尉とパインがエスコートを申しでた。三人が歩きだそうとすると、砦の管理人がやってきて、暗くなると帰り道がわかりにくくなるので、遠くまで行かないでほしいと釘を刺された。

「ちょっとそこらを歩いてみるだけだよ」オルーク大尉は管理人に請け合った。

しかし、歩いても歩いても、かわりばえのしない景色が広がるばかりで、いっこうにおもしろくない。

途中で、パインはかがみこんでなにかを拾いあげた。

「それ、なんですか?」ネッタが好奇心旺盛に尋ねる。

パインは拾ったものを彼女に見せた。「先史時代の石器ですよ、ミス・プライス。フリントという硬い石で、火打ち石とか、錐《きり》のように穴を開けたりするのに使われたものです」

「それで殺しあったとか?」

「いえいえ、もっと平和的な道具です。ですが、その気になれば、凶器にも使えるでしょうね。殺したいという願望が問題なのであって、凶器はなんでもいい。殺しに使える道具なら、どこにでもありますからね」

もう暗くなってしまった。三人は砦にもどった。

いろいろな種類の缶詰の夕食が終わると、乗客たちは思い思いの場所に腰をすえて、紫煙をくゆらせた。バスは深夜十二時に砦を出発する予定だ。

二名の運転手は浮かない顔をしている。

「このあたりには路面の悪いところが多くて。ひょっとすると、立ち往生しちまうかも」

乗客たちはステップをよじのぼるようにしてバスに乗りこみ、各自の席についた。

年配のほうのミス・プライスは、スーツケースのひとつに手が届かないといって、機嫌が悪い。「寝室用のスリッパを出したいのに」

「それより、ゴム長靴のほうが必要になりそうですよ」スメサーストがいった。「このぶんでは、泥の海のまんなかで立ち往生しそうだ」

「あたし、替えのストッキングがないわ」ネッタがこぼす。

「だいじょうぶですよ。あなたはじっとしていらっしゃい。いざとなったら、わたしたち男性陣がバスを押しますよ」

「替えの靴下はいつも用意してある」ヘンズリーはコートのポケットを軽くたたいた。

「なにが起こるかわからないからな」

車内のライトが消され、夜の旅が始まった。

快適な旅とはほど遠い。六輪バスは、幌《ほろ》付きの大型長距離車ほど揺れがひどくないとはいえ、それでも、ときどき大きく揺れた。

パインの席は前のほうだ。通路をへだてた隣の席には、何枚もの膝かけやショールにくるまった、アルメニア人の母親がすわっている。息子はそのうしろの席。パインのうしろの席には、年かさのミス・プライスと若いミス・プライス。ポーリ将軍、スメサースト、ヘンズリー、それに空軍の士官三人は後部座席を占めている。

六輪バスは夜の闇を切り裂いて進んでいく。パインはなかなか寝つけなかった。どうやっても窮屈《きゅうくつ》な姿勢しかとれないからだ。アルメニア人の母親は通路に足を突きだして、パインの領域に踏みこんでいる。これなら、彼女は快適だろう。

パイン以外の乗客はみな眠っているようだ。ようやく眠気を覚えてきたとき、ふいにバスが激しく揺れて、パインは頭を天井にぶつけそうになった。後部座席のほうから、眠そうな声がした。「ちゃんと運転しろよ。みんなを骨折させようってのか?」

やがて、パインにまた睡魔《すいま》がしのびよってきた。数分もたたないうちに、頭がうなだれてくる。心地いいとはいえない姿勢のまま、パインは眠りに落ちた……

……はっと目が覚めた。バスが停まっている。男たちが数人、バスを降りて外に出ている。寡黙なヘンズリーがぽつりといった。

「立ち往生です」

状況を確認しようと、パインは足もとに気をつけながら泥の海に降りた。雨はやんでいる。それどころか、月が顔を出している。月の光のおかげで、二名の運転手がタイヤにジヤッキや石をかませ、車体を持ちあげようと躍起になっているのがよく見える。乗客の男たちもほとんどが手伝っている。バスの窓から三人の女性が顔を突きだしている。ミス・プライスとネッタは興味ぶかげだが、アルメニア人の母親はあからさまにうんざりした表情を見せている。

運転手の指示にしたがい、男たちはいっせいに車体を持ちあげた。

「アルメニア人の若いのはどこだ?」オルーク大尉が声を張りあげた。「車内で猫みたいに足を引っこめて、ぬくぬくとしてるのか? 彼にも手伝ってもらおう」

「スメサーストにも、な」ポーリ将軍がいった。「彼もいないぞ」

「困ったやつだ、まだ寝てる。ほら」

そのとおり、スメサーストは座席にすわっていた。がっくりと頭をうなだれ、体ぜんたいがだらしなく前かがみになっている。

「起こしてこよう」オルーク大尉はそういって、開いている扉から軽々となかにとびこんだ。と思うと、すぐに姿を現わし、おかしな声でみんなに告げた。

「どうやら、ぐあいが悪いみたいだ。軍医どのはどこだ?」

白髪まじりの温厚なものごしのロフタス少佐は、飛行中隊付きの軍医である。その彼が、車輪を持ちあげているグループを離れてやってきた。

「どんなようすなんだ?」ロフタス少佐はオルーク大尉に訊いた。

「は、その、わかりません」

少佐はバスに乗りこんだ。そのあとからオルーク大尉とパインがついていく。少佐は、ぐったりしているスメサーストにかぶさるように上体をかがめた。ひとめ見て、ちょっと手を触れただけで充分だった。

「死んでる」少佐は静かにいった。

「死んでる？　でも、どうして？」口々に叫び声があがる。

「んまあ！　あんまりだわ！」これはネッタだ。

ロフタス少佐はいらだったようすで周囲を見まわした。「頭のてっぺんを強く打ったにちがいない。穴に突っこんで、バスがひどく揺れたことがあったからな」

「それは確かですか？　ほかに原因はない？」

「よく調べてみないと、はっきりしたことはいえない」少佐はきびしい声でそういい、困惑した顔で周囲を見まわした。女たちがおずおずと近くに寄ってきた。外にいた男たちも集まってきている。

パインは若い運転手と相談した。その結果、運動で鍛えているのか、体格のいいほうの運転手が、女たちをひとりずつ抱えて泥の海を渡り、乾いた地面の上におろした。マダム・ペンテミアンとネッタは軽々と運べたが、太ったミス・プライスは重くて、少しばかり足がよろけた。

検死をおこなうロフタス少佐ひとりを残して、バスのなかには誰もいなくなった。

男たちは車体を持ちあげる作業にもどった。いまはもう、地平線上に陽が昇っている。上天気になりそうだ。ぬかるみも早々に乾きだしたが、バスはぬかるみにタイヤをとられたままだ。三基のジャッキが折れてしまったのに、いままでのところ、成果はあがっていない。運転手たちが朝食の準備を始めた——といっても、ソーセージの缶詰を開け、湯を沸かしてお茶の用意をするだけだが。

しばらくすると、ロフタス少佐が検死の所見を述べた。「外傷はないし、殴られた痕跡もない。先ほどいったとおり、頭頂部を激しく天井に打ちつけたにちがいない」

「自然死だということで、納得なさいますか?」パインは訊いた。

その声音に含まれたなにかが、少佐の注意を惹いた。少佐はすばやくパインを一瞥した。

「ほかにひとつだけ可能性がある」

「そうですね」

「誰かに後頭部を殴られたのかもしれない。砂袋のようなもので」弁解がましい口調で、少佐はそういった。

「それはありそうもない」三人の空軍士官のひとり、ウィリアムスン大尉がいった。ふっくらした童顔の若い男だ。「つまり、誰にも見られずにそんなことができるはずはない、ということです」

「みんなが眠っているときなら?」軍医が疑問を呈する。

「みんなが眠っていると確信できるでしょうか」ウィリアムスン大尉は指摘した。「犯人が席から立ちあがり、凶行におよべば、誰かが目を覚ましたはずです」

「ならば」ポーリ将軍がいった。「彼のうしろの席にすわっている者にしかできないのではないか。そこならチャンスをうかがうことができるし、席を立たずに犯行におよべる」

「スメサーストのうしろの席にいたのは誰だ?」ロフタス少佐が訊いた。

オルーク大尉はためらいもせずに答えた。「ヘンズリーであります、少佐。でも、その線はないと思いますが。ヘンズリーはスメサーストの親友です」

沈黙。

やがてパインのおだやかだが、きっぱりした声が響いた。「そうですね、ウィリアムスン大尉は、なにかごぞんじのようにお見受けしますが」

「ぼくが?　いや、あの——」

「白状しろよ、ウィリアムスン」オルーク大尉がうながす。

「ほんとうに、ぼくはなにも——なにも知らない」

「ほら、白状しろってば」

「いや、そのう、ルトバの中庭で、きれぎれに会話が聞こえてきたんですよ。シガレットケースがなかったんで、バスに捜しにいったときのことです。バスのなかをあちこち捜しました。そしたら、バスの外で、男がふたり、話を始めたんです。ひとりはスメサーストでした。で、彼は――」ウィリアムスン大尉はそこで口ごもった。

「ほらほら、先をつづけて」オルーク大尉があとおしする。

「友人を裏切りたくないとかなんとかいってました。ひどく苦しそうな口ぶりで。そして、こういったんです――バグダッドまでは誰にもいわないでおくけど、そのあとは、猶予なしだ、さっさと姿をくらますことだ、と」

「で、相手の男というのは?」

「わかりません。暗かったし、ひとことかふたことぐらいしかいわなかったし。なんといったのか、聞こえませんでした」

「あなたたちのなかで、スメサーストをよく知っているかたは?」パインは訊いた。

「友人というのは、ヘンズリーを指すとしか思えませんね」オルーク大尉はのろのろといった。「ぼくもスメサーストを知ってますが、親しいわけじゃありません。ウィリアムスンはこっちに来たばかりだし。ロフタス少佐も同じです。このふたりが以前からスメサーストを知っていたとは思えない」

ウィリアムスン大尉とロフタス少佐はうなずいた。

「あなたはいかがですか、ポーリ将軍?」

「あの若いのには、ベイルートからレバノンを横断する車のなかで、初めて会った」

「ロフタス少佐、あなたは砂袋のようなものが使われたのではないかとおっしゃいました

「興味ぶかいな」ポーリ将軍はいった。「それぞれの話を集めると、証拠が見えてくる」

とばかり思っていたんだが。まさか――」少佐は絶句した。

「昨日の朝、ダマスカスを出発する直前のことだった。職場のことを話しあっているんだ

「それはいつのことです?」

密漏洩が起こっているのは否定できないはずだ、とね」

「スメサーストがヘンズリーにこういっているのが、耳に入ったんだ――きみの課で、機

みんなは口々に、それでもいいから話してほしいといった。

ロフタス少佐が咳払いをした。「関係があるかどうか、わからないが――」

「ほかになにかごぞんじのかたはいませんか?」パインは訊いた。

むようにいった。「そして、悩んでいた」

「すると、同じことをいったんだ――友人を裏切りたくない、と」オルーク大尉は考えこ

て、ダマスカスのクラブで、酔っぱらったスメサーストとかわした話をした。

「わたしは証拠のひとつになりそうな事実を知っているんですが」パインはいった。そし

殺したりする度胸はありませんよ」

「彼が〝友人〟のわけはない」オルーク大尉は断定した。「アルメニア人に平然とひとを

「アルメニア人の若者は?」

ね」パインはいった。「そういう凶器を作れますか？」

「砂はどっさりある」少佐は足もとの砂をひとつかみすくいあげて、淡々といった。

「それを靴下に詰めこめば」オルーク大尉はそういいかけて、口ごもった。

そこにいた全員が、昨夜ヘンズリーがいったことを思い出した。〝替えの靴下はいつも用意してある。なにが起こるかわからないからな〟

沈黙がおりた。やがて、パインが静かに沈黙を破った。「ロフタス少佐、ミスター・ヘンズリーの替えの靴下は、バスのなかの彼のコートのポケットに入っているはずです」

一同の目は、地平線上で行ったり来たりしている、うち沈んだ姿に向けられた。スメサーストが死んでいることがわかってから、ヘンズリーはみんなから遠ざかり、ひとりで歩きまわっているのだ。

パインは話をつづけた。「それを持ってきていただけませんか？」

少佐は躊躇《ちゅうちょ》した。「いや、どうも――」遠くで行ったり来たりしている男にまた目を向ける。「なんだか気が引ける――」

「ぜひとも持ってきていただきたい」パインは重ねていった。「なんといっても、いまは非常事態です。ここにはわたしたちしかいない。わたしたちの手で、真相を探りださなければなりません。あなたが替えの靴下を持ってきてくだされば、真相に一歩近づけるのではないかと思います」

ロフタス少佐はなにもいわずに、バスに向かった。

パインはポーリ将軍を少しわきに誘《いざな》った。

「将軍、スメサーストとは、通路をはさんですわっておられましたよね」

「そのとおり」

「誰かが席を立って、通路を歩いてきませんでしたか?」

「あの英国人のご婦人、年配のほうのミス・プライスが、後部の手洗いに行った」

「よろけませんでしたか?」

「そりゃあ当然、バスが揺れればよろけたよ」

「通路を往復したのは、その婦人だけでしたか?」

「ああ、そうだ」

ポーリ将軍は興味ぶかそうにパインの顔を見た。「きみはいったい何者だね? 指揮をとっているが、軍人ではないな」

「さまざまな人生を見てきただけです」パインは答えた。

「あちこち飛びまわって?」

「いえ。ほとんどオフィスにいました」

ロフタス少佐が靴下を持ってもどってきた。

靴下を受けとったパインが調べてみると、靴下の片方の内側に湿った砂が付着していた。

パインは深く息を吸いこんだ。「これでわかりました」

そこにいた全員の視線が、地平線上を行ったり来たりしている男に集中した。

「できれば、ご遺体を見てみたいのですが」パインは少佐にいった。

少佐に付き添われ、パインはバスに入った。スメサーストの遺体は防水布でおおわれていた。少佐が防水布をめくる。

「見てのとおり、外傷はない」

しかしパインは、遺体のネクタイに目を留めた。「スメサーストはイートン校の卒業生なんですね」

ロフタス少佐は驚いたようだ。

次のパインのことばで、少佐はさらに驚いた。

「ウィリアムスン大尉について、なにかごぞんじのことはありますか？」

「いや、べつに。彼にはベイルートで初めて会ったんだ。わたしはエジプトから来たんだよ。だが、なぜ、そんなことを？　まさか――？」

「いえね、彼の証言によって、わたしたちはひとりの男を絞首台に送ろうとしているんですよ。そうではありませんか？」パインはむしろ陽気な声でいった。「ですから、充分に確認しなくては」

パインの関心は、遺体のネクタイとシャツのカラーに向けられている。そしておもむろに、パインは遺体の着脱式のカラーをはずした。驚きの声があがる。

「見てください」カラーの内側、うなじをおおう箇所に、小さな丸い血のしみがある。パインは遺体のうなじに目を近づけた。

「頭部への殴打が死因ではありませんね、ロフタス少佐」パインはそっけなくいった。

「刺されたんですよ――うなじのここを。なにかで突き刺した、小さな穴が開いている」

「見落としてしまった！」

「あなたは先入観をおもちだった」パインは申しわけなさそうに指摘した。「頭部への一撃。その先入観のせいで、この小さな穴を見落としたんですよ。目立つ傷ではありません。小さなするどい先端をもつなにかで、すばやく刺す。ここは急所ですから、即死だったでしょう。被害者は声をあげることさえできなかった」

「錐のように先の尖った短剣《スティレット》？　まさかポーリ将軍だと――？」

「スティレットといえば、イタリア人。イタリアでは、よく暗殺に使われる短剣ですからね――おや、車が来ましたよ」

地平線の向こうから、六人乗りの大型幌付き車が現われた。

「よかった！」オルーク大尉がパインと少佐に近づいてきた。「ご婦人たちはあれに乗ってもらえます」

「殺人者はどうします？」パインは訊いた。

「ヘンズリーのことでしょうか――？」

「いいえ、犯人はヘンズリーではありません」パインはいった。「ヘンズリーが無実だということは、偶然にもわかりましたから」

「はあ？　でも、なぜ？」

「ええ、彼の靴下に湿った砂が付着していたからですよ」

オルーク大尉はぽかんとしている。

「あなたの気持はわかりますよ」パインはおだやかにいった。「意味が通らないように聞こえるでしょうが、それが真実なんです。スメサーストは頭を殴打されて死んだのではありません。刺殺されたんです」

パインはいったんことばを切って黙りこんでから、また口を開いた。

「わたしが話したことを思い出してください――クラブで、わたしが酔ったスメサーストとどんな会話をしたか、話しましたよね。そのなかで、あなたは、あなたが重要だと思ったことに注目した。ですが、わたしが注目したのは、別のことでした。わたしは信用詐欺のような仕事をしているというと、彼はこういいました――なんだって――あんたもか、と。おかしいと思いませんか？　官庁で機密漏洩がおこなわれているとしても、それを〝信用詐欺〟とはいわないでしょう。たとえば、いま現在、姿をくらましているサミュエル・ロングがしでかした横領のような犯罪なら、信用詐欺ということばがあてはまりますがね」

ロフタス少佐は目をみはった。

オルーク大尉はうなずいた。「ええ、そうですね、おそらく……」

「わたしは前に、サミュエル・ロングはわたしたちの一行にまぎれているんじゃないかと、冗談をいったことがあります。ですが、それは冗談ではなく、真実ではないかと」

「まさか——そんなことはありえない！」

「そうでしょうか？　この旅の同行者たちについて、どんなことを知っていますか？　パスポートに記載されていることと、本人が口にしたことだけではありませんか。かくいうわたしは、ほんとうにパーカー・パインなのか？　ポーリ将軍はほんとうにイタリアの軍人なのか？　年長者のほうのミス・プライスは、ほんとうは男性ではないのか？　髭剃りが必要そうに見えますからね」

「でも彼は——スメサーストはロングとは面識がなかったのでは？」

「スメサーストは名門イートン校の出身です。サミュエル・ロングも、やはりイートン校の卒業生です。あなたにはいわなかったのでしょうが、スメサーストはロングを知っていたのではないでしょうか。だから、同行者のなかにロングがいると気づいたのでは。そうだとすれば、彼はどうするか？　こういってはなんですが、スメサーストは愚直なひとです。さんざん悩んだことでしょう。そしてついに、バグダッドに着くまでは、誰にもいわないことに決めた。しかし、そのあとは、黙っていられなくなるでしょうね」

「ぼくたちのなかにロングがいるというんですか?」オルーク大尉は、まだパインの話がのみこめないようすで、深く息を吸った。「なら、イタリア人にちがいない——ぜったいそうだ…… いや、アルメニア人かも」

「外国人のふりをしたり、外国国籍のパスポートを取得するのは、じつにむずかしいんですよ。英国人のままでいるほうがずっとらくなんです」パインはいった。

「まさかあのミス・プライス?」オルーク大尉は茫然としている。

「ちがいます」パインはいった。「この男です」

そういって、パインは親しげな態度で、隣に立っている男の肩をつかんだ。だが、その声には親しげな響きは微塵もなく、指は万力のようにがっちりと、男の肩をつかんでいる。

「軍医のロフタス少佐、あるいはサミュエル・ロング。どちらの名前で呼んでもさしつかえありませんよ」パインははっきりといった。

「いや、そんな——ありえない」オルーク大尉は咳きこまんばかりに早口でいった。「ロフタス少佐はもう何年も、軍医を務めておられるんですよ」

「でもあなたは前に会ったことはないんでしょう? 亡くなったスメサーストを除けば、この旅の同行者のなかに、この男を知っている者はひとりもいない。それも当然です。この男は本物のロフタスではないのだから」

絶句していた男がようやく口を開いた。「見破るとは、たいしたものだな。ところで、どうしてわかった？」ロフタス／ロングは訊いた。

「あなたが、スメサーストは頭部を強打して死んだなどと、つまらないことをいったからですよ。昨日、ダマスカスで雑談していたときに、オルーク大尉の話で、あなたはアイディアを得た。あなたは考えた——容易にやれる、と。一行のなかで、医者はあなたしかいない。なにをいっても、みんな、うなずくだろう。それに、あなたは本物のロフタス少佐の医療器具を持っている。そのなかから、凶行に使える小さな道具を選ぶぐらい簡単しごく。スメサーストのほうに身をのりだし、なにか話しながら、小さな凶器を彼のうなじに刺す。彼が息絶えたあともさらに話をつづける。バスの車内は暗かった。疑念をいだく者がいたでしょうか？

やがてスメサーストが死亡しているとわかる。あなたは前もって決めておいた死因を述べる。だが、あなたの思惑どおりにはいかなかった。いくつもの疑問点がもちあがったからだ。あなたは保身のために、第二の防御線まで下がらざるをえなくなった。あなたとスメサーストの会話を、ウィリアムスン大尉が洩れ聞いていて、それをみんなに話した。そして、スメサーストの相手はヘンズリーではないかということになると、あなたはその推測にくらいついた。彼の職場で機密漏洩が起こっているらしい、という話をでっちあげて、ヘンズリーへの疑惑を煽ったのだ。そこでわたしは、最後のテストをおこなった。砂と靴下。あなたは足もとの砂をすくいあげて、その話をした。わたしは真相がわかるかもしれないといって、あなたにヘンズリーの替えの靴下を持ってきてほしいとたのんだ。だが、そのとき、あなたはわたしの真意をとらえそこねた。じつをいうと、わたしはすでに、ヘンズリーの替えの靴下を調べておいたんですよ。わたしが調べたときは、靴下は両方とも、内側に砂はついていなかった。あなたが片方の靴下に砂をくっつけたのだ」

ロフタス少佐ことサミユエル・ロングは、煙草に火をつけた。

「参った。おれの運もこれまでだな。ついていたときは、うまく逃げおおせて、エジプトまで行った。そこでロフタスに出会ってね、バグダッド旅行に参加すると聞いた。同行者に知り合いはいないといったんで、見逃すには惜しいチャンスだと思った。それで、彼を買収したんだ。二万ポンドでね。なあに、おれにとってははした金さ。そこから運が悪いほうに変わった。なんと、スメサーストに会ってしまったんだ。正真正銘のあのマヌケに！　イートン校で、下級生のあいつはおれの雑用係だった。当時のあいつときたら、おれのことを英雄みたいに崇拝してたよ。

手配中の犯罪者だとわかっても、あいつはおれを警察に突きだすのを良しとしなかった。おれがうまくいいくるめたんで、あいつはバグダッドに着くまでは誰にもいわないと約束した。だが、その先、おれはどうなる？　逃げまわるチャンスなんかあるわけがない。とすれば、道はひとつしかない――あいつを消すことだ。しかし、これだけはいっておくが、おれは根っからの人殺しではない。おれには嘘つきの才能がある。しかしそれは、人殺しとはまったく別ものだ」

ロングの表情が変わった——顔がひきつっている。ふらりと体が揺れたかと思うと、彼はばったりとうつぶせに倒れた。

オルーク大尉があわてて駆けよる。

「おそらく青酸カリです——煙草に仕込んであったんでしょう」パインはいった。「ギャンブラーが最後の賭けに負けたんです」

パーカー・パインは周囲を、えんえんと果てしなく広がる砂漠を、見まわした。強い陽ざしが照りつけている。ダマスカスを発ったのは、つい昨日のことだった——バグダッドに至る門をくぐったのは。

〝その門をくぐるなかれ、おお、キャラバンよ、
さてこそ、歌いながらくぐってはならぬ。
汝《なれ》は聞かずや、
鳥たちが死にたえ、静寂そのものの地に、
なおも鳥のさえずりのごとき音色が響くを〟

シーラーズの館

The House at Shiraz

午前六時、パーカー・パインはバグダッドで休息したあと、ペルシア地方に向けて出発した。

小型単葉機の乗客数は限られている。座席は狭く、パインのようにかさばった体格の者には快適とはいいがたい。パインのほかに乗客は二名。ひとりは大柄な赤ら顔の男だ。おしゃべりな性質《たち》だとパインは判断した。もうひとりは小柄なやせた女で、くちびるをきっと引き結び、毅然とした雰囲気をまとっている。

パインは内心で思った――いずれにしても、ふたりとも、わたしの仕事に関係するような相談事をもちかけてくるとは思えないな。

彼の推測は的中した。小柄なやせた女はアメリカ人の宣教師で、骨の折れる仕事をものともせず、むしろ喜びにしているようだ。赤ら顔の男は石油会社の社員だという。飛行機が離陸するまでに、三人は簡単な自己紹介をすませていたのだ。

「わたしは単なる観光客なんですよ」パインはすまなそうにいったものだ。「これからテヘラン、エスファハーン、シーラーズに行くつもりなんです」

この三つの地名は、口にするたびに、パインの耳にさながら音楽のように魅力的に響いた。テヘラン、エスファハーン、シーラーズ。

パインは窓から眼下の景色を眺めた。どこまでも平坦な砂漠がつづき、この広大な無人の地の神秘が感じられる。

パスポートの検閲と通関手続きのために、飛行機はケルマーンシャーに着陸した。パインのスーツケースも開けられ、なかに入っていた小さな紙箱がちょっとした問答の的となった。次々と質問がとぶ。パインはペルシア語はまったくわからないので、応答に困った。ちょうどそこに、単葉機のパイロットが来あわせた。金髪の若いドイツ人で、日焼けした肌に、深みのある青い目の、なかなかの好男子だ。

「どうしました？」パイロットは明るい声でいった。

役人相手に、パインは必死になって身ぶり手ぶりで質問に答えようとしていたが、成功しているとは思えず、困りきっていたところだったので、声をかけられてほっとした。

「虫除け粉なんです」パインはいった。「彼らに説明してやってもらえませんか？」

パイロットはけげんな顔をした。「は？」

パインはドイツ語でくりかえした。すると、パイロットはにやりと笑い、ペルシア語で通訳してくれた。それを聞いて、重々しく寂しげな顔だちの役人たちは、大いにおもしろがった。寂しげな顔がほころび、笑みが浮かんだ。ひとりは声をあげて笑ったほどだ。虫除けの薬を持参するとは、愉快なアイディアだと思ったらしい。

三人の乗客はふたたび機内に乗りこみ、飛行の旅はつづいた。単葉機はハマダン空港で低空飛行して郵便物を投下したが、着陸はしなかった。パインはベヒストゥンの岩がどれかわかるかと期待して、窓から眼下を眺めた。そこは、アケメネス朝のダレイオス一世がペルシア帝国と征服地の広大さを、バビロニア語、メディア語、古代ペルシア語の三つの言語で石碑に記したという由来のある、ロマンチックな場所なのだ。

単葉機は午後一時にテヘラン空港に着陸した。この空港での通関手続きは、前の空港よりもさらにめんどうだった。またもやパインが四苦八苦していると、あのドイツ人のパイロットがやってきて、パインの奮闘ぶりをにこにこしながら見ていた。パインは次々に放たれる、さっぱり理解できない質問に必死で答え、ようやく解放された。

「わたしはなににどう答えたんでしょうかね?」パインはパイロットに訊いた。

「あなたの父親のファーストネームはツーリストで、あなたの職業はチャールズ、母親の旧姓はバグダッドで、あなたはハリエットから来た、といってましたよ」

「問題になりますか?」

「いいえ、ぜんぜん。向こうにとっては返事がもどってきさえすれば、それでいいんです」

パインはテヘランに失望した。悲しいほどに近代化が進んでいるからだ。

翌日の夕方、宿泊しているホテルにもどったパインは、あのドイツ人のパイロット、ヘル・シュラーガルと再会し、嘆くようにテヘランの印象を語った。そして、ふと思いついて彼を食事に誘うと、シュラーガルは同意した。テーブルにつくと、ジョージ王朝風のいでたちの給仕がとんできて、注文を受けた。やがて料理が運ばれてきた。

デザートはべたべたするチョコレートのトルテだった。それを食べているとき、シュラーガルがパインに訊いた。

「シーラーズに行きますか？」

「ええ。飛行機で。シーラーズからは陸路でエスファハーンに行き、またテヘランに帰ってきます。明日のシーラーズ行きの飛行機は、あなたが操縦なさるんですか？」

「いや、ちがいます。わたしはバグダッドにもどります」

「こちらにはもう長い？」

「三年になります。我が社の航空便が設立されたのは、三年前なんですよ。いままでのところ、事故は一度もありません――くわばらくわばら《ウンベルーフエン》！」そういって、魔よけに木のテーブルに触れた。

薄いカップにつがれた甘いコーヒーが出てくると、ふたりは煙草に火をつけた。

「最初の飛行では、乗客はご婦人二名でした」シュラーガルは遠い目をした。「ふたりとも英国人でしたよ」

「ほう？」

「ひとりは名家の令嬢。あなたの国の大臣の娘さんです。ええっと、名前はなんといいましたっけ――ああ、そうそう、レディ・エスター・カー。とても美しい婦人でしたが、狂人でした」

「狂人？」

「精神に異常をきたしていたんです。シーラーズの大きな館、地元の民間人が建てた邸宅に住み、中東風の服を着て暮らしています。ヨーロッパ人には会いません。それが名門の令嬢の生きかたなんでしょうか？」

「ほかにもそういう婦人はいましたよ。レディ・ヘスター・スタンホープというご婦人は――」

「でも、このひとは狂人なんですよ」シュラーガルはぶっきらぼうにパインの話をさえぎった。「目を見ればわかります。戦時中、わたしが乗っていた潜水艦の艦長の目と同じなんです。いま、艦長は精神病院に入っています」

パインは考えこんだ。レディ・エスター・カーの父親、ミシャルディヴァー卿のことはよく憶えている。卿が内務大臣だったときに、パインはその下で働いていたのだ。大柄で、笑みをたたえた青い目と金髪の持ち主だった。奥方のレディ・ミシャルディヴァーにも一度だけ会ったことがある。黒髪に、紫がかった青い目の、有名なアイルランド美人だった。

ふたりとも容姿端麗で気品があったが、カー家の血筋には狂気の質があるといわれていた。何代か時をおいて、それが表に現われるのだ。シュラーガルがその点を強調したことが、パインには奇妙に思えた。

「で、もうひとりのご婦人というのは?」パインはのんびりした口調で訊いた。

「もうひとりの女性は——死にました」

シュラーガルの声音に、パインははっとして、するどい視線を向けた。

「わたしにも熱い心があります」シュラーガルはいった。「感情があります。わたしにとって、彼女は誰よりも美しいひとでした。おわかりになりますよね、降って湧いたような熱い想い。あのひとは花——そう、一輪の花でした」深い吐息をつく。「レディ・エスターに招かれて、シーラーズの館を訪ねたことがあります。そのときにわかったんです。愛する彼女は、わたしの一輪の花は、なにかを恐れている、と。そして、次にバグダッドからシーラーズに飛んだとき、わたしは彼女が亡くなったことを知りました。死んだ!」

シュラーガルはそこで口をつぐんだあと、思い切ったようにいった。「あの女に殺されたのかもしれない。先ほどいったとおり、あの女は尋常ではないのだから」

シュラーガルはまた吐息をついた。

パインはベネディクティン酒を二杯、注文した。

「このリキュールはたいへん上等でございます」グラスをふたつ運んできた、ジョージ王朝風のいでたちの給仕は、そう太鼓判を押した。

翌日の正午を過ぎてすぐに、パインはシーラーズに向けて旅立った。

眼下を山岳地帯や、山間部の荒涼とした狭い谷間や、乾燥した不毛の荒れ地が過ぎ去っていったかと思うと、ふいに、シーラーズの全景が見えた——さながら、荒れ地のまんなかにある、エメラルドグリーンの宝石だ。

テヘランに失望したぶん、パインはシーラーズを満喫した。近代化されていない、むかしのままのホテルにも、同じくむかしのままの通りにも、辟易したりはしなかった。

シーラーズはペルシアの祭のさなかだった。パインが着いた日の前夜からノウルーズ祭が始まったのだ。三月におこなわれる、太陽暦の新年を祝う十五日間の祭。パインはひとけのないバザールを通りぬけると、街の北側にある広場に行ってみた。シーラーズじゅうが祭で沸きたっている。

そんなある日、パインは街の北東部まで足をのばし、ペルシアの詩人ハーフェズの廟を訪れた。その帰り、通りすがりに見た、一軒の邸宅に感銘を受けた。青と薔薇《ばら》色と黄色のタイル張りの建物。噴水とオレンジの木々と薔薇の茂みのある緑の庭園。これこそ夢の家だ、とパインは思った。

その夜、パインは英国領事との食事の席で、昼間見た邸宅のことを訊いてみた。

「魅力的な建物でしょう？　あれはルリスタンの、裕福な前総督が建てたんですよ。地位を利用して私腹を肥やし、贅沢《ぜいたく》三昧をした人物ですがね。いまは英国婦人が所有しています。彼女のことはお聞きになっているはずですよ。レディ・エスター・カー。あの有名な物語に出てくる帽子屋のように、頭がおかしい。いまでは、生まれながらの現地人さながらですよ。英国人にも、英国の品にも、いっさい見向きもしません」

「お若いかたですか？」

「偏屈な老人ならともかく、あれほど愚かしいまねをするには、あまりにも若い。三十歳ぐらいですかな」

「英国婦人がいっしょに暮らしていたそうですね。その婦人は亡くなったとか。そうなんですか？」

「そのとおり。三年ほど前にね。たまたまわたしがここに赴任してきた翌日のことでした。当時の領事のバラムが急死したもので、わたしが後任となったんです」

「その婦人の死因は？」パインは直截《ちょくせつ》に訊いた。

「二階のバルコニーから転落したんですよ。バルコニーはちょっとした中庭になっているんです。レディ・エスターの小間使いだったか、話し相手《コンパニオン》だったか、よく憶えてません。とにかく、朝食をのせたトレイを運んでいるときに、よろけたかどうかして、バルコニーから落ちたんです。気の毒に、手の施しようがなかった。下に岩があったもので、それにぶつかって、頭骨が割れてしまったんですよ」

「そのご婦人の名前は？」

「キングだったかな？　いや、ウィルズだったたか？　いやいや、それは女性宣教師の名前だ。いやあ、思い出せないな。それはともかく、なかなかきれいな女性でしたよ」

「レディ・エスターは動揺してましたか？」

「ええ。いや、そうではなかった。非常に奇妙なひとでしてね、わたしには理解しがたい。傲慢《ごうまん》で横柄。常人ではありませんな。彼女の横暴そのものの態度と、ぎらぎら光る黒い目とには、こちらの背筋が寒くなったものです」

　領事はとりつくろうような笑い声をあげて、好奇心あふれる目でパインをみつめた。

　パインは心ここにあらずという顔で宙をにらんでいる。煙草に火をつけようとして擦ったマッチの炎が、無為に燃えつづけている。マッチの火に指先を焼かれ、パインは熱い痛みに小さく悲鳴をあげて、燃えつきたマッチを落とした。領事の驚き顔に気づき、パインは微笑した。

「失礼しました」パインはあやまった。

「なにやら放心しておられましたな」

「いや、マザーグースに歌われている、黒い羊《ブラックシープ》が頭に浮かびましてね」パインは謎めいたことばを口にした。

その夜、パインは小さなオイルランプの灯のもとで、一通の手紙をしたためた。どう書こうかとさんざん頭をひねったが、けっきょくシンプルな文面となった。

レディ・エスター・カーにごあいさつを申しあげます。
あと三日、ファールスホテルに滞在しておりますので、なにか相談事がおありになれば、ご連絡をいただきたくぞんじます。

パーカー・パイン拝

手紙のほかに、有名な広告の切り抜きを同封する。

あなたは幸せですか？　幸福でないかたはパーカー・パインにご相談ください。リッチモンドストリート十七番地。

フローラ――待ちくたびれた――J

下宿人求む――当方フランス人家族。パリまで十五分。私有地の邸宅。快適な現代設備完備。美味な食事付き。フランス語の個人教授可。〈ラ・コリ〉ベル

「これでうまくいくだろう」パインはそうつぶやき、とうてい快適とはいえないベッドに、用心ぶかく横になった。「ほぼ三年か……。うん、うまくいくはずだ」

次の日の午後四時ごろ、返事が届いた。英語がわからないペルシア人の召使いが、直接、パインに届けてきたのだ。

今夜九時にご来宅いただければ、幸いにぞんじます。

レディ・エスター・カー

パインは微笑した。

パインが指定の時間に館を訪れると、手紙を届けにきた召使いが応対した。暗い庭を通って、館の裏側に回りこんでいる屋外の階段を昇る。階段のとっつきにドアがあるが、それは開いていた。ドアの向こうは中庭というか、バルコニーというか、広々とした屋外の空間で、そこも夜の暗がりにつつまれている。壁ぎわの大きな寝椅子には、美しい女性が横たわっていた。

レディ・エスターは中東風の衣服をまとっている。そういう衣装を好むのは、ひとつには、彼女が東洋的といってもいい美貌の持ち主だからだろうか。英国領事は彼女のことを

〝傲慢で横柄〟といっていたが、なるほど、いかにもそう見える。つんと顎をあげ、ひややかな表情だ。

「ミスター・パーカー・パイン？　そこにおすわり」

レディ・エスターは、積み重ねたクッションの山を手で示した。中指に、家紋を彫りこんだ大きなエメラルドの指輪がきらめいている。カー家の先祖伝来の品で、ひと財産ほどの価値があるにちがいない――パインはそう推測した。

いわれたとおり、パインはいささか苦労して、クッションの山にすわった。彼ほど大柄で、かさばった体の持ち主にとっては、地面に近いところに、優雅な所作で腰をおろすのは、そう容易ではないのだ。

召使いがコーヒーを運んできた。パインはカップを取ってひとくちすすり、味と香りを楽しんだ。

この館の女あるじは、当地の、あくまでものんびりした習慣が身についているらしく、せっかちに用件を口にしたりはしない。彼女もまた、目をなかば閉じて、コーヒーをすすっている。

しばらくすると、ようやくレディ・エスターは口を開いた。

「あなたは不幸な者を助けているとか。少なくとも、あなたの広告にはそう謳ってある」

「そうです」

「なぜ、わたしに送りつけてきたのです？　それがあなたのやりかた？　旅行中でも仕事をするというのが」

どこか攻撃的な口ぶりだが、パインは気にせず、あっさりと答えた。

「いいえ。旅をするのは、仕事を忘れて休暇を楽しむためです」

「それなのに、なぜわたしに手紙を？」

「確信があるからです――あなたが不幸だという」

沈黙。

この沈黙に、パインは興味をそそられた。次に彼女はどうでるだろう？　彼女は心を決めるために、つかのまの沈黙で時間を稼いだのだ。

レディ・エスターは笑い声をあげた。「あなたはわたしのように同胞と祖国から離れている世捨て人は、不幸に決まっていると思っているのね。悲しみや失望――そういうもののせいで、わたしは世捨て人になったと？　まあ、いいわ。あなたにわかるはずはない。あちら、そう、英国では、わたしは水から陸にあがった魚だった。でも、ここではわたし自身でいられる。わたしの芯は東洋的なの。心からこの隠遁生活が気に入っている。ええ、あなたには理解できないでしょうね。あなたにすれば、わたしは――」一瞬のためらい。

「――頭がおかしいとしか思えないでしょうよ」

「頭がおかしいとは思っていません」パインはいった。

その声には、静かだが断固とした響きがこもっていた。

彼女は不思議そうにパインをみつめた。

「でも、みんなはそういってるみたい。ばかなひとたち！　この世界には、いろいろな人がいるというのに。ええ、わたしは完璧に幸福です！」

「でも、あなたはわたしを招いた」

「好奇心に駆られたのは確かよ」ためらいがちに先をつづける。「英国に帰る気はまったくないけど、それでもときには、知りたくなる——あちらがどんなふうなのか……」

「捨ててきた故国のことが？」

彼女は黙ってうなずいた。

求めに応じ、パインは世間話を始めた。低くておだやかな、聞いている者に安心感をもたらす声が静かに流れ、ときどき、少し力をこめて語られる。

ロンドン、社交界のゴシップ、有名な男性や女性のこと、新しいレストランやナイトクラブ、社交界の人々が集まるアスコット競馬のことや、狩猟パーティ、カントリーハウスのスキャンダルなど、話題は多岐にわたった。さらに、女性の服装や、パリから入ってきたファッション、お買い得な特価品が手に入る、小さな安売り店のことも話す。

劇場や映画館のことを話し、ニュース映画についても語った。都市近郊にできた庭つきの新興住宅地の話から、球根やガーデニングに話題が移る。そしてまたロンドンの話題にもどった。夕方、一日の仕事を終えて家路につく人々や、彼らを乗せた路面電車《トラム》やバスが走るロンドン。勤め人たちの帰宅を待つ、ささやかな住まい。果ては、英国の家庭に見られる、奇妙ながらも親しみのもてる、生活様式ぜんたいにまで話が及んだ。広範囲で非凡な知識に裏づけられた事実が、わかりやすく整理されて語られた、みごとな話術といえる。

パインの話を聞いているうちに、レディ・エスターの頭が次第にうなだれてきた。涙が頬をつたっている。傲慢で横柄な態度は影をひそめた。パインの話が終わるころには、見せかけの突っぱった態度は消えてしまい、体裁もなにもかなぐりすてて、あからさまに泣いていた。

語り終えたパインは沈黙を守った。じっと彼女を見ているだけだ。その顔には、実験をしてみたところ、望みどおりの結果を得たという、静かな満足感があふれている。

ようやくレディ・エスターが顔をあげた。

「どう？」苦々しげな口ぶりだ。「これでご満足？」

「そうですね――いまのところは」

「どうすれば耐えられるというの。どうすれば。ここを去ることもできず、誰にも会えない――会いたくても会えない！」肺腑《はいふ》を絞るような叫びだった。悲痛な叫びをあげたあと、彼女は赤面して自分をとりもどした。

「それで？」突き刺すような口調だ。「はっきりいったらどう？　こういいたいんでしょう――そんなに帰りたいのなら、なぜ帰らないのか、と」

「いいえ」パインはくびを横に振った。「あなたにとって、それは容易なことではない」

レディ・エスターの目に、初めてかすかな恐怖の影がさした。

「なぜわたしが帰れないか、わかってるの？」

「おおよそは」

「ばかな」今度はレディ・エスターがくびを横に振った。「わたしが帰国できない理由を、あなたに推測できるわけがない」

「わたしは推測したりはしません。観察し、分類するんです」

レディ・エスターは頭を振った。「そんなことでわかるはずがない」

「では、納得がいくように説明しましょう」パインは楽しそうにいった。「レディ・エスター、あなたは当地に来られるのに、バグダッドに新設されたドイツの航空会社の飛行便を利用なさいましたね？」

「そうだけど？」

「その機を操縦していたのは、ヘル・シュラーガルという若いパイロットでした。その後、彼はあなたを訪ねて、この館にやってきた」

「ええ」この声には、なんともいえない微妙な変化があった――やさしさのこもった声。

「あなたには友人というか、話し相手というか、そういう女性がいましたが、そのひとは亡くなった」パインの声にも変化があり、鋼《はがね》のような響きがこもっている――冷たく、容赦のない声音。

「話し相手よ」

「その女性のお名前は？」

「ミュリエル・キング」

「あなたはそのひとを好きでしたか？」

「どういう意味なの――好きだったかなんて！」そのあとしばらく口をつぐみ、レディ・エスターは自制心をとりもどした。

「なにかと重宝なひとだったわ」

高慢な口調だ。英国領事は彼女のことをこういっていた――傲慢で横柄、常人ではありませんな、と。

「そのかたが亡くなったときは悲しかったですか？」

「そりゃあ――あたりまえでしょう？　ミスター・パイン、いったいどういうことかしら。なぜあれこれ訊くんです？」怒っている。質問をぶつけておきながら、パインの返事も待たずに先をつづける。「よく来てくださいましたね。でも、わたしは少し疲れてしまった。いくらお払いすればいいかしら？」

パインは腰をあげようとはしなかった。気を悪くしたそぶりも見せない。静かに疑問を口にする。「彼女が亡くなったあと、ヘル・シュラーガルはあなたに会っていません。もし彼が訪ねてきたら、お会いになりますか?」

「まさか」

「ぜったいに会わない?」

「ぜったいに。ヘル・シュラーガルにはお会いしません」

「そうですか」パインは感慨ぶかげにいった。「あなたはそういうしかありませんよね」

レディ・エスターがまとっている、傲岸不遜という硬い鎧《よろい》に、少しばかり亀裂《きれつ》が入った。不安そうにいう。

「ど、どういう意味かわからない」

「レディ・エスター、ヘル・シュラーガルとミス・ミュリエル・キングとが愛しあっていたのを、ごぞんじなかった? ヘル・シュラーガルはいまでも、彼女のことを、宝物のようにたいせつに記憶していますよ」

「彼が?」つぶやくような声。

「彼女はどんなひとでしたか?」

「どんなひとだったかって、どういう意味? どうしてわたしにそんなことを訊くの?」

「あなたも、ときには、彼女を見ていたはずです」パインはやさしくいった。

「ああ、そういうこと。まあまあきれいな娘《こ》だったわ」

「あなたと同じ歳ごろだった？」

「ほぼ、そうね」一瞬の間《ま》をおいて、質問を返す。「どうしてわかるの？　ヘル・シュラーガルがまだ彼女を想っているって」

「本人がそういったからです。ええ、聞きまちがえようのない、はっきりしたことばでね。彼はセンチメンタルな青年です。わたしを信用して打ち明けてくれたんですよ。彼女の亡くなりかたを聞き、ひどく動揺したそうです」

とびあがるように、レディ・エスターが立った。「わたしが彼女を殺したとでも？」

パインは動かなかった。そもそも、急激な動作をするような性質《たち》ではないのだ。

「いいえ、そうではありません。あなたが彼女を殺したとは思っていません。だからこそ、こんなお芝居はやめて、早く英国に帰ったほうがいいと思いますよ」

「こんなお芝居って？」

「じっさいのところ、あなたの神経は、もうぎりぎりのところまで張りつめている。ええ、そうです。精神的に追いつめられている。主人を殺したと責められるのを、恐れているんでしょうね」

ずばりと指摘され、相手はおののいた。

パインは先をつづけた。「あなたはレディ・エスター・カーではない。こちらにうかがう前に、それはわかっていましたが、念のために、テストをさせてもらいました」彼の顔に、やわらかく、やさしい微笑が広がる。「英国のことをあれこれ話しながら、聞いているあなたを観察していたんですよ。どの話題にも、あなたはレディ・エスターではなく、ミュリエル・キングとして反応した。安売りの店、映画、郊外の庭つき新興住宅地、仕事を終えてバスや路面電車で帰宅する人々。あなたはそのすべてに反応した。カントリーハウスのゴシップ、新しいナイトクラブ、高級住宅地メイフェア界隈の噂話、競馬場の社交――そういった話題には、なんの興味も示さなかった」

パインの口調は、説得するような、父親めいたものになっている。「さあ、すわって。なにもかも話してくれませんか。あなたがレディ・エスターを殺したわけではない。だが、殺したと責められるのではないかと恐れた。いったいなにがあったのか、聞かせてください」

女はふかぶかと吐息をついた。そして寝椅子に腰をおろして語りはじめた。

「最初から、いっとう初めからお話しすべきですね。わ、わたしはレディ・エスターが怖かった。彼女は尋常とはいえませんでした。いえ、完全に気がふれていたわけではなく、少しおかしかったというべきでしょう。わたしは彼女のお供をしてここに来ました。わたし、ばかみたいにそれを喜んだんです。とてもロマンチックな気がして。ばかですわね。ええ、そのころのわたしは愚かでした。

お抱え運転手との一件をお話しすべきですね。彼女は男好きで――手当たりしだいといってもいいぐらいでした。運転手のほうは相手にしなかったんですけど、それが世間に知られたんです。彼女の友人たちはそれを知ると、彼女を笑いものにしました。それで彼女は英国にいられなくなり、家を追い出されるようにして、ここに来たんです。

それというのも、体面を保つため。世間と縁を絶って、静かに砂漠で孤独にすごすという建前で。でも、しばらくしたら帰国する予定になっていたんです。でも、ここにいるうちに、彼女はいっそうおかしくなってしまった。そこにあのパイロットが現われて、彼女の悪い癖が出ました。彼はわたしに会いにきたんですが、彼女は自分に気があるのだと思い――ええ、おわかりになりますでしょう？　でも彼はきっぱりと彼女を拒絶したにちがいありません……。

そのあと、彼女はわたしを目の敵にして。それは恐ろしい剣幕で脅すんです。二度と英国に帰してやるものか、自分の意のままにしてやる、おまえは自分の奴隷だと。そのとおり、わたしは彼女の奴隷でした。彼女はその掌中《しょうちゅう》に、わたしの生死を左右する運命を握っていたんです」

パインはうなずいた。事情がわかってきた。もともと狂気の質のあったレディ・エスターは、ゆっくりと正気の境目を越えていったのだ。家族に見捨てられた彼女のかたわらで、世間知らずで見聞の狭い若い女性は、この異国の地で、怯えきって、いわれたことをそのまま信じるしかなかったのだ。

「でも、ある日、わたしのなかで眠っていたなにかが、ふいに目を覚ましました。わたしは彼女に反抗したんです。いざとなったら、わたしのほうが力が強い、あなたを下の岩にたたきつけてやるといったんです。彼女は怯えました。心底、怯えきっていました。それまでは、わたしのことを虫けらだと思っていたからでしょうね。わたしは一歩、足を前に踏みだしました——その動作を彼女がどうとったのか、わかりません。彼女はあとずさり——あとずさって——バルコニーの床の縁で足を踏みはずしたんです！」ミュリエル・キングは両手で顔をおおった。

「それで？」パインは静かにうながした。

「わたしは気が動転して……。きっとわたしが突き落としたといわれると思いました。わたしのいうことなど聞いてもらえず、ここから連行されて、この地の牢獄に放りこまれるだろうと……」くちびるが震えている。

ミュリエルを支配していた不合理な恐怖が、パインの目にくっきりと見えた。

「そして、ふと思いついたんです——もし、落ちたのがわたしだったら……。前の英国領事が亡くなって、新しい領事が赴任なさってくるのは知っていました。そのかたはわたしたちの顔を知らない。

召使いたちのことはなんとかできると思いました。彼らにしてみれば、わたしたちふたりは、どちらも頭のおかしい英国人にすぎないのですから。その片方が死んでも、もう一方は生きつづける。

わたしは召使いたちにお金を渡し、英国領事をお連れするように命じました。領事さんがやってこられると、わたしはレディ・エスターの指輪をはめて、館の女主人として応対しました。領事さんはとてもいいかたで、なにからなにまで、いっさいの手配をしてくださいました。疑いをもつ者はひとりもいないようでした」

パインは深くうなずいた。名門の威光。レディ・エスター・カーは頭がおかしかったかもしれないが、名門カー家の令嬢であることに変わりはない。

「時がたつにつれ、そんなことをしなければよかったと、後悔するようになりました。あのときは、わたし自身、頭がおかしくなっていたのだと気づきました。だって、お芝居をつづけながら、ここにいなければならないんですから。なんとかここを抜けだしたいのに、どうすればいいかわからない。いまになって真実を話しても、いっそう彼女を殺した容疑が深まるだけでしょう。ああ、ミスター・パイン、どうすればいいんですか？　いったいどうすれば？」

「どうすればいいか？」かさばる体格が許すかぎりさっそうと、パインは立ちあがった。

「これからいっしょに英国領事のもとに行きましょう。領事はもののわかった、親切なかたです。とはいえ、愉快とはいえない法律上の手続きをしなければなりません。平穏無事にことが運ぶとは約束できませんが、あなたが殺人の罪で絞首刑になることはないでしょう。ところで、朝食をのせたトレイがどうして遺体のそばにあったのですか？」

「わたしが投げ落としたんです。そ、そのう、トレイがそばにあったほうが、いっそう、わたしらしく見えるかと思って。ばかでしたね」

「いや、なかなかうまい思いつきでしたよ。じっさいのところ、その点が不審だったんです。もしかすると、ほんとうにあなたがレディ・エスターを殺したのかもしれない。そう疑っていたんですよ。あなたにお会いするまでは。でも、あなたを見たとたん、たとえどんなことがあっても、人殺しだけはしないとわかりました」

「そんな度胸はないと？」

「あなたの反射神経は、とっさにそういう働きをしないという意味ですよ」パインは微笑した。「さあ、そろそろ行きましょうか？　つらくて不愉快な事態が待ち受けていますが、あなたならそれを乗り越えられる。そしてそれが終わったら、うちに帰れます。ご自宅はストレタム・ヒルにありますね？　ああ、やはり。そうだと思いました。わたしがあるバス路線の番号をいったとき、あっという顔をなさったのがわかりましたからね。では行きましょうか」

ミュリエル・キングはしりごみした。「ぜったいに信じてもらえない」不安でいっぱいの声だ。「彼女のご家族も、ほかのひとたちも、信じてくれないわ。あのひとがどんなふるまいをしたかなんて、信じるわけがない」

「わたしに任せてください」パーカー・パインはいった。「あの家系のことでは、わたしは少しばかり知識があるんですよ。さあさあ、臆病な気持を振り切って、勇気をおだしなさい。いいですか、傷心の青年のことを思い出して。彼の操縦する飛行機で、バグダッドに飛ぶ手配をしたほうがいいですね」

ミュリエルは頬を赤らめてほほえんだ。「行きます」そういって歩きだす。ドアの前で立ちどまり、ふりかえってバルコニー庭園を見まわす。「まだ会わないうちに、わたしがレディ・エスターではないとわかっていたとおっしゃいましたね。どうしてですか？」

「統計です」パーカー・パインはきっぱりいった。

「統計？」

「さよう。ミシャルディヴァー卿も奥方も、おふたりとも目は青い。その娘の黒い目がぎらぎら光っていたと領事に聞いて、おかしいと思ったんですよ。茶色の目の両親から青い目の子どもが生まれることはありますが、その逆はないんです。これは科学的な事実です」

「あなたって、すばらしいかたですね」ミュリエル・キングはいった。

高価な真珠《しんじゅ》

The Pearl of Price

観光客の一行にとっては、長くて、疲労でくたくたになった一日だった。

アマンを出発したのは早朝だったが、寒暖計の気温は、日陰でもすでに摂氏三十六度を示していた。そして、ようやく、幻想的な赤い岩の古代都市、ペトラの中心部の野営地に到着したときは、もう日が暮れかけていたのだ。

一行は総勢七名。かっぷくのいい、アメリカ人の大富豪、ケイレブ・ブランデル。その秘書のジム・ハースト。黒髪でハンサムな、口数の少ない男だ。疲れたような顔の英国の下院議員、サー・ドナルド・マーヴェル。年配で、世界的に有名な考古学者のカーヴァー博士。見るからに勇ましげなフランスの軍人、デュボスク大佐。シリアに駐屯しているが、休暇なので、この観光旅行に参加したという。どういう職業の人物なのか判断しがたいが、堅実な英国人そのものといった感じのパーカー・パイン。そして、大富豪の令嬢、ミス・キャロル・ブランデル。美人だが、わがまま。自分が六人の男たちのなかの紅一点ということを、強く意識している。

みんなはそれぞれ、寝場所に選んだ小さな天幕や洞窟にいったん引っこんだあと、夕食のために大きな天幕に集まった。食事中は、近東の政治情勢について話がはずむ。英国人は慎重に、フランス人は控えめに、アメリカ人はいくぶんか愚かしい発言をした。考古学者とパーカー・パインはなにもいわなかった。このふたりは、聞き役のほうが得手らしい。無口なジム・ハーストも同じだ。

やがて、一行がはるばると観光にやってきた目的地、古代都市ペトラのことに話題が移った。

「なんといってもロマンチックよねえ」キャロルがいった。「なんだっけ――あ、そうそう、ナバテア人。そのひとたち、大むかし、有史以前に、ここで暮らしていたんでしょ」

「それほどむかしではありませんよ」パインはおだやかな口調でキャロルにいった。「いかがですか、カーヴァー博士」

「ああ、ほんの二千年ほど前のことですよ。それに、盗賊どもをロマンチックというなら、ナバテア人はまさしくロマンチックといえますな。彼らはいわば金持のならず者集団で、旅人たちにほかのキャラバンルートは安全ではないと信じこませ、まんまと自分たちのルートに誘いこんだんです。ペトラは、彼らがぶんどった盗品の隠匿《いんとく》倉庫みたいな町だったといっていい」

「ただの盗賊だったと考えていらっしゃるの？」キャロルは訊きかえした。「ありふれた泥棒だったと?」

「泥棒ということばは、ロマンチックには聞こえませんな、ミス・ブランデル。泥棒では、なんだかけちくさい。盗賊のほうがまだしもよろしい」

「現代の金融業者はどうでしょうね?」パインの目がきらりと光った。

「あら、いまの質問にはパパが答えなくちゃ!」

「金を動かす人間は、人類を利する」ケイレブ・ブランデルは警句めいたことをいった。

「人類は」パインはつぶやいた。「それほど感謝していない」

「正直とはなんでしょうね?」フランス人のデュボスク大佐がいった。「そのことばの意味には微妙な差異《ニュアンス》があり、慣習にもなる。国によって、そのことばのとらえかたが異なるんです。アラブ人は盗みを恥とは思わない。嘘をつくことも同様。彼らにとっては、誰から盗むのか、誰に嘘をつくのか、それが重要なんですよ」

「それはひとつの見解ですな——うむ」カーヴァー博士はうなずいた。

「西洋が東洋に勝《まさ》っている証ですよ」ブランデルはいった。「ここいらの貧しい連中が教育を受ければ——」

サー・ドナルドがものうげに会話に加わった。「教育はむしろ害になる。教師が役にも立たないことを教えるだけです。わたしとしては、なにをもってしても、人間の本性を変えることなどできないといいたいですね」

「つまり?」

「つまり、たとえば、泥棒は死ぬまで泥棒だということですよ」

一瞬、重い沈黙がおりた。

ふいにキャロルが蚊についてなにやら熱心に話しだし、彼女の父親がその話題に乗った。

いくぶんか呆気にとられた顔で、サー・ドナルドは、隣のパインにひそひそと耳打ちした。「どうやら、わたしは失言したようですね。なにがいけなかったんだろう?」

「興味ぶかいですね」パインはいった。

つい先ほどの重い沈黙に気づかなかった人物がいた。考古学者のカーヴァー博士だ。なにもいわずに、夢見るようなまなざしでぼんやりしている。一同の話が途切れると、博士はいきなり口を開いた。

「そうですな、わしも同感ですよ——といっても、逆の観点からだが。人間は、本質的に正直なのか、不正直なのか。その点を見逃すわけにはいきませんぞ」

「たとえば、正直な人間がふとした出来心で罪を犯してしまうということなど、ありえないと?」パインは訊いた。

「ありえない!」カーヴァー博士はきっぱり否定した。「ありえないとは、いいきれませんよ。なぜかというと、さまざまな要因がからみあって、そういう行為が起こるからです。限界点を越えるかどうかです」

「なにを限界点というんですか？」ジム・ハーストが初めて口を開いた。深みのある、なかなか魅力的な声だ。

「人間の脳は、かなりの重圧に耐えるように調節されているものです。危機は――正直者を不正直な者に変えてしまう危険なきっかけは、じつにつまらないことかもしれません。だからこそ、たいていの犯罪はばからしいほど不合理なのです。十のうち九は、脳にほんの少し、過剰に重圧がかかってしまったことで起こります。そう、ラクダの背の重い荷物に、藁《わら》が一本加わっただけで、ラクダがへばってしまうのと同じです」

「心理学的観点というやつですね」デュボスク大佐はいった。

「もし犯罪者が心理学を学んだら、いったいどういう犯罪を起こすことか！」パインはこの考えに心をつかまれたかのように、熱心に自説を展開した。「あなたが十人のひとに会うと考えてください。その十人に適切な刺激を与えれば、少なくとも九人は、あなたの思いどおりの行動をしますよ」

「まあ、それ、もっとくわしく説明してくださいな！」キャロルがはしゃいだ声をあげた。

「では、気の弱い男がいるとします。その男をどなりつけてごらんなさい。男はいうことをききます。へそまがりな男がいます。あなたがその男をどこかに行かせたいならば、行かせたい方向とは反対の方向に行けといえばいい。それから、暗示を受けやすい人間。これはありふれたタイプで、大多数がそうです。そういう人々は、車の警笛を聞いただけで、じっさいは見ていなくても、車を見たと思いこむものです。また、郵便受けがかたりと音をたてたのを聞くと、郵便配達人を見たと思う。誰かが刺されたと聞くと、ナイフを見たと信じこむ。あるいは、誰かが撃たれたといわれれば、銃声を聞いた気になるのです」

「あたしは暗示になんかかからないわ」キャロルは懐疑的だ。

「おまえは頭がいいからな」父親がいった。

「いやいや、ムッシュ・パインのおっしゃるとおりです」デュボスク大佐は考えこむようにいった。「先入観。それが感覚を惑わすんだ」

キャロルがあくびをした。「あたし、もう休みます。くたびれて、死にそう。ガイドのアバス・エフェンディが、明日は早発ちだといってたし。生贄《いけにえ》の儀式をしたところに連れていってくれるんですって――どんなところか、わからないけど」

「若くて美しい娘が生贄にされた場所ですよ」サー・ドナルドがいった。

「まあ、嫌だ、あたしはごめんこうむるわ。それでは、みなさん、おやすみなさい。あら、イヤリングが落ちたみたい」

キャロルの耳たぶからはずれて、テーブルにころがっていたイヤリングをデュボスク大佐がみつけた。拾いあげてキャロルに渡す。

「本物ですか？」サー・ドナルドは、キャロルが両の耳たぶにつけた大粒の真珠《しんじゅ》を、ぶしつけにぎろりと見た。

「まちがいなく本物です」キャロルは答えた。

「八万ドルもしましたよ」父親が自慢そうにいう。「だのに、娘ときたら、ネジをゆるく締めるんで、よく落っこちてはテーブルをころがるんだ。おまえ、わたしを破産させるつもりかね？」

「たとえ新しいイヤリングを買うことになっても、破産することはないでしょ、パパ」キャロルは甘ったれた声でいった。

「まあ、そうだな」父親は軽くうなずいた。「銀行の残高を気にせずとも、そんなイヤリングぐらい、三組でも買ってやれるとも」得意満面という表情だ。

「たいしたものですな！」サー・ドナルドがいった。

「それでは、みなさん、わたしもそろそろ休むとします。おやすみなさい」ブランデルは立ちあがった。

主人とともに、秘書のジム・ハーストも引きあげた。

残った四人は、同じ思いを共有しているかのように、笑みをかわした。

「さてさて」サー・ドナルドがものうそうにいった。「あの男が太っ腹だと、よくわかりましたよ。金だけが自慢の豚め！」口汚くののしる。

「あの手のアメリカ人は、べらぼうに金を持ってるってわけだ」デュボスク大佐はいった。

「なかなかむずかしいですね」パインはおだやかにいった。「貧しい人々が金持を正当に評価するというのは」

デュボスク大佐は笑った。「羨望と敵意？　そう、あなたのおっしゃるとおりですよ、ムッシュ。誰もが金持になりたいと思っている。何組でも真珠のイヤリングを買えるぐらいに。ただし、こちらにおいでの紳士は、おそらくそうではないでしょうね」

デュボスク大佐は考古学者のカーヴァー博士にうなずいてみせた。例によって、博士は心ここにあらずといったようすだ。片手で、なにやら小さなものをもてあそんでいる。

「ん？」博士は我に返った。「いやいや、わしは大粒の真珠なんぞはほしくない。むろん、金というのはいつだって役に立つがね」いつもの口ぶりだ。「だが、これを見てごらん。真珠なんかより、百倍も興味ぶかいものだ」

「なんですか？」

「黒く見えるが、赤鉄鉱で作られた円筒印章だ。円筒の表面には、拝謁の場面が彫られている――下位の神が、王座についている偉大なる高位の神に、嘆願者を紹介している場面でしてな。嘆願者は供物に仔羊を連れてきている。王座についている偉大な神は、従僕にシュロの葉のうちわで、ハエを追わせている。くっきりと刻まれた銘文には、その従僕はハムラビ王の召使いだと記されておる。つまり、これは四千年前に作られたということだ」

博士はポケットから粘土の塊を取りだして少しちぎると、それをテーブルの上に平らにのばした。その粘土の表面にワセリンをぽっちり垂らして塗りひろげ、その上に円筒を押しつけてころがした。ペンナイフで粘土を四角く切りとり、そっとテーブルからはがす。

「ほら、どうだね？」博士はいった。

小さな粘土板に、先ほど博士が語った場面がくっきりと転写されている。

その瞬間、三人の男は過去の魔力の虜《とりこ》となった。

とそのとき、三人がいる大天幕の外から、ブランデルの耳ざわりな大声が聞こえてきた。

「おい！　このいまいましい洞窟から、わたしの鞄を天幕に移してくれ！　ノーシーアムに刺されてかなわん。これでは一睡もできん！」

「ノーシーアムとはなんですかな？」サー・ドナルドが訊く。

「おそらく、砂漠のハエ、スヌカでしょうな」カーヴァー博士がいった。

「ノーシーアムということばのほうが好きですね」パインはいった。「ノー・シー・アム。見えない不快。なかなか暗示的ではありませんか」

次の朝早く、一行は出発した。道々、岩の赤い色や模様にさまざまな歓声があがる。この薔薇《ばら》色の町は、自然がもっとも贅沢《ぜいたく》な気分のときに、色彩豊かに創りあげた異風の造形といえる。

出発してからも、カーヴァー博士は地面から目を離さずに歩き、ときどき立ちどまっては、なにやらちっぽけなものを拾いあげたりするので、一行の進みぐあいものんびりしていた。

「考古学者はすぐにそれとわかりますね」デュボスク大佐は微笑した。「彼らは空も丘も見ないし、美しい自然すら目に留めない。ただひたすらにうつむいて歩き、地面ばかりをみつめて、なにかを捜している」

「そうね。でも、なにを捜してるのかしら」キャロルはけげんそうだ。「カーヴァー博士、なにを拾っていらっしゃるの？」

考古学者はかすかな微笑を浮かべて片手をさしだした。手のひらには、泥だらけの陶器のかけらが二個、のっかっている。

「ガラクタじゃない！」キャロルはつまらなそうにいった。

「陶器は黄金よりも興味ぶかいものなんですぞ」

博士のことばに、キャロルは信じられないという顔になった。「そんなガラクタが？」

やがて、鋭角に曲がっている箇所にさしかかった。岩を切ってこしらえた墓標が、数基立っているそばを通る。そのあとは、いささか勾配のきつい斜面が待っていた。片側が切り立った崖になっているというのに、ガイドのベドウィン族の男たちは足もとも見ずに、飄々と登っていく。

キャロルは青ざめている。ガイドのひとりが斜面の上方から身をのりだし、手をのばした。ジム・ハーストがキャロルの前にとびだし、ステッキを横にして、手すりのように崖側をさえぎった。キャロルはハーストに感謝のまなざしを送り、一分後には安全な広い岩の道に立った。ほかの者たちものろのろとあとにつづく。

早くも太陽が高く昇り、空気も熱くなってきた。

ようやく平たい台地にたどりつく。岩山の頂上はもう目の前だ。四角い大きな岩のてっぺんまでは、らくに行けそうだ。ブランデルはガイドに、あとは自分たちだけで登ると合図した。ベドウィンたちは一列に並んで岩にゆったりともたれ、煙草に火をつけた。旅人たちはさらに歩を進め、ようやく岩山の頂上に立った。

なにもない奇妙な場所だが、どちらを向いても谷が眺望できる。すばらしい景色だ。一行は四角い平らな岩床に立った。岩を刻んで造られた水盤と、生贄を捧げる祭壇らしきものがある。

「生贄を捧げるための神聖な場所ね」感激したキャロルの声が響く。「でも、ここまで生贄を連れてくるのに、ずいぶん時間がかかったでしょうに」

「むかしはジグザグの岩の道があったんだよ」カーヴァー博士が説明する。「来たときと別の道を下っていけば、その名残が見られる」

一行はなにやかやと意見をいいあい、おしゃべりに興じた。そうこうしているうちに、カチャンと小さな音がした。

カーヴァー博士がキャロルにいった。「イヤリングが落ちたんじゃないかね、ミス・ブランデル」

キャロルは片手で耳たぶをさわった。「あら、ほんと」

デュボスク大佐とジム・ハーストがあたりを調べる。

「ここいらにあるはずだ」大佐はいった。「ころがっていきそうな斜面はありませんからね。四角い箱みたいなところなんですから」

「亀裂《きれつ》もありません」パインはいった。「ほら、よく見てごらんなさい。岩床はなめらかでしょう。おや、なにかみつけましたね、大佐？」

「ちっぽけな石ころですよ」デュボスク大佐は苦笑して、それをぽいと捨てた。

徐々に雰囲気が変わってきた――緊張感が生じてきたせいだ。誰も声に出してこそいわなかったが、〝八万ドル〟というブランデルのことばが頭に浮かんでいたのだ。

「耳につけていたのは確かなのか、キャロル？」父親がきびしい声で訊く。「ここに来る途中で落としたのではないのかね？」

「この台地に登ったときは、確かに耳についてたわ」キャロルはいった。「だって、カーヴァー博士が少しゆるんでるようだといって、ネジを締めてくださったんですもの。そうでしたよね、博士？」

カーヴァー博士はうなずいた。

みんなの内心の思いを声に出していったのは、サー・ドナルドだった。「いやはや、いささか不愉快な事態になりましたね、ミスター・ブランデル。昨夜、あなたはイヤリングの価値を口にされた。片方だけでもたいした値打ちものだ。みつからなかったら、わたしたちは全員、嫌疑をかけられることになる」

「ぼくは身体検査をしてほしいですね」デュボスク大佐がいった。「これは要望ではなく、れっきとした権利の主張です」

「わたしも検査を受けましょう」ハーストがいった。けわしい声音だ。

「ほかのみなさんはどうですか？」サー・ドナルドはみんなを見まわした。

「よろしいですよ」とパイン。

「いい提案だ」とカーヴァー博士。

「わたしも検査を受けますぞ」ブランデルがいった。「わたしなりの理由があるからだ。それをあえて口にする気はないが」

「むろん、好きになさるがいい、ミスター・ブランデル」サー・ドナルドは慇懃《いんぎん》にいった。

「キャロル、おまえ、下に降りて、ガイドたちといっしょに待っていてくれないか？」

父親にそういわれ、キャロルはなにもいわずにその場を離れた。眉をひそめ、沈鬱《ちんうつ》な表情だ。彼女の絶望的な表情は、一行のうちの一名、とある人物の目に留まった。その人物は、彼女の表情がなにを意味しているのか、あれこれ考えをめぐらせた。

身体検査がおこなわれた――容赦のない、徹底的な検査が。だが、満足のいく結果は得られなかった。判明したことはひとつだけ。誰もイヤリングを持っていないという事実だ。意気消沈した一行は、相談してから、早々に下山することにした。ガイドの案内や説明は、ほとんど耳を素通りしていった。

パインが昼食のために着替えをすませたとき、彼の天幕の扉口に人影がさした。

「ミスター・パイン、入ってもいいですか？」

「よろしいですとも、お嬢さん、さあ、どうぞ」

うながされて入ってきたキャロルは、寝台に腰をおろした。岩山の頂上でパインが目に留めたときと同じく、いまも彼女の顔には絶望的な表情が浮かんでいる。

「あなたは、不幸な人々の問題を解決してくださるんでしょ？」キャロルは単刀直入に訊いた。

「いまは休暇中なんですよ、ミス・ブランデル。依頼を受ける気はありません」

「でも、これは引き受けてくださらなくちゃ」キャロルは平静な口調でいった。「ミスター・パイン、あたしはいま、ものすごくみじめな思いをしてるんです」

「なにを心配しているんですか？　あのイヤリングの件ですか？」

「そうなんです。ずばり、そのことです。ミスター・パイン、ジム・ハーストが盗《と》ったんじゃありません。あたしにはわかってます」

「どうも話がよくわかりませんね、ミス・ブランデル。なぜ彼が責められることになるんですか？」

「だって、あのひと、前科があるんです。泥棒だったんですよ。うちに盗みに入って、捕まったんです。すごくかわいそうでした。まだ若いのに、絶望しきってて――」

パインは内心で思った――おまけにハンサムだ、と。

「彼に立ち直るチャンスを与えてほしいって、あたし、パパを説得したんです。パパはあたしに甘いから、彼にチャンスを与えました。ジムはがんばりました。パパはジムを信頼するようになり、仕事の秘密を打ち明けるほどになったんです。ええ、彼、人生をやりなおすつもりなんです。でも、まさかこんなことが起こるなんて……」

「〝人生をやりなおすつもり〟といいましたね。どういう意味ですか？」パインは訊いた。

「あたし、ジムと結婚したいんです。彼もそれを望んでます」

「では、サー・ドナルドは？」

「サー・ドナルドのことは、パパが勝手に考えてるだけ。あのかたはあたしのタイプじゃありません。あたしが、サー・ドナルドのような堅苦しいひとと結婚する気になると思います？」

英国の青年貴族に対するキャロルの批評に関してはなにもいわず、パインは質問した。

「サー・ドナルドのほうはどうなんでしょう？」

「そうね、あたしとの結婚は、あのかたの貧しい領地にはけっこうなことだと思ってるんじゃないかしら」キャロルは軽蔑するようにいった。

パインはそういう事情を考えてみた。「ふたつ、お訊きしたいことがあります。昨夜、〝泥棒は死ぬまで泥棒だ〟という意見がありましたね」

キャロルはうなずいた。

「その意見でなにやら当惑した空気が生じた理由が、いま、わかりました」

「ええ。だってジムにとっては気づまりな話でしたもの。あたしやパパにとっても。ジムの顔にそれが出るんじゃないかと気が気ではなくて、あたし、とっさに頭に浮かんだことを口にしたんです」

パインはうなずいた。そして話を進めた。

「今日、おとうさまはなぜ、ご自分も身体検査を受けると主張なさったんでしょうね？」

「わかりませんか？　あたしはぴんときました。パパはあたしが、これはジムを陥れるための罠だと考えるんじゃないかと懸念したんですよ。パパときたら、躍起になってあたしをあの英国人と結婚させたがってますからね。自分はジムに汚名をきせるようなまねはしてないと、あたしに証明したかったんですよ」

「なるほど。それですっかり事情がわかりました。一般的な意味においては、という意味です。ここでの詮議にはたいして役に立ちませんが」

「なにか手を打ってくださる気はないということ？」

「いやいや」パインは少し黙りこんでから、また口を開いた。「ほんとうのところ、わたしにどうしてほしいんですか、ミス・キャロル？」

「真珠を盗ったのはジムではないことを、証明してほしいんです」

「失礼だが――もしそうだったら？」

「それはまちがいです――ぜったいに」

「ふうむ。ですが、あなたはこの一件を慎重に考えていますか？　真珠の価値を知ったミスター・ハーストが、ふと出来心を起こしたとは考えてもいない？　あれを売れば、たいした金額になります――ひと財産ですよ。それだけの金があれば独立できるし、あなたの父上の承諾があろうとなかろうと、あなたと結婚できます」

「ジムはやってません」キャロルは簡潔にいった。

パインはそのことばをすんなりと受け容れた。「では、ベストを尽くしましょう」

キャロルはぶっきらぼうにうなずき、天幕を出ていった。いましがたまでキャロルがすわっていた寝台に、パインは腰をおろした。しばらく思案にふける。そしてふいにくすくす笑いだした。

「いやはや、どうもぼんくらになってきたらしい」声に出してひとりごとをいう。

昼食どき、パインはひどく陽気だった。

午後は平穏に過ぎていった。たいていのひとは昼寝をしていた。午後四時十五分、パインが大天幕に行くと、広い天幕のなかに、ぽつんとカーヴァー博士がいた。陶器のかけらをなんとかつなぎあわせようとしている。

「おや！」パインはテーブルに椅子を引き寄せた。「ちょうどよかった。あなたにお会いしたかったんですよ。お持ちになっている粘土を、少しわけていただけませんか？」

博士はポケットを探り、棒状の粘土を取りだして、パインにさしだした。

「いえ」パインは手を振ってそれをしりぞけた。「わたしがほしいのはそれではありません。昨夜、あなたがお持ちになっていた粘土です。率直にいえば、わたしがほしいのは粘土ではありません。粘土にくるまれているもののほうです」

沈黙。

やがて、博士は静かにいった。「なんのことだか、わからないな」

「いや、おわかりのはずです。わたしは、ミス・ブランデルの真珠のイヤリングがほしいんですよ」

また沈黙。

カーヴァー博士はポケットに手を入れて、粘土の塊を取りだした。

「頭がいいね」博士は無表情でそういった。

「どうしてそんなことをなさったのか、話していただきたいですね」そういいながら、パインは指をせわしく動かし、粘土の塊をほぐしていった。そして低い声をあげて、粘土で汚れた真珠のイヤリングをつまんだ。「単なる好奇心ですがね」パインはあやまるようにそうつけくわえた。「ですが、ぜひとも事情を聞かせていただきたい」

「いいだろう。ただし、どうしてわたしだとわかったのか、教えてもらいたい。あのとき、あんたは見ていなかっただろう?」

パインはうなずいた。「よく考えてみただけです」

「そもそも、偶然にすぎなかった」カーヴァー博士はいった。「今朝はずっと、わたしはあんたのうしろを歩いておった。そうしたら、目の前にイヤリングが落ちていたんだ——先を歩いていたあの娘の耳たぶから、はずれて落ちたにちがいない。だが、あの娘は気づかなかった。ほかの者も気づかなかった。わたしはイヤリングを拾いあげ、ポケットにしまった。彼女に追いついたら、返してやるつもりだったんだよ。だが、それきり忘れてしもうた。

そして、あの岩山を登っているさなかに、ふと思い出した。そしてこう思った——あの愚かな若い女にとって、高価な真珠などなんの意味もないのだ、と。彼女の父親は値段など気にせずに、また娘に新しいものを買ってやるだろう。だが、わたしにとっては、その真珠は大きな意味をもっていた。それを売れば、遺跡の発掘費用がまかなえる」

博士の表情のない顔が急に生気をおびていきいきしてきた。

「今日び、発掘のための費用集めがどれほどむずかしいか、知っておるかな？　いや、知らんだろう。その真珠を売れば、なにもかも簡単になる。どうしても発掘したい遺跡があるんだよ――インドのはるか北西部、バルチスタンにな。そこに過去のひとつの歴史のすべてが、発掘されるのを待っておるんだ……。

昨夜、あんたがいったことが心に残っておった――暗示にかかりやすい人々の話だ。わたしはあの娘はそのタイプだと思った。岩山の頂上に着くと、わたしは彼女にイヤリングのネジがゆるんでいると注意してやり、ネジを締めるふりをした。じっさいは、小さな鉛筆の先端で耳たぶをちょいと押しただけだがね。そして数分後、わたしは拾っておいた小さな石ころを落とした。彼女は、そのときイヤリングが落ちたのだと信じこみ、みんなにもそういった。そのあいだに、わたしは真珠を、ポケットに入れておいた粘土のなかに押しこんだ。わたしの話は以上のとおり。では、あんたの話を聞かせてもらいたい」

「お話しすることはあまりありませんよ。そうですね、しょっちゅう、地面からなにかを拾いあげていたのは、あなただけでした――それであなたのことが引っかかったんです。それに、デュボスク大佐が拾った、あの小さな石ころ。あれで、あなたがなにかしらのトリックを仕掛けたのだと思いました。それに――」パインは少しためらった。

「かまわん、先をつづけてくれ」

「昨夜、あなたは正直ということについて、かなりこだわっていらした。こだわりすぎていました。〝過剰な異議申し立て〟——シェイクスピアはそう表現していますが、あなたの主張はまさにそうでしたよ。まるで、ご自分を納得させようとしているかのように。それに、あなたは金を大いに軽蔑なさっていた」

パインの目の前の男の顔にはしわが目立ち、疲れが刻まれている。「さよう、そのとおり。これでもう、わたしはおしまいだ。あんたはその装身具を彼女に返すんだろう？　おもしろいことに、身を飾りたてたいというのは、未開人の本能なんだよ。旧人類の時代にもその傾向がみられる。女性にとっては、第一義的な本能といえる」

「あなたはミス・キャロルのことを誤解していらっしゃる。彼女は頭がいい——それに、とてもあたたかい心の持ち主です。彼女なら、この件を胸に秘めて、口外しないと思いますよ」

「だが、あの父親はそうはいかんだろう」

「彼もそうするでしょう。〝パパ〟にはこの件を口外できない理由があるんです。じつは、このイヤリングには四万ドルの価値などないんです。せいぜい五ドルの安物です」

「うん？」

「でも、娘はそれを知りません。彼女は心底、これを本物の真珠だと信じています。じつは、昨夜、ちょっと疑問をもったんです。ミスター・ブランデルはご自分の財産について、かなり誇張しているのではないか、と。物事がうまくいかず、不振に陥っているとき——

そんなとき、ひとはなにくわぬ顔をして、虚勢をはるものです。ミスター・ブランデルははったりをかましていたんですよ」

カーヴァー博士の顔が、ふいにほころんだ。愛嬌《あいきょう》のある、幼い男の子のような笑み。おとなの、それも年配の男の顔にはあまり似合わない笑み。

「すると、わたしたちは誰もが、哀れにも、ちょっとした悪心をもっているというところですかな」

「まさにそのとおり」パーカー・パインはいった。「よくいうではありませんか。〝同情、すなわち相憐れむ心なり〟とね」

ナイル河の死

Death on the Nile

レディ・アリアドネ・グレイルはいらだちを隠そうともしなかった。ナイル河下りのS・S・ファイユーム号に乗船したときから、あらゆることに文句をいいっぱなしなのだ。たとえば、船室が気に入らない――朝日がさしこむだけではなく、午後の陽ざしが照りつける、等々。彼女の姪のパメラ・グレイルはこころよく、反対側の自分の部屋をおばに譲った。レディ・グレイルはしぶしぶ、部屋の交換を受け容れた。

付き添い看護婦のエルシー・マクノートンは、レディ・グレイルにいわれたのとちがうスカーフを渡したり、小さなクッションを出しておかずに鞄にしまっておいたりして、そのたびに叱責された。レディ・グレイルは夫のサー・ジョージ・グレイルにビーズのくびかざりを買ってこいと命じたのに、彼女がほしかったものとはちがう品を買ってきたため、これまたがみがみと叱責した――ほしかったのは、紅玉髄《こうぎょくずい》なのに、これはラピスラズリじゃないの！　ジョージのばか！

サー・ジョージは心底すまなそうにあやまった。「悪かったね、すまなかった。交換してもらってくるよ。まだ時間はたっぷりあるから」

レディ・グレイルが唯一がみがみいわないのは、夫の秘書のバジル・ウェストだけだった。というか、ウェストには誰もがみがみいったりはできない。小言をいおうとしても、彼がにっこり微笑すると、その笑顔に気持がやわらいでしまうからだ。

いちばん被害をこうむったのは、ガイド兼通訳《ドラゴマン》のムハンマドだった。だが、ゆったりした長衣をまとった、押し出しのいい、この男は、ちょっとやそっとでは動揺したりはしなかった。

甲板の柳細工の椅子に、レディ・グレイルの一行とは無縁の男がすわっていた。それが同行の客だとわかると、レディ・グレイルは奔流のように怒りのことばを吐き散らした。

「オフィスで、この船の客はわたしたちだけだと、はっきりいってました！　シーズンも終わりで、ほかに観光客はいないと！」

「そのとおりでございますよ、レディ」ムハンマドはおだやかにいった。「あなたさまがたと、あの紳士。船客はそれだけでございます」

「だけど、船客はわたしたちだけだと聞いてます！」

「そのとおりでございますよ、レディ」

「そのとおりじゃないじゃないの！　あの男はなんなんですか？」

「昨夜遅くにいらっしゃったんですよ、レディ。あなたさまがたが切符をお求めになったあとで。今朝になって、あのかたも乗船するとお決めになったんです」

「これはまちがいなく詐欺です！」

「だいじょうぶでございますよ、レディ。あのかたはれっきとした紳士でいらっしゃいます。とてもごりっぱな、とてももの静かな」

「ばかをおっしゃい！　おまえはなにもわかっていない！　ミス・マクノートン、どこにいるの？　そばにいろと何度もいったでしょ！　ああ、気が遠くなりそう。わたしを船室に連れていって、アスピリンをのませておくれ。それから、ミスター・ムハンマドを近づけないで。〝だいじょうぶでございますよ、レディ〟というせりふばかり聞かされて、もう、うんざり。わめきだしたくなってしまう」

ミス・マクノートンはなにもいわずに腕をさしだした。三十五歳の、背の高い、顔だちのととのった女性だが、静かで、暗い感じがする。いわれたとおり、彼女はレディ・グレイルを船室に連れていき、椅子にすわらせた。背中にクッションをあてがい、アスピリンをのませ、女主人がぶつぶつ文句をいうのを黙って聞いていた。

レディ・グレイルは四十八歳。十六歳のころから、金がありすぎるというのが不満の種で、文句をいいつづけている。十年前にサー・グレイルと結婚した。サー・グレイルは男爵だが、貧乏で、金はない。

レディ・グレイルは大柄で、目鼻立ちもととのっている。顔だちは決して悪くないのだが、表情がけわしく、しわが多い。厚化粧のせいで、かえって年齢と性格の欠点がきわだっている。髪は、プラチナ・ブロンドに染めたり、赤く染めたりをくりかえしてきたため、すっかり傷んでいる。身なりときたら、ごてごて着飾っているだけではなく、むやみに装身具をつけている。

「サー・ジョージにいっておくれ」えんえんとつづいたレディ・グレイルの文句も、ようやく終わりに近づいたようだ。

ミス・マクノートンは表情ひとつ変えずに、女主人の次のことばを待った。

「サー・ジョージに、いっておくれ——なにがなんでも、あの男を船から降ろすように手を尽くせと！　わたしはプライヴァシーを守りたいんだよ。最近は、なにもかも、気にくわないことばかり——」レディ・グレイルは目を閉じた。

「かしこまりました、レディ・グレイル」ミス・マクノートンはそういって出ていった。

レディ・グレイルの怒りの種となった、出発まぎわに乗船した客は、あいかわらずデッキチェアにすわっていた。ルクソールに背を向けて、向こう岸の遠い丘陵をみつめている。ナイル河沿いの濃い緑色地帯の上方で金色に輝く丘陵に、目を惹きつけられているようだ。

デッキを通るさい、ミス・マクノートンはその客にすばやい一瞥をくれた。

サー・ジョージはラウンジにいた。手にしたビーズのくびかざりを自信なさそうな目で眺めている。「ミス・マクノートン、これでいいと思うかい？」

ミス・マクノートンはラピスラズリのくびかざりに目をやった。「はい、けっこうだと思います」

「レディ・グレイルは喜ぶかなあ。どうだろう？」

「あいにくながら、〝はい〟とは申しかねます、サー・ジョージ。ごぞんじのとおり、あのかたがお喜びになるものなど、なにもないのですから。それはまちがいございません。ところで、おくさまから伝言がございます。ぜひとも、あの飛び入りの客を追い払ってほしいとのことです」

サー・ジョージの顎ががくりと落ちた。「どうやって？　いったい、なんといえばいいんだ？」

「無理でございましょうね」ミス・マクノートンの口調はそっけなかったが、思いやりがこもっていた。「おくさまには、どうしようもなかったとおっしゃるしかないとぞんじますよ」そしてサー・ジョージを勇気づけるようにつけくわえた。「それで、だいじょうぶですとも」

「そう思うかい？」サー・ジョージは滑稽《こっけい》なほどなさけない表情で、念を押した。

エルシー・マクノートンは前よりもやさしい口調でいった。「深刻にお考えになる必要はないと思いますよ、サー・ジョージ。おくさまはお体のぐあいがすぐれないだけですから。聞き流したほうがよろしいかと」

「ほんとうにぐあいが悪いんだろうか？」

ミス・マクノートンの顔が曇り、答える声になにやら奇妙な響きがまじった。「はあ。あの、あまりよくないようにお見受けします。でも、どうかご心配なさいませんように。ええ、ご心配なさることはありません」にっこりと笑みを浮かべ、ミス・マクノートンはラウンジを出ていった。

パメラがやってきた。涼しげな白い服を着ていても、本人はすっきりしない表情だ。

「ここにいらしたのね、おじさま」

「やあ、パム」

「なにを持ってらっしゃるの？　まあ、きれい！」

「そういってくれてうれしいよ。きみのおばさまはなんというかな？」

「あのひとが気に入るものなんて、ないんじゃないかしらね。どうしておじさまがあのひとと結婚なさったのか、あたしにはどうしてもわからないわ」

サー・ジョージは黙りこんだ。脳裏に当時のことがよみがえる——競馬の負けが重なり、債権者たちのきびしい取り立てに悩んでいたときに現われた、傲慢《ごうまん》だが美しい女。

「お気の毒なおじさま」パメラはいった。「のっぴきならない理由があったのね、きっと。でも、あたしたちにとって、あのひとは最悪の存在だわ。そうでしょ？」

「体のぐあいが悪いせいで——」サー・ジョージは妻のために弁解しようとしたが、パメラにさえぎられた。

「あのひとは病気なんかじゃないわ！　ぜったいに。したいことはなんでもできるじゃないの。アスワンでは、コオロギみたいに機嫌がよかったわ。ミス・マクノートンには仮病だとわかってるはずよ」

「ミス・マクノートンがいなければ、お手あげだよ」サー・ジョージはため息をついた。

「とても有能なひとよね」パメラはうなずいた。「でもね、あたしはそれほど彼女を評価してないのよ。おじさまみたいには。いいえ、否定なさってもだめ！　おじさまは彼女をすばらしいと思ってらっしゃる。そうね、ある意味ではそのとおりだと思うわ。だけど、彼女はダークホースよ。彼女がなにを考えているか、あたしにはさっぱりわからない。でも、とてもじょうずに、あのいじわる猫をあつかってるわね」

「おいおい。パメラ、おばさまのことをそんなふうにいうものじゃないよ。なんといっても、きみによくしてくれてるじゃないか」

「あたしたちのかかりを全部支払ってくれてるってこと？　でも、そういう暮らしって、どうなのかしらね」

サー・ジョージはもっと答えやすい話題をもちだした。「船旅をいっしょにすることになった、あの見知らぬ男をどうすればいいだろうね。きみのおばさまはこの船を借り切りにしたいんだよ」

「それはできない相談よ」パメラはクールにいった。「とてもよさそうなかたじゃない？　お名前はパーカー・パイン。官庁の記録保存課のお役人だったんですって。記録保存課なんてお役所があるとすればの話だけど。でも、おかしなことに、その名前、どこかで耳にしたことがあるような気がしてならないんだけど……バジル！」ちょうどそこに秘書のバジル・ウェストがやってきたため、パメラは彼に質問した。「ねえ、パーカー・パインって名前、どこかで見たか聞いたかした気がするんだけど、どう思う？」

「タイムズ紙の第一面に掲載されている、個人広告欄でしょう」若い秘書は打てば響くように答えた。「〈あなたは幸せですか？　幸福でないかたはパーカー・パインにご相談ください〉」

「あっ、それだわ！　びっくり。おもしろいわね。カイロに着くまでに、あたしたちの悩みを全部、聞いてもらいましょうよ」

「わたしには悩みなんかありませんよ」バジルはあっさりいった。「これから黄金のナイルを船で下って、いろんな神殿を観るんです」そういいながら、新聞を取りあげたサー・ジョージをちらと見てから、すばやくいった。「ごいっしょにね」

最後のことばはささやくような声でつけくわえられたが、パメラにはしっかり聞きとれた。パメラの目とバジルの目が合う。

「あなたのいうとおりね、バジル」パメラは軽やかな口調でいった。「生きてるってすてきだわ」

サー・ジョージは立ちあがり、ラウンジを出ていった。彼を見送るパメラの顔が曇った。

「どうしたんです?」バジルが訊く。

「あのいやみったらしい義理のおばが……」

「気にすることはありません」バジルは急いでいった。「あのひとがなにを考えていようと、かまわないじゃないですか。逆らわないことです」バジルは笑った。「ね、いいカモフラージュじゃないですか」

見るからに好人物といった感じのパーカー・パインが、ラウンジに入ってきた。そのあとからやってきた、いかにも現地人という風采のムハンマドが、ガイドの務めを果たそうと口を開いた。

「みなさん、いよいよ出航です。すぐに、右手にカルナックの神殿群が見えてまいります。ではここで、父親のために仔羊の焼き肉を買いにいった男の子の話をお聞かせしましょう……」

パインは汗ばんだ額をぬぐった。デンデラの神殿を見物して、船に帰ってきたところだ。ロバに乗って遺跡を巡ったのだが、自分の体格にロバは合わないと、しみじみ思う。シャツのカラーをはずしかけたとき、化粧台に手紙が立てかけてあるのに気づいた。開けてみる。走り書きの文面は以下のとおり。

謹啓
アビドス神殿見物においでにならず、船に残っていただければ幸いです。ご相談したいことがありますので。

かしこ
アリアドネ・グレイル

パインのおだやかな大きな顔に微笑が広がった。用紙に手をのばし、万年筆のキャップをねじる。

レディ・グレイルに謹んで申しあげます。
遺憾ながら、当方はただいま休暇中の身なれば、ご依頼はいっさい受けつけておりません。

敬具
C・パーカー・パイン

返書にサインをしてから、パインは給仕を呼んで、手紙を届けさせた。着替えをすませてから浴室を出ると、また手紙が届いた。

ミスター・パーカー・パイン
休暇中だということですが、相談にのっていただければ、お礼として、百ポンド、お支払いするつもりです。

かしこ
アリアドネ・グレイル

パインは眉を吊りあげた。万年筆でこつこつと歯をたたきながら考えこむ。アビドス神殿はぜひ見物したいが、百ポンドは百ポンドだ。それに、エジプトでは、思っていたより相当な出費を強いられている。

レディ・グレイルに謹んで申しあげます。
アビドス神殿見物にはいかないことにいたします。

敬具
C・パーカー・パイン

ガイドのムハンマドは、パインがアビドス神殿見物には行かずに船にとどまると聞いて、ひどく嘆いた。

「すばらしい神殿ですよ。お客さまがたはみなさん、あの神殿を観たいとおっしゃいます。ああ、そうだ、乗り物を用意しましょう。あなたは椅子にすわっていらっしゃればよろしいのです。その椅子を船員たちに担がせて、お運びします」

気をそそられたものの、パインはムハンマドの親切な申し出を断った。

ほかの者たちは下船して見物に出かけた。

パインはデッキで待った。まもなくレディ・グレイルの船室のドアが開き、彼女が足を引きずってデッキに出てきた。

「暑い午後ですね」レディ・グレイルは愛想よくいった。「あなたが下船なさらなかったのは見ておりましたよ、ミスター・パイン。賢明でいらっしゃる。ラウンジでお茶でもいかが？」

パインは大きな体が許すかぎりすばやく立ちあがり、彼女のあとにつづいた。彼女の相談というのがなんなのか、好奇心をそそられているのは否定できない。

ラウンジに腰をおちつけてからも、レディ・グレイルはなかなか踏ん切りがつかないようで、肝心の用件を切り出すまでに時間がかかった。あれこれとつまらない話がつづく。

だが、ようやく口調をあらためて、相談事を話しはじめた。

「ミスター・パイン、これからお話しすることは、ぜったいに秘密にしていただきたいのです！　おわかりですね？」

「もちろんです」

レディ・グレイルは深く息を吸った。パインは待った。

「夫がわたしに毒を盛っているかどうか、知りたいのです」

どんな相談をもちかけられるのか、パインがあれこれ予想していたにせよ、まさかこんな話がとびだすとは思ってもいなかった。驚きを隠せない。「ずいぶんと重い告発ですね、レディ・グレイル」

「わたしはばかではありませんし、昨日生まれたばかりのあかんぼうでもありません。少し前から疑惑をいだいていたのです。夫のジョージがいないと、体のぐあいがよくなるんです。食べ物もおいしいし、自分がちがった女になったような気がします。それにはなにか原因《わけ》があるに決まってます」

「まことに重大なお話ですな、レディ・グレイル。ですが、よろしいですか、わたしは探偵ではありません。いってみれば、心の専門家なので――」

レディ・グレイルはパインのことばをさえぎった。「あらまあ、それでは、この疑念で、わたしが心を悩ませていないとでもおっしゃるの？　わたしに必要なのは探偵ではありません。ありがたいことに、自分のめんどうぐらい、自分でみられますからね。ただし、真相を知りたいのです。どうしても知りたいのですよ。ミスター・パイン、わたしは根性がねじまがっているわけではありません。公正なふるまいをする相手には、わたしも公正に対応します。それこそが公平なおつきあいというものです。わたし自身はそれを守ってきました。夫のことでいえば、夫の借金はすべて払ってあげましたし、夫には、お金のことで不自由な思いをさせたことはありません」

パインはサー・ジョージに対し、胸が痛くなるような憐れみを覚えた。

「それに、義理の姪にも、それ服だ、やれパーティだと、したいことはさせています。わたしとしては、ごくふつうに感謝してもらえれば、それでいいのです」

「感謝というのは、期待し、催促するものではありませんよ、レディ・グレイル」

「ばかばかしい！　まあ、いいでしょう。とにかく、そういうことなので、あなたに真相を突きとめてほしいんですよ。真相がわかったら――」

パインは興味ぶかそうに相手をみつめた。「真相がわかったら、どうなさるんですか？」

「あなたには関係のないことです」レディ・グレイルはきっとくちびるを引き結んだ。

つかのまためらってから、パインはいった。「まことに失礼ですが、すべてを率直に打ち明けてくださったわけではないように拝察しますが」

「とんでもない。あなたにしていただきたいことは、きちんとお話ししましたとも」

「それはそうでしょう。ですが、理由はおっしゃらなかった」

両者の目と目が合う。しかし、先に目をそらしたのは、レディ・グレイルのほうだった。

「わざわざいわなくても、理由ははっきりしていると思いますがね」

「いいえ。というのも、疑問点がひとつあるからです」

「なんです？」

「あなたは疑念が正しいことを証明してほしいのですか、それとも、まちがっていることを証明してほしいのですか？」

「なにをいうんです、ミスター・パイン！」レディ・グレイルは怒りに身を震わせながら立ちあがった。

パインはおだやかにうなずいた。「なるほど。ですが、それでは答になっていませんよ」

「ふん！」レディ・グレイルはことばに詰まり、ラウンジから出ていった。

ひとりになり、パインはじっと考えこんだ。考えに没頭していたため、誰かがやってきたのに気づかなかった。その人物が彼の前の椅子にすわると、ようやく気づき、はっと身じろぎするほど驚いた。目の前にすわっているのは、ミス・マクノートンだった。

「ずいぶん早く帰っていらしたんですね」パインはいった。

「ほかのかたたちはまだお帰りではございません。わたし、頭痛がするといって、先に帰ってきたんです」ミス・マクノートンはためらいがちにいった。「あのう、レディ・グレイルはどこにいらっしゃいますか？」

「船室で横になっておられるんじゃないでしょうか」

「ああ、それならいいんです。わたしが帰ってきたことを知られたくないんで」

「では、あのかたのことを心配して、帰ってきたわけではないと？」

ミス・マクノートンはくびを横に振った。「いいえ、あなたにお会いしたくて帰ってきたんです」

パインは驚いた。ミス・マクノートンはなにか困りごとがあっても、他者に相談したりせずに、自分で解決できるひとだと見てとっていたからだ。しかし、どうやら、パインの目ちがいだったようだ。

「失礼ながら、あなたのことを観察させていただきました。そして、あなたは経験豊富で、公平な判断のできるかただと思いました。なので、ぜひともあなたのご意見をうかがいたいんです」

「失礼ですが、ミス・マクノートン、あなたは他者の意見を求めるタイプではないとお見受けします。ふだんはご自分の判断を恃《たの》みとして、それに満足しているかただと思いますが」

「いつもなら、そう、そのとおりです。でも、いまのわたしの立場は、ちょっと特殊なんですよ」またもや、ためらう。「ふつうは、自分の患者さんのことを、ほかのかたにぺらぺらとしゃべったりはしません。でも、いまは、そうすべきだと思うんです。ミスター・パイン、レディ・グレイルと英国を出たとき、あのかたの健康状態に懸念すべき点はなかったんです。早い話が、どこも悪くなかった。いえ、そういいきることはできませんね。人間って、暇とお金がありあまっていると、通常では考えられないような症状が出てくるものです。毎日あちこちの家の床を磨いて、五、六人の子どもの世話をするような暮らしなら、レディ・グレイルも健康で幸福にすごせるでしょう」

パインはうなずいた。

「病院勤務の看護婦は、そういった症例を多数、目にしています。そう、レディ・グレイルはご自分の体のぐあいが悪いことを、楽しんでおられるのです。わたしの役目は、あのかたが訴える苦痛を軽視せず、気配りを怠らないことです。でも、同時に、わたし自身もできるかぎり旅を楽しみたいと思っていますが」

「なるほど、ごもっともです」

「でも、事情が変わりました。レディ・グレイルが訴える苦痛は、いまや本物で、気のせいとはいえなくなったんです！」

「というと？」

「レディ・グレイルは毒を盛られているのではないか、という疑いがきざしてきたんです」

「いつごろ？」

「三週間ほど前から」

「誰か特定の人物を疑っている？」

ミス・マクノートンは目を伏せた。初めて、真実味の欠けた口調でいう。「いいえ」

「ミス・マクノートン、ではわたしがいいましょう。あなたは特定の人物を疑っていて、その人物とはサー・ジョージ・グレイルだ、と」

「いいえ、いいえ、ちがいます、まさか！　あのかたはとてもおかわいそうで、まるで子どもみたいなかたなんですよ。冷酷に毒殺を企てるようなかたではありません」声に苦しげな響きがこもっている。

「ところがあなたは、英国にいたときから、サー・ジョージが留守だと、おくさまのぐあいがよくなり、だんなさまが在宅すると、おくさまの変調がぶりかえすことに気づいてしまった」

ミス・マクノートンは肯定も否定もしなかった。

「どういう種類の毒だと思いますか？　砒素？」

「そのたぐいだと思います。砒素か、あるいは、アンチモン」

「それで、どんな処置を？」

「レディ・グレイルがめしあがる飲み物や食べ物を、せいいっぱい、監視しています」

パインはうなずいた。「レディ・グレイルご自身は、なんらかの疑いをお持ちだと思いますか？」さりげなく訊く。

「いえ、まさか。ありえません」

「それはまちがいです。彼女は疑っていますよ」

ミス・マクノートンは仰天した。

「あなたが思っている以上に、レディ・グレイルは隠しごとに長《た》けていらっしゃる。とてもうまく、疑念を胸に秘めておくことができるかたですよ」

「驚きました。まさかそうだとは」ミス・マクノートンはのろのろといった。

「もうひとつ、質問があります、ミス・マクノートン。レディ・グレイルはあなたに好意をおもちですか？」

「そんなこと、考えたこともありません」

ふたりの話はそこで中断された。ムハンマドが顔を輝かせ、白い長衣をはためかせてラウンジに入ってきたからだ。

「あなたが帰ってきたこと、レディが聞いて、呼んでくれとおっしゃってます。帰ってきたのに、なぜすぐに自分のところに来ないのかとも」

ミス・マクノートンはあわてて立ちあがった。

パインも立ちあがる。「ご相談のつづきは明日の朝早くに、ということでいかがですか？」

「ええ、その時間ならいちばん融通がききます。レディ・グレイルは朝は遅くまで寝ておいでですので。とりあえず、用心します」

「レディ・グレイルも用心なさると思いますよ」

ミス・マクノートンはラウンジを出ていった。

パインがレディ・グレイルを見かけたのは、夕食の直前だった。彼女はラウンジで煙草を吸いながら、手紙らしきものを燃やしていた。まだパインに腹を立てているらしく、彼のほうを見ようともしない。

夕食後、パインはサー・ジョージ、パメラ、そしてバジルとブリッジをしたが、誰もがなにかほかのことに気をとられているようだった。そのせいか、ゲームは早々に終わった。

数時間後、眠っていたパインははっと目を覚ました。ムハンマドに起こされたのだ。

「レディがひどい病気です。看護婦さん、おろおろしてます。わたし、お医者さん、呼んできます」

パインは急いで服に着替えた。レディ・グレイルの船室に駆けつけると、ドアの前でバジル・ウェストといっしょになった。サー・ジョージとパメラは船室のなかにいる。ミス・マクノートンは必死になって病人を看護していた。パインが駆けつけるとほぼ同時に、レディ・グレイルは最後の痙攣《けいれん》に襲われた。弓なりに反った体が痙攣したかと思うと、そのまま硬直した。

パインはパメラをやさしく船室の外に連れだした。

「なんてひどい!」パメラはいまにもわっと泣きだしそうだ。「おばさまは——おばさまは——」

「亡くなられたのかと? ええ、残念ながら」

パインはパメラの世話をバジルに任せた。サー・ジョージが船室から出てきた。茫然とした面もちだ。

「ほんとうに病気だとは思わなかった」ぼそぼそとつぶやく。「これっぽっちも、ほんとうだとは思わなかった……」

パインはサー・ジョージのそばをすりぬけて、船室に入った。

ミス・マクノートンの顔は蒼白で、ひきつっている。「お医者さまを呼んでくれたんでしょうか?」パインに訊く。

「ええ」うなずいてから、パインは訊きかえした。「ストリキニーネですか?」

「はい。あの痙攣から見て、まちがいありません。ああ、こんなことが起きるなんて、とうてい信じられない!」ミス・マクノートンはどさりと椅子にすわりこみ、泣きだした。

パインは彼女の肩をやさしくたたいた。

そのとき、ふと、パインの脳裏になにかがひらめいた。急いで船室を出て、ラウンジに向かう。灰皿に燃え残った紙片があり、書きつけられた文字が少しだけ読みとれた。

夢のカプ　この手紙は燃やして！

「ふうむ、これは興味ぶかい」パインは唸った。

パーカー・パインはカイロの英国人高官である友人を訪ねた。

「つまり、それが証拠なんだよ」パインはいった。

「うむ、れっきとした証拠といえるな。犯人はまことに頭が悪い」

「サー・ジョージは切れ者とはいえない」

「それはさておき、こういうことだな」高官は事件の流れを順に追った。「レディ・グレイルが牛肉エキスのスープをほしがる。看護婦がカップに一杯、それをこしらえる。スープにはシェリー酒をたらさなければならない。サー・ジョージがシェリー酒を看護婦に渡す。二時間後、レディ・グレイルは、明らかにストリキニーネ中毒の症状を呈して死亡。ストリキニーネの薬包が、サー・ジョージの船室でみつかる。彼のディナージャケットのポケットには、薬包がもうひとつ入っていた」

「決定的だな」パインはいった。「それにしても、ストリキニーネの出所はどこだろう?」

「その点に関しては、少しばかり疑問がある。看護婦が持っていたんだ――レディ・グレイルが心臓発作を起こした場合に備えて。だが、彼女はつじつまの合わないことをいっている。最初は、ひとつも使わなかったのでそっくり残っていたといい、次はいくつか使ったというんだ」

「そういうあいまいな証言は彼女らしくない」パインはいった。

「わたしの見るところ、あのふたりは共犯だな。たがいに相手の弱みを握っていると思われる」

「ありえる。しかし、ミス・マクノートンが殺人の計画を立てたのなら、もっとてぎわよくやるんじゃないかな。若いが有能な女性だからね」

「ふむ、そこなんだがね。わたしの見るところ、サー・ジョージのせいだろう。妻に毒を盛ろうにも、彼にはほとんどチャンスがないからな」

「ううむ」パインはいった。「なにかわたしにできることはないか、考えてみるよ」

船にもどったパインは、被害者の義理の姪、美人のパメラを捜した。

パインの話を聞いたパメラは、怒りで蒼白になった。「おじさまがそんなことをするはずがありません――ぜったいに――ぜったいに――ぜったいに!」

「では、誰なんでしょうね？」パインはおだやかに訊いた。

パメラは身をのりだした。「あたしの考えを知りたい？　おばさまがご自分でやったのよ！　最近のおばさまはとてもへんだったわ。妄想に駆られていたのよ」

「どんな妄想です？」

「とってもおかしな妄想。たとえば、バジルのこと。おばさまはバジルが自分に想いを寄せてると、しょっちゅうほのめかしてた。でもバジルはあたしと──あたしたちは──」

「わかります」パインは微笑した。

「だから、バジルのことはおばさまの妄想なの。それで、お気の毒なおじさまを嫌って、おじさまがどうこうという話をこしらえて、あなたに相談したのよ。おじさまの船室やポケットにストリキニーネを隠しておいて、自分でわざと毒をのんだんだわ。そんなまねをするひとって、大勢いるんじゃありません？」

「ええ、そうですね。ですが、レディ・グレイルがそうしたとは思えません。いわせていただければ、彼女はそういうタイプではない」

「でも、あの妄想は？」

「そうですね、ミスター・ウェスト本人に訊いてみましょう」

船室にいたバジル・ウェストは、パインの質問に気やすく答えた。

「たわいのない話なんですよ。おくさまはわたしをかわいがってくださってました。ですから、パメラとのことは、あえてお知らせしませんでした。そうとわかったら、おくさまはサー・ジョージにいって、わたしをくびにしたでしょうね」

「ミス・グレイルの自殺説はありそうなことだと？」

「うーん、ありそう、ですかねえ」あまり自信がなさそうな口ぶりだ。

「しかし、そうとはいいきれません」パインは静かにいった。「ええ、もっと確実な証拠をみつけなければ」

パインはしばらく思案にふけったあと、きびきびといった。「自白がいちばんだな」自分の万年筆のキャップをはずし、紙を一枚、用意する。「ここに書いてくれませんか？」

バジルは虚を衝かれ、呆然とした。「わたしが？　いったい、どういう意味です？」

「いいかい、きみ」パインは父親のような口調でいった。「わたしにはすべてわかっているんだよ。きみはあの善良なレディに、偽《いつわ》りの恋を仕掛けた。彼女は良心が咎めた。その一方で、きみはきれいだが金のない姪と恋に落ちた。そして策を練った。少しずつ毒を盛る、という策を。うまくいけば、胃炎による病死で片がつくかもしれない。そうでなければ、サー・ジョージに罪をきせればいい。きみはそこまで見越して、彼が在宅するときだけ、レディに毒を盛った。

そしてこのナイル河で、きみは、疑惑を抱いていたレディが、その件をわたしに相談したことを知った。ぐずぐずしてはいられない！　きみはミス・マクノートンが管理している薬品のなかから、ストリキニーネを何包かくすねた。そのひとつをサー・ジョージの船室と上着のポケットにしのばせ、また、ひとつをカプセルに詰めた。そして、〝夢のカプセル〟と書いた手紙といっしょに、毒薬のカプセルをレディに渡した。ロマンチックなアイディアだったな。看護婦が船室から出ていったら、レディはすぐにカプセルをのむだろう。カプセルのことは誰にも知られないはずだった。とはいえ、きみはミスをおかした。レディに手紙を焼けと指示しても、むだだったんだよ。女性は、決してそんなことをしないものなんだ。だから、きみからのうるわしい手紙は、全部、わたしが持っている。最後の、カプセルのことを書いた手紙もね」

バジル・ウェストの顔が蒼白になった。ととのった顔だちが醜くゆがむ。罠にかかったネズミのようだ。

「ちくしょう！」バジルは口汚くののしった。「全部ばれてしまったんだな！　邪魔しやがって、このおせっかい野郎め！」

パインはバジルの暴力を受けずにすんだ。前もって半開きにしておいたドアの外で話を聞いていた人々が、すわっとばかりに室内にとびこんできたからだ。

ふたたび、パインは友人である英国人高官と、事件のことを話しあった。

「証拠なんて、ないも同然だったんだよ！　わたしの手元にあったのは、ほんの数語だけがかろうじて読める、焼け焦げた手紙の切れっぱしだけだったんだ。〝この手紙は燃やして！〟と書かれていた箇所だけははっきり読めたがね。そこから推理して全体の筋書きを考え、それを犯人にぶつけてみたんだ。うまくいったよ。やみくもに突っ走ったら、真相にぶつかったというところだな。あの手紙の切れっぱしのおかげだ。レディ・グレイルはバジルから受けとった手紙はすべて燃やしていたんだが、バジルはそれを知らなかった。

それにしても、レディ・グレイルは変わったご婦人だった。相談されたときは、くびをひねったものだよ。夫に毒を盛られていることを、このわたしの口から聞きたいというんだから。それが判明すれば、バジルと家を出るつもりだったんだろうね。彼女としては公正にふるまいたかったんだろう。なかなか風変わりなひとだった」

「あの娘は苦しむだろうな」高官はいった。

「いや、きっと乗り越えるよ」パインはあっさりいった。「まだ若いんだ。それよりも、サー・ジョージのことが心配だよ。彼にはもう少し人生を楽しんでほしい。手遅れにならないうちにね。十年間も、妻に虫けらのようなあつかいを受けていたんだからな。もっとも、これからは、ミス・マクノートンがやさしく世話をするだろうがね」

パーカー・パインは満面に笑みを浮かべた。そして、ふっと吐息をついた。

「ギリシアでは、本名を隠して旅をしようと思っている。まともな休暇になるように！」

デルフォイの神託

The Oracle at Delphi

ミセス・ウィラード・J・ピータースは、ギリシアになど、まったく興味がなかった。ここ、デルフォイには、まったくいい印象をもてずにいる。彼女の心の故郷はパリとロンドンとリヴィエラなのだ。ホテル暮らしをとことん楽しみたい彼女が理想とする寝室は、やわらかい絨毯《じゅうたん》が敷きつめられ、上等のベッドがあり、シェードのついたスタンドをはじめとして、いくつもの照明器具――むろん、電気の照明――が備えられ、湯と水がたっぷり出て、ベッドサイドには電話機がなければならない。電話でお茶や食事やミネラルウォーターやカクテルを注文し、友人たちとおしゃべりができるように。

しかし、デルフォイのホテルには、そういう設備がいっさいなかった。窓からの眺めはすばらしいし、寝具は清潔だし、白い壁の部屋もきれいで気持がいい。だが、設備といえば、椅子が一脚、洗面台、それに引き出しつきのタンスがひとつあるきり。浴室は共同で、宿泊客たちが順番に使わなければならないし、湯の温度ときては、ときどき愕然とさせられる。

帰国してから、知人友人にデルフォイに行ったといえるのは、さぞ気分がいいだろう。そう思うことで気持を慰め、ミセス・ピーターズは古代ギリシアに関心をもとうと懸命に努力したが、どうやら無理だとわかってきた。たとえば、古代の彫像は、どれも不完全なものにしか見えないのだ。頭部や腕や脚が欠けている。こんなものより、亡くなった夫、ウィラード・ピーターズの墓に立っている、どこも損傷していない、美しい大理石を刻んだ翼のある天使のほうがずっと好ましい――ミセス・ピーターズはそう思っている。

だが、ミセス・ピーターズは、自分の感想や意見をすべて胸の内に秘めておいた。息子のウィラードに軽蔑されるのが怖かったからだ。なにしろ、はるばるギリシアまでやってきたのも、ふくれっつらのメイドと、むっつりしたお抱え運転手にうんざりしながら、ホテルの殺風景な、居心地の悪い部屋にがまんしているのも、息子のためなのだから。

息子のウィラード（最近まではジュニアと呼ばれていたが、本人はそう呼ばれるのを嫌っていた）は十八歳。母親のミセス・ピーターズはこの息子を崇拝し、溺愛している。古代の芸術に対して、おかしなほど情熱をかたむけているのは、この息子のほうなのだ。とことん息子に甘い母親が、青白い顔に眼鏡をかけ、いつも不機嫌な息子に、ギリシア一周旅行に引っぱりだされたといえる。

オリンピアを訪れたとき、ミセス・ピーターズはうらぶれて雑然としたところだと思った。パルテノンにはすなおに感嘆したが、アテネには失望した。コリントとミュケナイの見物は、彼女にとっても、運転手にとっても、きびしい道程だった。ミセス・ピーターズは憂鬱《ゆううつ》だった——デルフォイは、ラクダの背に追加される最後の藁《わら》ではないか、と。とにかく、てくてく歩いて遺跡を巡るしか、ほかにはなにもすることがないのだ。

それぞれの遺跡に行くたびに、ウィラードは地面に膝をつき、時間をかけてギリシア語の碑文を読み解いた。「ねえ、かあさん、これ、聞いてよ！　すごいじゃない？」そして、ミセス・ピーターズには退屈の極みともいえる碑文を、長々と読んで聞かせてくれるのだ。

今日も朝早くから、ウィラードはビザンチン様式のモザイクとやらを見物にいくという。ミセス・ピーターズはモザイク見物には気が進まなかった（興味もないし、肉体的にも冷えそうな気がする）ので、自分は遠慮すると息子にいった。

「わかったよ、かあさん」ウィラードはいった。「かあさんはひとりで劇場や競技場の上のほうまであがって、全体を眺めてみたいんだね」

「そうなんだよ、おまえ」ミセス・ピーターズはうなずいた。

「ここが気に入ると思っていたよ」ウィラードはしてやったりとばかりに、得意顔でモザイク見物に出かけた。

ため息をつきながらベッドから出たミセス・ピーターズは、食堂に行こうと身支度をととのえた。

食堂にいる客は四人だけだった。そのうちふたりは親子で、母親と娘だ。娘は、ミセス・ピーターズには奇抜なデザインにしか見えない服を着ている（ミセス・ピーターズも、いま流行《はや》りの、ウェスト部分から短い襞飾りがひらひら垂れているデザインなら知っているが、娘の服はそれと似ているようでちがう）。母娘はダンスにおける自己表現の技術について論議している。ほかに、中年のかっぷくのいい紳士。この紳士は、列車から降りるさいに、ミセス・ピーターズのスーツケースを持ってくれた。名前はトンプスン。そして、もうひとりは、頭の禿《は》げた中年の紳士。昨夜到着した、新しい客だ。

ほかの三人が席を立っても、新顔の紳士は食堂に残ったので、ミセス・ピーターズは彼と会話をかわした。彼女はもともとひとづきあいのいい性質《たち》だし、話好きでもある。トンプスンは、なんとなく近づきにくい雰囲気をまとっている（これをミセス・ピーターズは〝英国的慎みぶかさ〟と呼んでいる）。母親と娘はいかにも高慢そうで、高尚な知識をひけらかしていた（ミセス・ピーターズにはそう見えた）。とはいえ、娘はウィラードと親しくなったようだ。

話をしているうちに、ミセス・ピーターズにも、新顔の男はとてもおもしろい人物だとわかってきた。豊富な知識の持ち主だが、それを鼻にかけることなく、おしゃべりに興じている。そして、ギリシアに関する豆知識や、こぼれ話を教えてくれた。本に書かれている退屈な歴史のおさらいではなく、親しみのもてる話ばかりで、ミセス・ピーターズにも過去の人々がいきいきと躍動する姿が目に見えるような気がした。

ミセス・ピーターズはその新しい友人に、息子のウィラードのことばかり話した——彼がどれほど頭がいいかとか、〝教養《カルチュア》〟をミドルネームにすればよかったとか、ついつい打ち明け話をしてしまった。なんといっても、ひとあたりがよくて温厚なこの紳士は、じつに話しやすい相手なのだ。

紳士がなにをしているひとなのか、名前はなんというのか、ミセス・ピーターズは知らない。いまはあちこち旅をしているところで、仕事（どんな仕事だろう?）から離れて完全な休暇を楽しんでいるということ以外、紳士は自分のことを語らなかった。

そんなこんなで、その日は思っていたよりも早く、時間が過ぎていった。

母娘も、トンプスンも、愛想なしの態度をくずすことはなかった。

朝食のあと、ミセス・ピーターズは新しい友人と連れだって出かけたのだが、博物館の前で、ちょうどそこから出てきたトンプスンとばったり出会った。トンプスンはすぐさま踵《きびす》を返して、彼女たちとは反対方向に行ってしまった。

ミセス・ピーターズの新しい友人は少し顔をしかめて、トンプスンの後ろ姿をみつめた。

「ううむ、あの男、誰だったかなあ?」くびをかしげている。

ミセス・ピーターズはトンプスンという名前だけは教えてやれたが、それ以上のことは知らなかった。

「トンプスン、トンプスンと。いや、会ったことはないんですが、あの顔には見憶えがあるんですよ。しかし、どうも思い出せない」

午後には、ミセス・ピーターズは日陰の涼しい場所で静かなひとときを楽しんだ。読もうと思って持ってきた本は、ウィラードに薦められたギリシア美術に関する専門的な書物ではなく、まったくその反対の『河汽艇の謎』というミステリ小説だ。殺人が四件に誘拐が三件起こるだけではなく、危険きわまりない犯罪者たちが手を組み、大がかりな犯罪者集団が暗躍するという内容だ。ミセス・ピーターズは夢中になって読んだ。なぜか元気が出て、癒された気持になった。

ミセス・ピーターズがホテルにもどったのは午後四時ごろで、ウィラードも帰っているはずだと思いこんでいた。悪い予感などするはずもなく、午後に見知らぬ男から預かったとホテルの主人に渡された封書のことは、気にも留めていなかった。

部屋に入ると、手にした封書に目がいった。ひどく汚い封筒だ。封を破り、手紙を取りだす。数行を読んだミセス・ピーターズの顔から血の気が引いた。支えを求めるように片手をのばす。外国人が書いたような筆跡だが、文章は英語で綴られていた。

マダム（と書いてある）

この手紙は、われわれがあんたの息子を捕らえ、安全な場所に閉じこめていることを知らせるものだ。あんたがおとなしくわれわれの指示にしたがえば、若い紳士の身にはなにごとも起こらないだろう。紳士の身柄に対し、英貨で一万ポンドを要求する。もしこのことをホテルの主人や、警察や、あるいは探偵のような者に相談したりすれば、あんたの息子は殺される。そこをよく考えろ。金の受け渡しに関しては、明日、また指示する。こちらの要求にしたがわなければ、息子の片耳を切りとって、あんたに送る。そして、次の日もしたがわないというなら、若い紳士の命をもらう。念のために断っておくが、これは口先だけの脅しではない。もう一度、はっきりいっておく——くれぐれも他言無用のこと。

黒い眉団　デミトリウス

かわいそうなミセス・ピーターズの心の内を、ここで述べるにはおよぶまい。稚拙な文章の、途方もない文面だが、ミセス・ピーターズはまがまがしい危険を感じとった。

ああ、ウィラード。愛する息子。いとしい子。繊細で、きまじめなウィラード。すぐさま警察に駆けこむべきだ。周囲の人々に相談すべきだ——だが、そんなことをしたら……。

ミセス・ピーターズは身ぶるいした。

なけなしの勇気をふるいおこして部屋を出ると、ミセス・ピーターズはホテルの主人に会いにいった。彼はこのホテルで唯一、英語を話せる。

「もう遅いのに、まだ息子が帰ってこないの」

小柄で陽気なホテルの主人は、満面の笑みで答えた。「はい、そうですね。ムッシュはラバをお返しになりました。歩いて帰ろうとお思いになったんでしょう。もうお帰りになってもいい時刻ですが、きっと途中で寄り道をなさっているんですよ」主人はにこにこしている。

「ちょっと教えてほしいんだけど」ミセス・ピーターズは突拍子もない質問を、主人にぶつけた。「このあたりに、不心得なひとたちがいますか?」

あいにく、〝不心得なひとたち〟といういいまわしは、ホテルの主人の英語のボキャブラリーにはなかった。ミセス・ピーターズはもっとわかりやすいことばでいいなおした。ようやく質問の意味がわかった主人は、デルフォイの町の住人は気のいい、おとなしい人ばかりで、誰もが外国からのお客さんには親切だ、と保証した。いいたいことばが口をついて出そうになったが、ミセス・ピーターズはぐっと堪えた。あのむごい脅迫が彼女の舌を縛ったのだ。あれははったりかもしれない。だが、もしそうではなかったら? アメリカにいる彼女の友人が子どもを誘拐された。警察に通報したところ、子どもは殺されてしまった。じっさいに、そういうことがあるのだ。

ミセス・ピーターズは頭がおかしくなりそうだった。どうすればいい? 一万ポンド。それがなんだというのだ? 五万ドルに満たない金額だ。ウィラードの身の安全にくらべれば、どうということもない金額ではないか？　しかし、いまここで、どうやってその金を調達できるというのだ？　銀行から現金を引き出すには、じつにめんどうな手続きが必要だ。といって、手元にあるのは、銀行発行の数百ポンド分の信用状だけなのだ。

そういった金融事情を、悪党どもは理解してくれるだろうか？　彼らに理屈が通じるだろうか？　金を調達できるまで待ってもらえるだろうか？

メイドが用事はないかとうかがいにきたが、ミセス・ピーターズは邪険に追い払った。

夕食の用意ができたことを知らせるベルが鳴った。みんなに不審をもたれないためには、食堂に行かざるをえない。ミセス・ピーターズは機械的に食事をした。彼女の目には誰も映っていない。食堂には誰もいないのと同じだった。

デザートのフルーツといっしょに、手紙が一通、ミセス・ピーターズのテーブルに置かれた。彼女の顔がゆがんだが、その手紙の筆跡は、目にするのも恐ろしい、あの手紙の筆跡とはちがっていた。きちんとした文字を書きなれた英国人のものだ。ミセス・ピーターズはどうでもいいような気持で手紙を読んだが、内容には興味を惹かれた。

デルフォイでは（かつてのように）神託を受けることはできませんが、パーカー・パインに相談することはできます。

文面の下には広告の切り抜きがピンで留めてあり、その下にはパスポートの写真が添えてあった。朝食の席で親しくなった、あの禿げ頭の中年男性の写真だった。

ミセス・ピーターズは広告の切り抜きを二度読んだ。

〈あなたは幸せですか？　幸福でないかたはパーカー・パインにご相談ください〉

ミセス・ピーターズは思った――幸せ？　幸福？　いままでに自分ほど不幸な者がいただろうか。これは必死の祈りに対する答ではないだろうか。

たまたまバッグに白い用紙があったので、ミセス・ピーターズはそれにそそくさと書きつけた。

どうか助けてください。十分後、ホテルの外でお会いできませんか？

走り書きの手紙を封筒におさめ、窓ぎわのテーブルについている紳士に届けるよう、給仕に命じる。

十分後。夜は冷えるので、毛皮のコートにくるまったミセス・ピーターズはホテルを出て、遺跡に至る坂道をのろのろと登っていった。

遺跡ではパーカー・パインが待っていた。

「あなたがここにいらっしゃるなんて、神のお恵みです」ミセス・ピーターズははあはあとあえぎながらいった。「でも、わたしが恐ろしいトラブルにはまりこんでいると、どうしてわかったんですか？　まずそれを教えてください」

「顔、ですよ、マダム。なにごとも顔に出るものです」パインはおだやかな口ぶりでいった。「あなたのお顔を見たとたん、なにかあったなとぴんときました。なにがあったのか、あなたから直接お聞きしようと、こうして待っておりました」

堰を切ったように、ミセス・ピーターズの口からことばがあふれた。脅迫状をパインに渡す。

パインはポケットから取りだした懐中電灯をつけて、文面を読んだ。

「ふうむ。驚くべき文面だ。まったく驚くべきしろものだ。いくつか特徴が見られる――」

しかし、ミセス・ピーターズは脅迫状にどんな特徴があろうと、それを拝聴する気分ではなかった。ウィラードのためになにができるのか。いとしい、傷つきやすいウィラードのためにどうすればいいのか。彼女の頭を占めているのは、その思いだけだった。

そんな彼女を、パインはなだめた。ギリシアの山賊たちの暮らしぶりを、まるで絵を描くようにいきいきと語った。人質は金鉱のようなものなので、たいせつにあつかうはずだという。パインの話を聞いているうちに、ミセス・ピーターズは次第におちついてきた。

「でも、わたしはどうすればいいんでしょう？」ミセス・ピーターズはむせび泣くようにいった。

「明日まで待ってください。いますぐ警察に駆けこむ気がないのであれば、の話ですが」

ミセス・ピーターズは恐怖の悲鳴をあげた。警察に駆けこんだりしたら、いとしいウィラードが殺されてしまう！

「息子を無事に取りもどせると思っておいでなのですね？」

「それはまちがいありません」パインは請け合った。「問題はひとつ。一万ポンドを支払わずに、息子さんを取りもどせるかどうかです」

「わたしは息子を取りもどしたいだけです」

「ええ、はい、わかります」パインはなだめるようにいった。「ところで、この脅迫状は誰が持ってきたんです？」

「ホテルの主人は、知らない男だといってました。見知らぬ男だと」

「ああ！　そうすると、そこに可能性がありますな。明日、手紙を届けにくる男のあとを尾《つ》けるという手があります。ところで、ホテルのひとたちに、息子さんがいないことをどう説明なさいますか？」

「そんなこと、考えてもいませんでした」

「そうでしょうな」パインは思案した。「あなたが息子さんが帰ってこないことを心配して騒ぎたてるのは、きわめて自然なことです。捜索隊を出すこともできます」

「そんなことをしたら、悪党たちが――」ミセス・ピーターズは息が詰まってしまった。

「いやいや、誘拐されたとか、身代金とか、そういうことをいわなければ、彼らも無謀なことはしないでしょう。なんといっても、息子さんが帰ってこないのに、あなたが騒ぎもしないことのほうが不自然ですよ」

「では、なにもかもあなたにお任せしてよろしいでしょうか？」

「それがわたしの仕事ですから」パインはいった。

ホテルにもどろうと歩きはじめたとたん、ふたりは大柄な人物とぶつかりそうになった。

「いまのは誰でした？」大柄な人物が遠ざかると、パインはするどい口調で訊いた。

「ミスター・トンプスンだと思いますが」ミセス・ピーターズは答えた。

「ふうむ」パインは考えこんだ。「トンプスン？　トンプスンねえ。ふうむ」

その夜、ミセス・ピーターズはベッドに横になり、手紙を届けにきた男のあとを尾けるというパーカー・パインのアイディアは、名案だと思った。その男は悪党一味と接触するにちがいない。そう思うと、ミセス・ピーターズは少し気がらくになり、意外にも、驚くほどすんなりと眠りに落ちた。

次の朝、着替えをしていたミセス・ピーターズは、窓のそばの床になにかがあるのに気づいた。拾いあげる――心臓の鼓動がひとつとんでしまう。前と同じく、安っぽい汚い封筒に、見るのも嫌な筆跡。ミセス・ピーターズは封を切って、手紙を取りだした。

おはよう、マダム。よく考えてみたかい？　あんたの息子は元気だし、痛い目にもあっていない――いまのところは。われわれは金をちょうだいしたい。右から左に調達できる金額ではないかもしれんが、あんたはダイヤのネックレスを持っていると聞きおよんでいる。すばらしいダイヤだとか。現金のかわりに、そのネックレスで勘弁してやろう。いいか、こちらの指示どおりにしろ。あんた自身か、あんたの選んだ代理人でもいい、ネックレスを競技場に持ってこい。競技場のさらに上方に大きな岩があり、そのわきに、木が一本立っているのが見えるはずだ。そっちがひとりきりで来るかどうか、見張りがちゃんと確かめる。確認できたら、息子とダイヤの交換といこう。明日、午前六時、日の出の直後。そのあと、もし警察に訴えたら、あんたの車が駅に向かう途中で、息子を狙い撃つ。

これは最後通告だ。明日の朝、ダイヤのネックレスがこちらの手に入らなければ、息子の片耳を送ってやる。そして次の日に、息子は死ぬ。

では、よろしく
デミトリウス

ミセス・ピーターズはあわてふためいて、パーカー・パインを捜した。ダイニングルームで、パインは、注意ぶかく最後通告書を読んだ。「ほんとうなんですか、ダイヤのネックレスのことは？」

「ええ、まちがいなく。夫が十万ドルで購入したものです」

「情報通の悪党どもだ」パインはつぶやいた。

「どういうことでしょう？」

「いや、事件を別の観点から見ただけです」

「まあ、ミスター・パーカー・パイン、そんなことをしている時間はありません！　わたしは息子を取りもどしたいんです！」

「それにしても、あなたは度胸のすわったご婦人だ。一万ポンド脅しとられても平気なんですか？　悪党どものいいなりになって、ダイヤのネックレスを渡すのは、悔しくないんですか？」

「それはそのとおりです！」ミセス・ピーターズのなかの〝母親〟と、〝度胸のすわった婦人〟とがせめぎあった。「仕返しをしてやりたいに決まってます――卑劣な悪党どもに！　ミスター・パイン、わたしは息子を取りもどしたら、すぐさま、この近辺の警官を全員さしむけてやりますとも。安全にウィラードといっしょに駅に向かうために、装甲車を雇ってもいいわ！」ミセス・ピーターズは顔を紅潮させ、復讐心に燃えていた。

「ふうむ、なるほど。ですが、マダム、向こうもあなたがどう出るか、織り込みずみだと思いますよ。人質であるウィラードがあなたのもとにもどったら、あなたがこの地域一帯に警戒態勢を敷くよう手配なさるのを、阻止することはできませんからね。しかし、それに備えるぐらいのことはするはずです」

「では、どうすればいいとお思いですか?」

パインは微笑した。「ちょっと考えがあるんです」ダイニングルームを見まわす。ふたりのほかに客は誰もいないし、ふたつあるドアはどちらも閉まっている。「ミセス・ピーターズ、わたしにはアテネに知り合いがいるんです――宝石商の。人造ダイヤに関しては、一流の専門家です。彼があつかう人造ダイヤは一級品ですよ」

パインは声をひそめた。「その男に来てほしいと電話してみます。今日の午後には着くでしょう。選《え》りすぐった、一級の人造ダイヤを携えて」

「というと?」

「あなたのネックレスの本物のダイヤをはずして、人造ダイヤをはめこむんです」

「まあ、名案ですこと!」ミセス・ピーターズは感心しきってパインをみつめた。

「シーッ! そんな大きな声を出さないで。では、ちょっと手伝っていただけますか?」

「もちろん」

「電話を立ち聞きされないように、そばに誰も来ないようにしてください」

ミセス・ピーターズはこっくりとうなずいた。

電話は支配人室にある。支配人はパインが電話番号をみつけるのを手助けしてから、こころよくパインに部屋を明け渡した。

部屋から出てきた支配人は、ドアのそばにミセス・ピーターズがいるのに気づいた。

「ミスター・パーカー・パインをお待ちしているんですよ。ごいっしょにお散歩しようと」

「ああ、はい、さようでございますか、マダム」

ちょうど、ホールにはトンプスンもいた。彼は支配人をつかまえると、熱心に質問した。デルフォイに貸し別荘があるか？　ない？　だが、ホテルの上方、あの坂の上にある建物は？

「あれはギリシア人の紳士の別荘です。貸し出しはなさっていらっしゃいません」

「では、ほかに別荘はないんですか？」

「アメリカのご婦人がおもちの別荘ならございます。ここと反対側になりますが。いまは閉まってます。それから、イギリスの画家がおもちの別荘が、イテアを見おろす崖っぷちに建っておりますよ」

ミセス・ピーターズが話に割って入った。もともと声が大きなほうだが、その声をいっそう張りあげた。

「まあ、わたしもこちらに別荘があればと思いますわ！　俗っぽくないし、自然がいっぱいだし。わたし、ここがすっかり気に入っていますのよ、ミスター・トンプスン。もちろん、あなたもここに別荘がほしいとお思いなんでございましょう？　ここにいらしたのは初めてですって？　そうおっしゃいましたよね」

支配人室からパインが出てくるまで、ミセス・ピーターズは断固としてその場を動かなかった。部屋から出てきたパインは、彼女に称賛の微笑を向けた。

ゆっくりと玄関ステップを降りて、ホテルの前の通りに出たトンプスンは、例のお高くとまった母娘と出会った。ふたりとも腕がむきだしで、冷たい風に閉口しているようだ。

万事、うまくいった。宝石商は観光客でいっぱいのバスに乗ってやってきた。ミセス・ピーターズはダイヤのネックレスを宝石商の部屋に持っていった。宝石商は呻くように感嘆の声をあげた。そして、フランス語でいった。

「マダム、ご安心ください、うまくいきますとも《ブテトル・トランキル・ジュ・レュスイレ》」

宝石商は小さな鞄から道具を取りだして、仕事を始めた。

午後十一時に、パインがミセス・ピーターズの部屋のドアをノックした。「さあ。これを」そういって、小さなセーム革の袋をさしだした。

ミセス・ピーターズは袋のなかをのぞいた。「わたしのダイヤですね！」

「シーッ！　こっちが人造ダイヤをはめこんだネックレスです。いい出来でしょう、どうです？」

「みごとです」

「アリストパウロスは器用な男でしてね」

「悪党どもに疑われる心配はありませんの？」

「見抜けるものですか。向こうはあなたがネックレスを持っていることを知っています。そして、あなたがそれを渡す。そこになんらかのごまかしがあるのではないかなどと、疑うと思いますか？」

「そうですね。みごとです！」ミセス・ピーターズは感嘆のことばをくりかえし、ネックレスをパインの手にもどした。「あなたが持っていってくださいませんか。そこまでお願いするのは、あつかましすぎますでしょうか？」

「いえ、わたしが持っていきましょう。もう一度、手紙を見せてください。向こうの指示をしっかり頭に入れておきます。ああ、ありがとうございます。では、おやすみなさい。元気をだして《ボン・クラージュ》。明日の朝食は、息子さんといっしょできますよ」

「ああ、ほんとうにそうなれば！」

「さあさあ、ご心配なく。すべて、わたしにお任せください」

その夜、ミセス・ピーターズはなかなか寝つけなかった。ようやく眠ったかと思うと、恐ろしい悪夢にうなされた。何台もの装甲車に乗った、武装した悪党どもが、パジャマ姿で山道を駆けおりてくるウィラードに、一斉射撃をあびせる、という悪夢だった。

目が覚めて、ミセス・ピーターズはほっとした。ようやく夜明けの曙光がさしてきた。彼女は起きて服に着替えた。そして、椅子にすわり、待った。

七時、ドアがノックされた。ミセス・ピーターズは喉がからからに渇き、なかなか声が出なかった。

「どうぞ」ようやく声を絞りだす。

ドアが開き、トンプスンが入ってきた。ミセス・ピーターズは大きく目をみはった。ことばがでてこない。最悪の事態が起こるという、不吉な予感に襲われる。しかし、口を開いたトンプスンの口調はごく自然で、さりげなかった。深みのある、おだやかな声で、彼はいった。

「おはようございます、ミセス・ピーターズ」

「なんなんです！　なんだって――」

「こんなに朝早く推参した無礼をお許しください。ですが、処理しなければならない用事がありましてね」

ミセス・ピーターズはぐっと身をのりだし、トンプスンをにらみつけた。「あんたが息子を誘拐したのね！　ここの悪党たちなんかじゃなかったんだわ！」

「ええ、地元の悪党どもではありません。どうにも納得がいかない展開に思えたんですよ。いってみれば、芸がなさすぎると申しましょうか」

ミセス・ピーターズはひとつことしか考えられない気質《たち》だ。「息子は？」怒れる雌虎さながらに、目がぎらぎら光っている。

「ドアの外にいらっしゃいますよ」

「ウィラード！」

ドアが大きく開き、ウィラードが姿を見せた。眼鏡をかけた青白い顔に、無精髭がはえている。

母親は息子を抱きしめた。そんなふたりを、トンプスンは静かに見守っている。

「ともかく」唐突に、ミセス・ピーターズは我に返り、トンプスンをにらんだ。「このままではすませませんからね、あなたを訴えてやります。ええ、訴えますとも！」

「かあさん、誤解だよ」ウィラードがいった。「このかたがぼくを救いだしてくれたんだ」

「どこにいたの？」

「崖っぷちの家。ここから一マイルしか離れてないとこ」

「それから、ミセス・ピーターズ」トンプスンがいった。「あなたの宝石も取り返してまいりました」そういって、ティッシュペーパーでくるんだ、小さな包みをさしだす。ティッシュペーパーが落ちて、ダイヤのネックレスが現われた。

「あなたに渡された、小さな袋に入っている宝石のほうは、たいせつに保管なさる必要などありませんよ」トンプスンは微笑した。「本物のダイヤは、これこのとおり、ネックレスからはずされていないのですから。セーム革の袋に入っているのは、よくできた偽物です。あなたのご友人がいったとおり、アリストパウロスはじつに腕のいい職人ですね」

「なにがなんだか、わけがわからない……」ミセス・ピーターズは消えいりそうな声でいった。

「わたしの観点から見ていただく必要があります」トンプスンはいった。「わたしはある名前が使われていることに疑念をいだきましてね。それで、勝手ながら、あなたと、あの太ったご友人のあとを尾けて、遺跡まで行きました。白状しますと、そこでのあなたがたの会話を立ち聞きしました——きわめて興味ぶかい会話を。尋常とはいえない示唆を聞き、わたしは内密に支配人と話をしました。支配人は給仕に命じて、昨日の朝、ダイニングルームでのあなたがたの密談を立ち聞きさせ、そのあと、いかにもまことしやかなご友人が電話をかけた先の番号をメモしてくれました。

計画はうまくいきました。あなたは、狡猾《こうかつ》な二人組の宝石泥棒の餌食になるところだったんですよ。彼らはあなたのダイヤのネックレスのことを知ると、ここまであなたを尾けてきた。そして息子さんを誘拐して、滑稽《こっけい》な〝悪党団〟の脅迫状を送りつけたうえで、ほんとうの首謀者である男を、あなたに信頼させるように、手筈をととのえたんです。

そこまでいけば、あとは簡単です。善意の紳士があなたに人造ダイヤの入った小袋を渡す——そして、本物のダイヤを持って相棒と逃げる。今朝になっても、息子さんが帰ってこなければ、あなたは気もくるわんばかりに動転なさったでしょう。ご友人の姿も見えないとなれば、彼もまた誘拐されたにちがいないと思いこむはずです。おそらく、彼らは明日、あの別荘に誰かを見にいかせる手配をしていたと思います。その誰かが息子さんを発見する。帰ってきた息子さんとあなたが事情をつきあわせれば、あなたたちにも彼らの計画の全貌が見えてきたでしょうね。しかし、そのころには、悪党ふたりはとっくに逃げきっていたでしょう」

「では？」

「いまはふたりとも留置場に入れられていますよ。わたしが手配しましたので」

「ああ、憎たらしい」ミセス・ピーターズは、悪者たちにすっかり丸めこまれてしまったことを思うと、腹が立ってならなかった。「あの、口のうまい、善良ぶった悪党め」

「まったく、そのとおり」トンプスンはうなずいた。

「あなたがどうして真相に気づいたのか、ぼくにはさっぱりわからない」ウィラードの声には賞賛の響きがこもっている。「あなたって、すごく頭がいいんですね」

トンプスンはとんでもないとばかりにくびを横に振った。「いやいや、そうではないんです。本名を隠して旅行しているときに、その本名を勝手に誰かに使われているのがわかれば——」

ミセス・ピーターズはトンプスンをじっとみつめた。

「あなた、いったいどなたなんです？」トンプスンの話を最後まで聞かずに、彼女はいきなり問いただした。

「わたしがパーカー・パインです」トンプスンと名のっている紳士は、そういった。

ポーレンサ入江の出来事

Problem at Pollensa Bay

スペインのバルセロナからマヨルカ島に向かった蒸気船は、早朝、島の中心地パルマに着いた。パーカー・パインは上陸したとたんに幻滅する羽目となった。どのホテルも満員なのだ！　手を尽くして、なんとかみつけたホテルは、街のまんなかにあった。風も通らない、クロゼットのように狭苦しい部屋からは、中庭しか見えない。まさかこんなことになるとは、パインは予想もしていなかった。しかし、ホテルの支配人は、パインの失望など、気にもかけなかった。

「いかがなさいますか？」支配人は肩をすくめて、その部屋に泊まるかどうか、パインに訊いた。

いまのパルマは、人気の観光地となっている。外国為替相場が有利なせいだ。冬季には、誰もが——英国人もアメリカ人も——マヨルカ島にやってくる。島のどこに行っても、人、人、人でいっぱいだった。英国の紳士がどこかに腰をおちつけることなど、とても不可能に思えるほどだ。フォルメンテーラまで行けば、望みはかなうかもしれない。だが、そこのホテルの宿泊料はべらぼうに高く、英国人はもとより、金まわりのいいアメリカ人でさえ、敬遠するほどなのだ。

パインは、とりあえず、カフェでコーヒーとロールパンで朝食をすませて、聖堂見物に出かけたが、その美しい建築物を、虚心坦懐に鑑賞する気持にはなれなかった。

パインは気のよさそうなタクシー運転手をつかまえて、相談してみた。運転手は母語のスペイン語に片言のフランス語をまじえて、ソレル、アルクディア、ポーレンサ、フォルメンテーラ各地のホテルのことを話してくれた。ホテルのすばらしさを語り、部屋がとれるかどうか予想してくれたが、宿泊料金はどこも相当に高いという。

いささか立腹して、パインは高いとはどれぐらいの料金なのか、訊いてみた。

タクシーの運転手は、ばかばかしいほど途方もない料金だといった——イギリス人のお客さんがここに来るのは、物価が安く、そこそこの費用ですむからだということを知らないんですかねえ？

パインはまったくそのとおりだとうなずいてから、フォルメンテーラのホテルに泊まるとすると、いくらぐらいかかるのか、また訊いてみた。

「べらぼうな料金でさあ！」

「なるほど。で、正確なところ、いくらぐらいかね？」

ためらいながら、運転手はようやくその金額を口にした。

エルサレムとエジプトのホテルで、不当ともいえる額の料金を支払わざるをえなかった記憶がまだ新しいため、パインは運転手のいう金額を聞いても、腰が引けるほど驚きはしなかった。

相談がまとまった。パインのスーツケースはかなり乱暴にタクシーに積みこまれた。タクシーは島をひとめぐりしながら安価なホテルを探し、みつからない場合は、最終的にフォルメンテーラに向かうことになった。

しかし、金持目当てのホテルしかない最終目的地には、行かずにすんだ。タクシーがポーレンサの狭い道を通りぬけ、ゆるくカーブした海岸沿いの道を走っている途中で、ホテル・ピノ・ドーロをみつけたからだ。海に面した海岸ぎわに建つ、こぢんまりとしたホテルだ。朝もやのなかに浮かびあがっているその光景は、繊細な日本の版画を彷彿とさせる。

その光景を見たとたん、パインはここだ、ここここそ求めていたところだと直観した。タクシーを停めてもらい、くつろげる部屋がありますようにと願いながら、ペンキを塗った門をくぐった。

ホテル・ピノ・ドーロの経営者は年配の夫婦で、フランス語も英語も通じない。にもかかわらず、交渉は満足のいく結果となり、パインは海に臨む部屋を獲得した。タクシーからスーツケースをおろし、ホテル内に運びこんだ運転手は、べらぼうな料金をふんだくる〝いまどきのホテル〟に行かずにすんでおめでとうとパインにいった。そして、タクシー料金を受けとると、陽気にスペイン式のおじぎをして去っていった。

パインは時計をのぞき、まだ十時十五分前だとわかると、まばゆいばかりに朝の陽光が降りそそぐ小さなテラスに行き、二度目の朝食となる、コーヒーとロールパンを注文した。テラスにはテーブルが四つある。パインのテーブル、食事のあと片づけがすんでいるテーブル、それぞれ客がいるテーブルがふたつ。パインにいちばん近いテーブルを占めているのは、父親、母親、歳のいったふたりの娘――ドイツ人の家族だ。その向こう、テラスの角のテーブルについているのは、明らかに英国人とわかる母親と息子。

母親は五十五歳。いいぐあいに白髪がまじったグレイヘア。服装は、センスのいい、しかし流行とは無縁の、ツイードの上着とスカートの取り合わせ。海外旅行に慣れているらしく、ゆったりとおちついた雰囲気をまとっている。

向かい側の席にすわっている息子は二十五歳。彼が属している階級と年齢の見本のような青年だ。美男でもなく醜男《ぶおとこ》でもない。背も高からず低からず。見るからに、仲のいい親子だ。ふたりでちょっとした冗談をいいあい、息子は嫌な顔ひとつせずに、母親の給仕役を務めている。

息子と話していた母親の目が、ふと、パインの目と合った。良家の婦人らしい淡々としたそぶりで、目をそらす。だがパインは、その短いあいだに自分が観察され、判定され、分類されたのがわかった。

パインを英国人だと見てとり、いずれ、さりげなく声をかけてくるのはまちがいない。それも好意的に。

そうなっても、パインに異存はない。男女を問わず、外国で出会う同国人にはいささか退屈な思いをさせられるものだが、いまはそれでもかまわないという、友好的な気分になっていた。客同士の軽いつきあいを避けていたら、こんな小さなホテルでは、なにかと気づまりな状況を引き起こしかねないからだ。それに、英国婦人が〝ホテルでのマナー〟を充分にわきまえているのは確かだ。

息子は席を立ち、笑いながらなにやらことばを残して、テラスからホテルのなかに入っていった。母親は手紙の束とバッグとを手に取ると、椅子の向きを海のほうに向けた。そしてコンチネンタル・デイリー・メイル紙を広げた。パインには婦人の背中しか見えない。コーヒーの最後のひとくちを飲みほしながら、パインは婦人をちらりと見た。とたんに、体がこわばった。警戒心が生じたのだ——おだやかな休暇が台無しになりそうな、そんな予感を示唆する警戒心が！

婦人の背中はおそろしく雄弁だった。これまでに、パインは数えきれないほど多くの背中を見てては、分類してきた。いまも婦人の背中のこわばりかた——姿勢の緊張ぶり——で、顔が見えなくても、彼女の目が涙でぬれているのがわかる。だが、目はうるんでいても、涙は流れていないはずだ。婦人は懸命に努力して、自制心を保っているにちがいない。

狩りたてられるのになれた獣のように、パインは用心ぶかく席を立ち、ホテルのなかに逃げこんだ。ほんの三十分ほど前にサインした宿泊客名簿は、まだページを開いたままの形で、フロントデスクに置いてあった。そのページには、きちんとした字でこう書いてある——C・パーカー・パイン、ロンドン、と。

その数行上の宿泊客のサインは以下の通り——ミセス・R・チェスター、ミスター・バジル・チェスター、ホルムパーク、デヴォン。

パインはペンを取り、急いで自分のサインに手を加えた。かなり無理があるが、なんとか、C・パーカー（C・Parker）をクリストファー（Christopher）と読めるように、文字を書き加えたのだ。

こうしておけば、このポーレンサ入江で、ミセス・チェスターが不幸を噛みしめているとしても、そう簡単にパーカー・パインに相談してみようなどと思いつくことはあるまい。

すでにわかっていることだが、驚いたことに、外国で出会う同国人の多くがパーカー・パインの名前を知っていて、彼の新聞広告の文言を記憶しているのだ。英国では、毎朝、何千人ものひとがタイムズ紙を読み、パインの広告を目にしているはずだが、では彼の名前を知っているかと訊かれれば、いっこうに憶えがないと答えるだろう。しかしパインは知っている——外国にいると、人々は隅から隅まで母国の新聞に目を通すことを。どんな記事であろうと、広告欄であろうと、ていねいに、一字残さず熟読するのだ。

休暇の旅に出てからここに至るまでのあいだも、パインは仕事から離れられずにいた。殺人事件から誘拐事件まで、いろいろな事件に遭遇し、そのたびに、つい手を貸してしまった。そのため、このマヨルカ島では、なにがなんでも平穏にすごそうと心に決めていたのだ。その矢先に、母親のうちひしがれた背中を見てしまい、平穏な休暇が脅かされそうだと本能的な直観が働き、それを回避する行動に出たというわけだ。

こうしてパインはホテル・ピノ・ドーロに腰をおちつけ、幸福な休暇を満喫した。それほど遠くないところに、マリポーサという、けっこう大きなホテルがあり、そこには多くの英国人が滞在している。また、近くには芸術家たちのコロニーがある。海岸沿いに漁師たちの村まで歩いていけば、ちょっとしゃれた酒場があり、いろいろなひとたちと出会うことができる。買い物のできる店も何軒かある。平和そのもので、気持が浮きたつ。

若い女たちはズボンをはき、胸にあざやかな色のスカーフを巻きつけただけのかっこうで、そぞろ歩いている。若い男たちは長髪にベレー帽をかぶり、《マックの店》にたむろしては、造形芸術の価値だとか、芸術における抽象性だとかを論じている。

パインがホテル・ピノ・ドーロに滞在して二日目、ミセス・チェスターは眺望がすばらしいとか、晴天つづきでありがたいとか、あたりさわりのない話題をもちかけてきた。また、彼女はドイツ人の細君と編み物の話をしたり、同宿のふたりのデンマーク人と、憂《うれ》うべき政治状況について愛想よくおしゃべりをした。このふたりのデンマーク人は夜明けに起き出して、十一時間も島じゅうを歩きまわっていた。

バジル・チェスターはなかなかの好青年だった。パインには敬意をこめた口調で話をするし、年長者であるパインのいうことには、なにごとによらず丁重に耳をかたむける。というわけで、英国人三人は夕食後のコーヒーをいっしょに楽しむようになった。

三日目、コーヒーを飲みはじめて十分もたたないうちに、バジルが席を立ったため、パインはミセス・チェスターとふたりきり、顔をつきあわせてすごすことになった。

ふたりは花の育てかたや、イギリス・ポンドの為替相場が低迷ぎみなことや、フランスの物価が上がってきたこと、午後のお茶に不可欠な良質の茶葉が手に入りにくくなったことなど、とりとめのない会話をつづけた。

それから毎日、夕食後のコーヒーをそそくさと飲んでしまうと、バジルはどこかに出かけていった。そのたびに、ミセス・チェスターは震えるくちびるを嚙みしめるが、すぐに気を取りなおし、いつものように、あたりさわりのない話題で、陽気におしゃべりをつづけた。

とはいえ、ミセス・チェスターの話には、少しずつバジルに関することが増えていった。学校の成績がよかったこと――あの子は優等生クラス《ファースト・イレヴン》に入っておりましてね――や、誰からも好かれていたことを話し、父親が生きていれば、どれほど誇らしく思っただろうかと語った。そしてバジルが決して〝粗暴〟ではないことをありがたく思っているといった。

「もちろん、わたしはいつもあの子に、若いひとたちとつきあうように勧めています。でも、あの子はわたしといるほうがいいらしくて」

ミセス・チェスターの口ぶりには、それがうれしいという気持が、つつましくにじんでいる。

いつもなら如才なく、軽いあいづちを打つところだが、今回にかぎり、パインはあえてそうはしなかった。

「ああ！　そうですね、ここには若いひとたちが多いですな——このホテルにではなく、この界隈に、ですが」

パインは自分のことばに、ミセス・チェスターが体をこわばらせるのを見てとった。

「ええ、おっしゃるとおり、ここには芸術家が大勢いますわね」

ミセス・チェスターはさらにいった——自分はおそらく古いタイプなので、彼らが本物の芸術家だとは思えない。だが、若いひとたちはそう自称して、ただふらふらと、そこいらをうろついている。しかも、若い女たちは大酒を飲むんです、と。

次の日、バジルがパインにいった。

「あなたがここに滞在なさっているのが、ぼくはとてもうれしいんですよ。ことに、母のために。夕食後のひととき、母はあなたとおしゃべりしてすごすのを、とても楽しみにしています」

「きみとおかあさんがここに滞在することになってから、夕食後にはなにをしていたんだね？」

「ふたりでピケットを楽しんでましたよ」

「ほほう」

「あいにく、じきに飽きてしまいましたけどね。じつをいうと、ぼく、ここで何人か友だちができたんです。そりゃあもう陽気な連中でしてね。母が気に入らないのはわかってますが――」バジルはそれもまた愉快だといわんばかりに笑い声をあげた。「母は考えかたが古くて……若い女性がズボンをはいているのを見て、ショックを受けたぐらいなんですよ！」

「そうだろうね」

「母にいったんです――時代の流れを受け容れなくては、とね……ぼくの周囲の若い女たちときては、退屈でしようがない、って……」

「わかるよ」

バジルとのやりとりに、パインはそれなりの興味を抱いた。とはいえ、彼はこのささやかなドラマの観客にとどまり、ドラマの当事者になる気はなかった。

しかし、そのあと——パインの観点から見れば——最悪のことが起こった。パインの知己である、あけっぴろげな性質《たち》の女性が、ホテル・マリポーサに滞在することになったのだ。パインがミセス・チェスターといっしょにお茶を飲んでいたティーショップに、その女性が現われ、思わぬ再会となった。女性はかんだかい歓声をあげた。

「あらあ、ミスター・パーカー・パインじゃありませんか！　なつかしいわ！　それに、アデラ・チェスター！　おふたりはお知り合いなの？　まあ、同じホテルにお泊まりですって？　アデラ、このかたはね、ふたりといない魔法使いなのよ。世紀の魔術師とでもいうべきかしら。どんな悩みでもきれいさっぱり消してくれるの！　あら、あなた、ごぞんじなかった？　ぜったいに知ってるはずよ。このかたの広告、読んだことない？〈幸福でないかたはパーカー・パインにご相談ください〉って広告。このかたに解決できないことはないの。ひどいけんかをしている夫婦がいても、仲直りさせてくれるし、人生に退屈していたら、スリル満点の冒険をさせてくれるわ。だから、このかたは魔法使いなのよ！」

いつ終わるのかと思えるほど、女性はえんえんとパインを賞賛しつづけた。パインはなんとか隙を見ては、謙虚な打ち消しのことばをはさんだが、彼の顔を見ているミセス・チェスターの表情が気になってしかたがなかった。その後、海岸沿いにホテルにもどる途中、パインの熱烈な信奉者とミセス・チェスターが親しげに話をかわしているのを見て、パインはますます気が滅入ってきた。

パインの予想よりも早く、懸念が現実となった。その夜、食後のコーヒーのあと、ミセス・チェスターはいきなりパインにこういった。「あちらのサロンに行きませんこと、ミスター・パイン？　ちょっとあなたにお話ししたいことがありますの」

パインは断れなかった。

ミセス・チェスターの自制心はもろく、薄いものだった――こぢんまりしたサロンのドアが閉まったとたん、自制心はあえなく崩れてしまったのだ。椅子にすわるなり、ミセス・チェスターは泣きだした。

「ミスター・パーカー・パイン、息子のことなんです。あの子を救ってください。なんとかしてあの子を救わなくては。ああ、胸が張り裂けそうです！」

「おくさん、わたしは単なる第三者として――」

「ニーナ・ウィッチャリーは、どんな悩みごとでも、あなたは解決してくださるといってました。そして、あなたを心から信頼すべきだと。なんであれ、あなたに相談するように勧めてくれました。そうすれば、きちんと解決してくださるはずだと」

胸の内で、パインはおせっかいなミセス・ウィッチャリーをうらめしく思った。

だが、気を取りなおして、こういった。「では、事情をうかがいましょうか。おそらく、女性がからんでいますね？」

「あの子がそう申しましたの？」

「ほのめかす程度でしたが」

　ミセス・チェスターの口から、奔流のように激しく、ことばがあふれた。

「とんでもない女で、お酒は飲むし、品の悪いことばを使うし、服装ときては、なにも着ていないも同然のかっこうなんです。その女の姉とやらがここに住んでいて――オランダ人の芸術家と結婚してるとか。それで妹であるその女も、ここに住んでいるんです。その環境ときたら、口にするのも恐ろしい。芸術家コロニーとかいうところで暮らしているカップルの大半は、結婚せずに同棲しているだけなんですよ。

バジルはすっかり変わってしまいました。以前は、もの静かで、まじめな問題に関心をもっていたんです。一時は考古学を専攻しようと考えていたというのに――」

「ふうむ、なるほど。自然は復讐する、ということですね」

「え、どういう意味ですか?」

「若い男がまじめな問題にしか関心をもたないというのは、健全とはいえません。次々に若い女を追っかけるような、ばかなまねをするほうが自然なんですよ」

「ミスター・パイン、どうか真剣に聞いてください」

「真剣にうかがっていますよ。もしかすると、昨日のお茶の時間、あなたはその若い女性とごいっしょではありませんでしたか?」

パインが見たその女性は、グレイのフランネルのズボンをはき、胸を真紅のスカーフでゆるくおおっていた。くちびるをまっ赤に彩り、お茶ではなくカクテルを飲んでいた。

「彼女をお見かけになりました？　ぞっとします！　いままでのバジルなら、決して親しくつきあうようなタイプではありません」

「これまでは、息子さんに、女性と親しくつきあうチャンスを与えなかったのでは？」

「は？」

「息子さんはずっと、あなたといるほうを好んでいた。それはいいことではありません！　あえて申しあげますが、これからはそうはいかないでしょう——あなたが早まったことをなさらなければ」

「わかってくださらないんですね。あの子は、そのベティ・グレッグという女と結婚するつもりなんですよ。婚約までしてしまったんです！」

「そこまで話が進んでいるんですか」

「ええ。ミスター・パーカー・パイン、なんとかしてくださいまし。不幸になるに決まっている結婚から、息子を救ってくださらなくては。このままでは、あの子の人生はめちゃめちゃになってしまいます」

「人生を破壊するのは、他人ではなく、ほかでもない、そのひと自身なんですよ」

「バジルの場合はちがいます」ミセス・チェスターは頑固にいいはった。

「息子さんのことは、なにも心配なさらなくていいと思いますが」

「あの女のことなど、心配しなくていいとおっしゃるの？」

「そうです。わたしが心配なのは、あなたのほうです。あなたはご自分の人生をむだになさっている」

ミセス・チェスターはぎくりとして、パインをみつめた。

「女性にとって、二十代から四十代にかけての人生はどんなものでしょう？　おおかた、家庭内での私的な感情に縛られ、足枷をはめられているようなものです。家族と家庭に縛られる、それがその時期です。

しかし、そのあとは新しい段階が待っています。自分の人生について考える時間がもてるし、広い世間に目を向ければ、自分以外の人々についてあれこれと発見があるでしょう。自分自身についても、真実を知ることができます。そうなれば、人生が真に自分のものとなり、意味をもってきます。そう、人生が丸ごと自分のものになるのです。限られたひとつの場面だけではなく、すべての場面で、自分自身が主役を務めるのです。男女を問わず、人間は四十五歳になるまでは、自分だけの人生というものはなかなかもてないものです。その年齢になってようやく、生きかたに個性を反映できるようになるのです」

ミセス・チェスターはいった。「これまでずっと、わたしはバジルのためだけに生きていました。わたしにとっては、あの子がすべてだったんです」

「そうであってはいけなかったんですよ。いま、そのツケが回ってきている。息子さんを愛するのはいい。ですが、あなたはアデラ・チェスターという、ひとりの人間であることを忘れてはなりません。バジルの母親だというだけではないのですよ」

「バジルの人生がめちゃめちゃになったら、わたしの胸は張り裂けてしまいます」バジルの母親はそういった。

パインはミセス・チェスターのデリケートな顔の輪郭《りんかく》や、哀愁をおびた口もとをみつめた。愛すべき女性といえる。彼女を傷つけたくはない。パインはそう思った。

「なにができるか、考えてみますよ」

パインはバジル・チェスターと会った。彼はいいたいことがどっさりあるらしく、進んで口を開いた。

「なんだか泥沼にはまりこんだみたいです。母はどうしようもありません——偏見が強くて、心が狭い。なにものにもとらわれない、まっすぐな目でベティを見てくれれば、彼女がどれほどすてきな女性かわかるはずなのに」

「で、ベティのほうは？」

バジルはため息をついた。「ベティにも手を焼いています。彼女がもう少し譲歩してくれれば。たとえば、あのまっ赤な口紅をやめてくれたら、それだけで、事態が変わるのに。それなのに、母の前では、しゃにむに、最先端のモダンな生きかたを通そうとするんです」

パインはほほえんだ。

「ベティも母も、ほんとにいいひとなんですよ。あのふたりなら、二段重ねのホットケーキみたいに、ほかほかと温かい仲になるんじゃないかと思っていたんですが」

「きみには学ぶべきことが、まだまだたくさんあるね」パインはいった。

「ベティに会ってくれませんか。彼女と話してもらいたいんです」

パインはこころよくバジルの頼みを受け容れた。

ベティとその姉および姉の夫は、海から少し離れたところに建っている、老朽化した別荘に住んでいた。彼らの暮らしぶりは、すがすがしいほどシンプルだった。家具といえば、椅子が三脚、テーブルがひとつ。あとは三台のベッドだけ。壁には造りつけの食器棚があるが、扉はついていない。むきだしの棚には、必要最小限のカップや皿が並んでいる。姉の夫はハンスといい、ブロンドの髪が好き勝手な方向につんつん突き立っている。たいそうな早口で、奇妙な英語をまくしたてながら、歩いたり、すわったり、せわしない。その妻（ベティの姉）は小柄で金髪。ベティ・グレッグは赤い髪で、顔にはそばかすが散り、いたずらっぽい目の持ち主だ。先日パインがホテル・ピノ・ドーロで見かけたときとちがい、今日はほとんど化粧をしていない。

ベティはパインにカクテルを勧め、目をきらめかせた。「あなたも巻きこまれてしまったの？」

パインはうなずいた。

「で、どっちの味方？　若い恋人たち？　それとも、あの不満たらたらのおばさん？」

「ひとつ質問してもいいかな？」パインは訊いた。

「いいわよ」

「きみはこの件で、多少なりとも気をつかったふるまいをしてきたのかな？」

「いいえ、ぜんぜん」ベティはあっさりと答えた。「だって、あの意地悪おばさんときたら、あたしのあらさがしばっかりするんですもん」ベティはちらりと周囲を見まわし、バジルに聞こえないのを確認した。「おかげで、あたしはいらいらしてしまう。あのひとはもう何年も、バジルをエプロンの紐に縛りつけてきたのよ。そんなんじゃ、どんな男でもおばかさんにしか見えないでしょ。でも、バジルはおばかさんなんかじゃない。そうね、あの女は、いわゆる淑女《バカ・サヒブ》ってやつ」

「それは決して悪いことではないと思うがね。単に〝時代にそぐわない〟というだけのことだよ」

ベティの目がぴかりと光った。「それって、屋根裏部屋にしまいこんである、ヴィクトリア朝時代のチッペンデール風の椅子みたいだってことでしょ？　それをいまになって引っぱりだしてきて、〝どうだ、すばらしいだろう〟というようなものだわ」

「まあ、そうもいえるね」

ベティは考えこんだ。「確かに、あなたのいうとおりね。あたしも正直にならなくちゃ。あたしのあらさがしをするのは、バジルのほう。あたしがおかあさんにどんな印象を与えるか、やきもきしてる。それが癪《しやく》で、あたしは極端に走ってしまうの。いまは、彼はあきらめてしまうんじゃないかと思ってる。おかあさんにやいやいいわれつづけたら、ね」

「そうかもしれないね」パインはうなずいた。「もし彼女が考えを修正しなければ」

「考えを修正しなさいって、彼女にいうつもり？　そんなこと、あのひと自身は思いつきもしないわ。とにかく反対だと、ぐずぐずいうばかりで、きっぱりと行動に出ることなんかありえない。でも、あなたがなにか助言でもすれば――」

そこで、ベティはくちびるを噛んで話をやめ、曇りのない青い目でパインをみつめた。

「あたし、あなたのこと、聞いたことがあるわ、ミスター・パーカー・パイン。人間性をよく知ってるってね。バジルとあたし、うまくやっていけるかしら、それともだめ？」

「その返事をする前に、三つの質問に答えてもらいたい」

「適性テスト？　いいわよ、なんでも訊いて」

「寝るときに、窓を開ける？　それとも閉める？」

「開けます。あたし、新鮮な空気が好きなの」

「きみとバジルは食べ物の好みが同じ？」

「ええ」

「就寝時間は早いほう？　それとも夜更かしするほう？」

「ここだけの話、あたし、早々とベッドにもぐりこむほうよ。十時半になると、あくびが出て――。それに、これもここだけの話だけど、朝早く起きるのは気持がいいわ。でも、もちろん、そんなみっともないこと、みんなにはいえないけど」

「なるほど。それならば、きみたちは似合いのカップルだよ」

「なんだか、うわっつらだけのテストみたい」

「それはちがう。夫が宵っぱりで夜中まで起きているのに、妻は九時半には寝てしまうために、完全に失敗した結婚例を少なくとも七件は知っている。夫と妻の例が逆の場合も含めて、ね」

「誰もが幸せになれないなんて、悲しいことね。バジルとあたし、それに、あたしたちを祝福してくれるおかあさん」

パインはこほんと咳払いをした。「なんとかできると思うよ」

ベティは疑わしげな目でパインをみつめた。「あたしをいいくるめようとするつもり？」

パインの顔はなにも語ろうとはしなかった。

パインはミセス・チェスターを慰めはしたが、気休めにもならないことしかいわなかった――婚約は、即、結婚ということではないと。そして、ソレルに行くので、一週間ばかり留守にするといった。そのあいだは、あたりさわりのない態度をとるようにと、ミセス・チェスターに助言した。不本意でも、すべて黙認するようにと釘を刺したのだ。

一週間、パインはソレルで楽しくすごした。

その間《かん》、ポーレンサ入江では、思いがけない方向に事態がころがっていた。ホテル・ピノ・ドーロにもどったパインが、まっ先に目にしたのは、ミセス・チェスターとベティ・グレッグがいっしょにお茶を飲んでいる光景だった。バジルはいない。ミセス・チェスターはひどくやつれている。ベティの顔には血の気がない。化粧もしていないし、ずっと泣いていたかのように、まぶたがはれている。

ふたりの女性はパインの帰りを歓迎したが、バジルのことはなにもいわなかった。ふいに、パインのかたわらにいたベティが、するどく息を呑んだ。心を深く傷つけられたかのようだ。パインはベティの視線の先を追った。

バジル・チェスターが海に面したステップを昇ってくる。誰もがはっとするような、エキゾチックな美女といっしょだ。黒髪の、スタイルのいい若い女性。身にまとっているのは、薄いひらひらのクレープ生地でできた、ペールブルーのシンプルなワンピース一枚なので、すばらしい肢体が透けて見える。オークルの白粉とオレンジ色がかった赤の口紅という、どぎついほどにはでな化粧だが、その化粧が彼女の美しさをいっそう引き立てている。若いバジルときては、その女の顔からかたときも目が離せないようだ。

「遅かったわね、バジル」母親がいった。「ベティと《マックの店》に行くはずじゃなかったの？」

「わたしがいけないんです」エキゾチックな美女がいった。「時間を忘れてしまって」そういってから、バジルに顔を向ける。「わたしの天使さん、なにかがつんときそうな飲み物を持ってきて！」

美女は放るように靴をぬぎすて、素足の指をのばした。手の指の爪に合わせて、足の指の爪にもエメラルドグリーンのエナメルが塗ってある。ふたりの女性など目に入っていないようだが、パインには少し身を寄せた。

「ここって、つまらない島ねえ。退屈で死にそうだったけど、そんなときにバジルに出会ったの。とってもかわいいひと！」

「ミスター・パーカー・パイン、こちら、ミス・ドロレス・ラモーナ」ミセス・チェスターが紹介した。

ミス・ラモーナはものうそうな微笑を浮かべ、紹介に応えた。「それじゃあ、さっそくパーカーと呼ばせてもらうわ」つぶやくような低い声でいう。「わたしのことはドロレスと呼んでね」

バジルが飲み物を持ってきた。ドロレスはもっぱらバジルとパインとだけ会話をした——話をするというより、ほとんどその目にものをいわせていただけだが。ふたりの女性にはまったく無関心を決めこんでいた。一、二度、ベティが会話に加わろうとしたが、ドロレスはベティをちらっと見て、あくびをした。

そうこうしているうちに、いきなりドロレスが立ちあがった。「そろそろ帰ろうかしら。わたし、ちがうホテルに泊まっているんです。どなたか送ってくださらない？」

勢いよくバジルが立ちあがった。「ぼくが送りますよ」

ミセス・チェスターがいった。「バジル、ねえ、おまえ――」

「すぐに帰ってきますからね、かあさん」

「あら、おかあさんっ子なのね」ドロレスは遠慮なくいった。「いまでもおかあさんのあとを追いかけてるんでしょ？」

バジルは赤くなった。きまりが悪そうだ。ドロレスはミセス・チェスターにというか、彼女がいるほうに軽く会釈すると、パインにはまばゆい笑みをふりまいた。そしてバジルをしたがえて去っていった。

ふたりがいなくなると、ぎごちない沈黙がおりた。パインは最初に口を切ることはしたくなかった。ベティは指をねじりながら海を眺めている。ミセス・チェスターの顔は紅潮している。怒っているのだ。

やがて、ベティが口を開いた。「ポーレンサ入江の新しい友人、どう？」

パインは慎重にことばを選んだ。「そう、少しばかり、その、エキゾチックなひとだね」

「エキゾチック?」ベティは短く、苦々しげな笑い声をあげた。「とんでもない女ですよ——恐ろしい。バジルは頭がどうかしてるんです」

ベティがぴしゃりという。「バジルはだいじょうぶよ」

「あの足の爪」ミセス・チェスターはいかにも嫌そうに身ぶるいした。

ベティがさっと立ちあがった。「ミセス・チェスター。あたし、帰ります。夕食までここで待つなんて、できません」

「まあ、そんな——バジルががっかりするわ」

「そうかしら?」ベティはまたもや短く笑った。「とにかく、帰ります。頭痛がするんで」

ベティはミセス・チェスターとパインにひきつった笑顔を見せると、帰っていった。

ミセス・チェスターはパインに顔を向けた。「こんなところに来なければよかった! ええ、ほんとうに!」

パインは残念そうに頭を振った。

「あなたがよそにお出かけになったりなさるから」ミセス・チェスターは恨めしそうにいった。「ここにいてくださったら、こんなことにはならなかったでしょうに」

この非難がましい恨みごとを、パインは黙って受け流すわけにはいかなかった。

「おくさん、若くて美しい女性が現われても、だからといって、わたしにはどうしようもありません。なにごとにしろ、息子さん次第で。息子さんは、ええ、なんといいましょうか、感化されやすい性質《たち》のようですね」

「いえ、これまで、そんなことはありませんでした」ミセス・チェスターは涙ながらにいった。

「とにかく」パインは愁嘆場を避けようと、わざと明るい声でいった。「新たな魅惑の出現で、息子さんのミス・グレッグに対する熱も、いささか冷めたようですね。その点に関しては、あなたも少しは満足なさっているのでは？」

「なにをおっしゃりたいんです？　ベティはかわいい娘《こ》で、ひたすらにバジルを想っています。こんな事態になっても、けなげにふるまっています。わたしには、息子の頭がどうかしてしまったとしか思えません」

パインは表情ひとつ変えずに、ミセス・チェスターの驚くべき変化を受けとめた。これまでも、女性の気まぐれな情動をさんざん目の当たりにしてきたパインは、静かにいった。

「頭がどうかしたわけではありませんよ——ただ、魅惑の虜《とりこ》になっているだけです」

「あれはとんでもない女です」

「ですが、すばらしく美しい」

ミセス・チェスターはふんと鼻で笑った。

そこにバジルが帰ってきた。海に面したステップを駆けあがってくる。「やあ、かあさん。あれ、ベティは？」

「ベティは頭痛がするといって、帰りましたよ。ほんとはどうなのかわかりませんけどね」

「すねてるのかな？」

「バジル、わたしには、あなたがベティをないがしろにしているように思えるけど」

「かあさん、たのむから、つまらないことをいわないでよ。ぼくがほかの女性と仲良く話をするたびに、ベティが騒ぎたてるようなら、結婚してもうまくいきっこない」

「あなたたち、婚約しているのよ」

「ええ、そうです。でも、だからといって、それぞれが友人をもってはいけないということにはなりませんよ。いまどきは、それぞれが自分の生きかたをだいじにして、嫉妬をしないことがたいせつなんです」

ここでバジルはひと息入れてから、また口を開いた。「そうだな、ベティがぼくたちと夕食をいっしょにしないんなら——うん、ホテル・マリポーサに行こうかな。夕食に誘われているから……」

「まあ、バジル——」

バジルはいらだちのこもった目で母親を見ると、くるっと背を向けて、ステップを駆けおりていった。

ミセス・チェスターは雄弁なまなざしをパインに向けた。「おわかりになったでしょ」

パインは〝おわかりになった〟。

二日後、最悪の事態がおとずれた。ベティとバジルはピクニックランチを持って、遠出をする約束をしていた。だが、ベティがホテル・ピノ・ドーロに来てみると、バジルはその約束をすっかり忘れ、ドロレス・ラモーナやその仲間といっしょに、フォルメンテーラに出かけてしまっていた。

ベティは固くくちびるを引き結んだだけで、内心をうかがわせなかった。彼女はミセス・チェスターの前に立った（テラスには彼女たちふたりだけで、ほかには誰もいない）。

「平気です」ベティはいった。「どうでもいいわ。でも——やはり、あたしたちの話はなかったことにしたほうがいいと思います」

そういってベティは、バジルにもらった刻印つきの指輪を指から引き抜いた。バジルはちゃんとした婚約指輪はあとで贈るといって、その指輪を代用にしたのだ。

「ミセス・チェスター、これをバジルに返してくださいませんか？　それから、あたしはだいじょうぶだって——気にしなくていいって……」

「ベティ、だめよ！　あの子はあなたを愛しているわ——ほんとうよ！」

「そう見えます？」ベティは短い笑い声をあげた。「いいえ。あたしにもプライドがあるわ。彼になにも気にしなくていい、お幸せにって、伝えてくださいな」

夕暮れに帰ってきたバジルを、嵐が待っていた。

ベティが置いていった指輪を見ると、バジルの頰に赤みがさした。「ふうん、これが彼女の気持なんですね？　そうだな、これがいちばんいいかな」

「バジル」

「かあさん、正直にいいますけどね、最近、ぼくたちはうまくいってなかったんですよ」

「どっちがいけないの？」

「一方的にぼくが悪いとは思わない。嫉妬というやつは、じつに不快なしろものですよ。それに、かあさんがどうしてぼくとベティの仲をまとめたいのか、ぼくには理解できないな。前は、ベティと結婚するのに反対だったというのに」

「それはあの娘《こ》のことをよく知らなかったからよ。ねえ、おまえ、まさか、あの女と結婚しようなんて、考えてはいないわよね？」

バジルはまじめな口調で答えた。「あのひとがうんといえば、すぐにも結婚しますよ——でも、残念ながら、彼女はうんといわないんじゃないかと思います」

ミセス・チェスターは背筋がぞくりとした。そのあと、急いでパインを捜し、日陰で静かに本を読んでいる彼をみつけた。

「なんとかしてください！　ぜひとも！　このままでは、息子の人生がめちゃめちゃになってしまいます！」

パインは、バジル・チェスターの人生がめちゃめちゃになるという話には、もはや食傷ぎみだった。「わたしにどうせよと？」

「あの恐ろしい女に会いにいって。必要ならお金で話をつけてください」

「高くつくかもしれませんよ」

「かまいません」

「金にものをいわせるのは、いかがなものかと思いますよ。そうですな、ほかに方法がありそうだ」

ミセス・チェスターはそれはどうだろうという顔をした。

パインは頭を振った。「うまくいくかどうかわかりませんが、考えてみましょう。この手の問題は、以前にもあつかったことがありますし。ですが、バジルにはなにもおっしゃらないように。まずいことになりかねませんから」

「ええ、もちろん、黙ってますとも」

真夜中に、パインはホテル・マリポーサからもどってきた。ミセス・チェスターは寝ずに彼を待っていた。「それで？」急《せ》きこむようにパインに訊く。

パインの目がきらめいた。「シニョーラ・ドロレス・ラモーナは明日の朝、このポーレンサを発ち、明日の夜にはこの島を離れます」

「まあ、ミスター・パーカー・パイン！　いったいどうして、そんなことができたんです？」

「一ペニーもかかっていませんよ」またもやパインの目がきらめいた。「ああいうタイプなら、こちらの手の内でころがせるんじゃないかと思ったんです――そして、そのとおりになりました」

「まあ、なんてすばらしい。ニーナ・ウィッチャリーがいったとおりのかたですね、あなたは。あのう、ちょっとおうかがいしますが、そのう、お手数料はいかほど――」

パインはきれいに手入れをしてある手をあげて、ミセス・チェスターを制した。「一ペニーもいただきません。うまくいってなによりです。万事、丸くおさまればいいと思っていましたから。あの女性が住所も知らせずに姿を消してしまったと知れば、当然ながら、息子さんは動揺するでしょう。一、二週間はそっとしておいてあげることです」

「ああ、ベティが許してくれさえすれば――」

「きっと許しますよ。なにせお似合いのカップルですからね。ところで、わたしも明日、ここを発ちます」

「まあ、ミスター・パーカー・パイン、残念ですわ」

「息子さんが三人目の女性に夢中にならないうちに、わたしも消えたほうがよさそうですからね」

パインは蒸気船の甲板で、手すりにもたれてパルマの灯を眺めていた。その隣にいるのは、ドロレス・ラモーナだ。パインはドロレスにねぎらいのことばをかけた。「うまくやってくれたね、マドレーヌ。きみに来てほしいと、電報を打ってよかったよ。ほんとうのきみはおしとやかな女性なのに。じつにおもしろいな」

マドレーヌ・ド・サラ、またの名をドロレス・ラモーナ、本名はマギー・セイヤーズという若い女はすまし顔で答えた。「喜んでもらえてうれしいわ、ミスター・パイン。わたしも気晴らしができたし。船が出る前に、下の船室に行って、ベッドに入ろうかしら。ごぞんじのとおり、わたし、船には弱いから」

数分後、パインは肩をたたかれた。バジル・チェスターだった。「ミスター・パーカー・パイン、ぜひお見送りしたくてやってきました。ベティがくれぐれもよろしく、心から感謝しているとのことです。みごとなお手並みでしたね。ベティと母は、まるで悪だくみを相談する仲間のように、ひそひそと親密に話しあってますよ。母をだますのは心苦しかったのですが、なにしろ、なかなか手ごわいひとですからねえ。とにかく、これで丸くおさまりました。ぼくもあと数日は、不機嫌でしおたれたふりをつづけますよ。ベティもぼくも、どんなにお礼を申しあげてもいい足りないぐらいです」

「幸せを祈ってますよ」パインはいった。

「ありがとうございます」

ちょっと間《ま》を置いてから、バジルは軽すぎるぐらい軽い口調で訊いた。

「あのう、ミス・ド・サラは、あのひとはどちらに？　彼女にもお礼をいいたいのですが」

パインはバジルにするどい一瞥をくれた。「ミス・ド・サラは、もう寝ていると思いますよ」

「やあ、それはあいにくだな。いずれ近いうちに、ロンドンでお会いできるでしょうね」

「じつをいうと、彼女はすぐにアメリカに行くことになっているんです。わたしの仕事の関係でね」

「はあ」気落ちしたような声だ。「わかりました。そうだな、ぼくもしっかりしなくては……」

パインは微笑した。

船が出航してから、自分の船室に行く途中、パインはマドレーヌの船室のドアをノックした。

「気分はどうかね？　だいじょうぶかい？　先ほど、わたしたちの若い友人が見送りにきてくれたよ。例によって、彼もまたマドレーヌ恋し病にかかったようだ。一両日もすれば治るだろうが、きみはほんとうに男心を惑わせる女《ひと》だねえ」

レガッタレースの日の謎

The Regatta Mystery

アイザック・ポインツは葉巻を口から離し、太鼓判を押すようにいった。「なかなかいいところだ」

これは、ダートマス港を積極的に是認したも同然の感想だった。ポインツはまた葉巻を口にくわえ、自分の風采にも、同行者たちにも、人生全般にも満足しきっている目で、周囲を見まわした。

本人が満足している風采についていえば、ポインツは五十八歳、健康状態は良好だが、少しばかり肝臓がいたんでいる徴候が見受けられる。したがって頑健そのものとはいいがたいが、見た目は元気そのものだ。しかし、現在着用しているヨット用の服は、肥満ぎみの中年男の体型を引き立てているとはいえない。服装にうるさいほうなので、ズボンの折り目はぴしっとしているし、上着のボタンもきちんと全部かけてある。ヨット用のキャップの下からは、いくぶんか東洋的な容貌がのぞいているが、日焼けしたその顔には、笑みが浮かんでいる。

同行者は以下のとおり。ポインツの共同経営者であるレオ・スタイン、知人のサー・ジョージ・マロウェイと妻のレディ・パメラ・マロウェイ、アメリカの実業家サミュエル・レザーンと、レザーンの娘でまだ十五歳のイーヴ、さらにミセス・ラスティントンとエヴァン・ルーウェリン。

一行はポインツが所有するヨット、マーメイド号からおりてきたばかりだった。午前中、ヨットレース見物を楽しんだあと、祭さながらの市《いち》をひやかしに上陸したのだ。娯楽施設もあって、ココナッツ投げのブースや、デブ女や人間蜘蛛《ぐも》のブースがあり、メリーゴーラウンドもあった。市や娯楽施設をいちばん喜んだのがイーヴ・レザーンであることは、いうまでもあるまい。やがて、ポインツがロイヤル・ジョージホテルで遅い昼食にしようと提案すると、イーヴだけは、不満の声をあげた。

「あらあ、ミスター・ポインツ、あたし、どうしても、馬車に乗った本物のジプシーに、運勢を占ってもらいたいんだけど」

ポインツはジプシー占いの真偽には疑問をもっているが、寛大にもイーヴの願いをきいてやることにした。

「イーヴはこういう市が大好きでしてね」サミュエル・レザーンがすまなそうにいった。「ですが、ほかをご見物になりたいのなら、娘におつきあいしてくださる必要はありませんよ」

「時間はたっぷりあります」ポインツは鷹揚《おうよう》な口ぶりでいった。「お嬢さんには楽しんでもらいましょう。そのあいだ、わたしたちはダーツ投げといこうじゃないか、レオ」

「二十五点以上だと、賞品が出るよ！」ダーツのブースでは、男が鼻にかかったかんだかい声で客を呼びこんでいる。

「ふたりで勝負して、買ったほうが五ポンドいただきってのはどうだい」

「よし、のった」スタインもやる気まんまんだ。

じきにふたりは、勝負に夢中になった。

レディ・マロウェイは小声でエヴァン・ルーウェリンにいった。「このなかで子どもなのは、イーヴだけじゃありませんわね」

エヴァンは同意するように微笑したが、どことなく上の空のようすだった。

そういえば、エヴァンは今日はずっとぼんやりしている。的はずれな返事をしたことも一度ではきかない。

レディ・マロウェイはエヴァンから離れ、夫にいった。「あの若いかた、なにか気になることがあるみたい」

サー・ジョージは低い声でいった。「なにかではなく、誰かじゃないか？」そして、ジャネット・ラスティントンのほうをちらりと見た。

レディ・マロウェイはかすかに眉をひそめた。長身の彼女は、とてもおしゃれだ。爪を彩る真紅のマニキュアは、珊瑚《さんご》のイヤリングの濃い紅色とマッチしている。しかし、その黒い目はするどい光をたたえている。夫のサー・ジョージは、見たところは、いかにも磊《らい》落《らく》で気のいい英国紳士だが、青い目には、妻と同じくするどい光が宿っている。

アイザック・ポインツとレオ・スタインは、英国のダイヤモンド取引の中心地ハットンガーデンで、ダイヤモンドを売買している店の共同経営者だが、サー・ジョージと妻のパメラは、ダイヤ商人とは別世界の住人だ。冬季には寒い英国を離れ、フランスのアンティーブやジュアン・レ・パンといった保養地、サン・ジャン・ド・リュズのゴルフ場、そして、マデイラ島の岩場での海水浴と、暖かい地方ですごしている。

傍《はた》から見れば、この夫婦は、聖書にある〝労せず紡がず〟という野の百合そのものだ。しかし、見た目というのは、あてにならない。〝労する〟にせよ、〝紡ぐ〟にせよ、多様な形があるものなのだ。

「おや、あの子、もどってきましたよ」エヴァン・ルーウェリンがジャネット・ラスティントンにいった。エヴァンは色浅黒く、飢えた狼のような雰囲気をまとっているため、それを魅力的だと思う女性も少なくない。

とはいえ、ジャネットの目にもエヴァンが魅力的に映っているかどうかは、判断しにくい。感情を表に出すタイプではないからだ。彼女は若いときに結婚したが、一年とたたないうちに、結婚生活は破綻した。それ以降、どんな人間にしろ、どんな物事にしろ、ジャネットがどういうふうに見ているか、他者にはまったくうかがい知ることができなくなった。彼女の態度はいつも変わらず、ひとあたりはいいが、誰とも親しいつきあいをしようとはせず、超然としているといっていい。

イーヴ・レザーンは、踊るような足どりでみんなに近づいてきた。長いまっすぐな金髪も元気よく揺れている。まだ十五歳で、世間知らずの子どもだが、活気にあふれている。

「あたし、十七歳になるまでに結婚するんですって」イーヴは興奮してまくしたてた。「相手はものすごいお金持で、子どもが六人生まれて、火曜日と木曜日があたしのラッキーデイで、いつもグリーンかブルーの服を着るべきで、ラッキーストーンはエメラルドで――」

父親がさえぎった。「さあさあ、そのへんにしなさい。そろそろホテルに行ったほうがいい」長身で金髪のサミュエル・レザーンの気むずかしい顔に、いくぶんか憂《うれ》わしげな表情が浮かんでいる。

ダーツゲームを終えたポインツとスタインが、みんなのところにもどってきた。ポインツはにやにや笑い、スタインは悔しそうだ。

「ああいうゲームは運に左右されるものだ」スタインはいった。

ポインツはうれしそうにポケットをたたいた。「きみから五ポンドいただきだ。腕だよ、きみ、腕の問題さ。わたしの父はダーツの名人だった。やあやあ、みなさん、それじゃホテルに行きましょうか。イーヴ、きみの運勢はどうだった？　浅黒い顔の男に気をつけろといわれなかったかい？」

「浅黒い顔の女に気をつけろって」イーヴはいった。「そのひと、片っぽの目が斜視で、あたしが隙を見せたら、ものすごく厄介な相手になるんですって。それでね、あたしは十七歳になるまでに結婚して──」

イーヴは幸福そうに走りだした。それにつられるように、ほかの者たちもロイヤル・ジョージホテルに向かって歩きだした。

ポインツが事前に予約を入れていたので、一行は給仕に案内されて二階の個室に通された。丸いテーブルには用意がととのっていた。海側の広場を見渡せる大きな張り出し窓が開いていて、市《いち》の喧噪が流れこんでくる。メリーゴーラウンドは三つあり、それぞれちがう音をたてているため、ほぼ絶え間なく、耳ざわりな音が聞こえてくる。

「これじゃあ話もできない。窓を閉めたほうがいいな」ポインツはそっけなくそういうと、みずから窓を閉めた。

丸テーブルを囲んで銘々が席につくと、ポインツはにこやかにみんなの顔を見まわした。遺漏なく客をもてなしているのはまちがいない。彼は客をもてなすのが好きなのだ。ひとりずつ客の顔を眺めていく。

レディ・マロウェイ──美人だ──は、もちろん、生まれついての上流階級の女性ではない。ポインツはそれを知っている。マロウェイ夫妻が、社交界で一流の名士とみなされることはない。そんなことはありえない。だが本物の一流の人々は、ポインツという人物が、この世に存在していることすら知らないだろう。それはともかく、レディ・マロウェイはすばらしく美しい。その美女がブリッジゲームでズルをして、ポインツから金を巻きあげても、彼は気にしない。だが、サー・ジョージにそんなまねをさせるわけにはいかない。この男はまったく油断できない目つきをしている。金もうけとなると、恥も外聞もないタイプだ。しかし、アイザック・ポインツが相手では、そんな手は使わないはずだ。そう、相手をよく見ているといえる。

レザーンは悪い男ではない。おおかたのアメリカ人がそうなのだが、彼もまた長々とよくしゃべる——いつ終わるともなく、だらだらとしゃべりまくるのだ。それに、情報好きという困った癖がある。なんでも知りたがるのだ。たとえば、ダートマスの人口は？　海軍兵学校が創立されたのは何年か？　等々。招待主を、歩くベデカー旅行案内書だと思っているらしい。

レザーンの娘のイーヴは、明るくてかわいい。ポインツは彼女をからかっては楽しんでいる。声ときたらウズラクイナの鳴き声のようだが、しっかりした、頭のいい少女だ。

若いエヴァン・ルーウェリンはおとなしい。どうも、なにか気に病んでいることがあるようだ。おそらく、金に困っているのだろう。物書きという人種にはよくあることだ。彼はどうやら、同業者であるジャネット・ラスティントンに気があるようだ。

ジャネットはすてきな女性だ。魅力的だし、頭も切れる。だが彼女は自分の書くものをひとに押しつけたりはしない。なかなか高尚な文章を書くのだが、そういう話を、彼女からじかに聞かされることはない。

そして、レオ！　すっかり年老いてきたし、贅肉や脂肪がついてきた。ちょうどいま、彼もまたポインツを見て、同じ感想をもっていたのだが、幸いにも、たがいにそれには気づいていない。

ポインツはレザーンの勘ちがいをただし、ヒシコイワシの漁獲量が多いのはコーンウォールではなく、デヴォンだと正しい情報を教えてやったりして、食事を楽しむための豆知識を披露していた。

「あのう、ミスター・ポインツ」みんなの前に熱々の鯖《さば》料理の皿が置かれ、給仕たちが部屋から出ていくのを待っていたように、イーヴがいった。

「はい、なんです？」

「あの大きなダイヤモンド、いま、持っていらっしゃる？　ほら、昨夜、見せてくださった、あれ。いつも身につけているとおっしゃったでしょ」

ポインツはくすっと笑った。「そのとおりですよ、わたしはあれをマスコットと呼んでいます。そう、いまも身につけていますとも」

「それって、すっごく危険だと思うんだけど。市のひとごみのなかで、誰かに盗《と》られちゃったかもしれないわ」

「いやいや、ちゃんとありますよ。でも、充分に気をつけましょう」

「それでも、盗られちゃうかも」イーヴはいいはった。「アメリカみたいに、英国にもギャングがいるんでしょ?」

「《明けの明星《モーニング・スター》》が盗まれることなんかありませんよ。そもそも、特別仕立ての内ポケットにしまってありますからね。それに、なんといっても、このわたしは、そのへんのことなら知りつくしていますから。《明けの明星》を盗まれるはずがありません」

イーヴは笑った。「うふふ、賭けてもいいけど、あたしなら盗めるわよ!」

「では賭けましょうか」ポインツは、いたずらっぽく目をきらめかせてイーヴを見た。

「あたし、昨夜、ベッドのなかで思い出してたの——みなさんが順番にダイヤを手から手へと渡して、ダイヤを見たときのことを。それで、ダイヤをスマートに盗む方法を考えついたんです」

「ほほう、どうするんです?」

イーヴはくびをかしげた。金髪がふわりと揺れた。「あら、教えてあげないわ——まだ。ねえ、あたしが盗めるかどうか、賭けません?」

ポインツは若返ったような気になった。「手袋を半ダース」

「手袋ですって?」イーヴはいかにも嫌そうにいった。「いまどき、手袋なんて」

「ええと、では、ナイロンのストッキングは使いますか?」

「使わないわけがないでしょ。じつは、今朝、いちばんいいストッキングが伝線しちゃったの」

「それなら、決まった。最上のナイロン・ストッキングを半ダース」

「わーお」イーヴはうれしそうにうなずいた。「で、あなたにはなにを?」

「そうですな、ちょうど、新しい煙草入れがほしかったところです。パイプ煙草を入れるパウチがね」

「いいわ。賭けは成立ね。でも、煙草入れは手に入らないわよ。それじゃあ、あなたにしていただきたいことをいうわね。昨夜みたいに、あれをみんなに順番に回して――」

そこに給仕がふたり、皿を下げに部屋に入ってきたため、イーヴは話を途中でやめた。

次のチキン料理の皿が配られると、ポインツはいった。

「いいですか、お嬢さん、これだけは忘れないように。ほんとうの盗難事件となれば、わたしは警察に連絡します。あなたも身体検査をされますよ」

「それぐらい、平気よぉ。でも、警察を呼ぶなんて、そんなに真剣にならなくてもいいんじゃない? あなたの気のすむように、レディ・マロウェイかミセス・ラスティントンにあたしの身体検査をしてもらえばいいんだもの」

「なるほど、ではそういうことで。とはいえ、お嬢さん、将来はなにになるつもりなんですか？　凄腕の宝石泥棒かな？」

「そうね、今日が泥棒キャリアの第一歩ってところね。でも、割りが合うなら、本職にしてもいいかな」

「《明けの明星》なら割りが合うどころか、たいそうな儲けになりますよ。たとえダイヤをカットしなおしても、三万ポンドより下ということにはなりませんから」

「うわあ！」イーヴは驚いたようだ。「えーっと、ドルに換算すると、いくら？」

レディ・マロウェイもまた驚きの声をあげた。「そんな貴重な宝石《いし》を身につけていらっしゃるんですの？」非難の口ぶりだ。「三万ポンドの宝石を」マスカラで黒く染めたまつげが震えている。

ジャネット・ラスティントンが低い声でいった。「お高いものなんですねえ……それに、宝石そのものにも、なんともいえない魅力がありますし……とても美しくて」

「炭素の塊にすぎないというのに」とエヴァン。

「わたしはかねがね、宝石泥棒が苦労するのは、盗品を売ることだと考えている」サー・ジョージはいった。「大儲けするやつは――ん、あ、失礼」

「それじゃ」イーヴが興奮した声でいった。「始めましょ。ミスター・ポインツ、昨夜と同じようにダイヤモンドを取りだして、昨夜と同じことをいってください」

イーヴの父親が低い声で憂鬱《ゆううつ》そうにいった。「おてんばな娘ですみません。ちょっと興奮しているみたいで――」

「パパったら、なにをいってるんだか。それじゃあ、どうぞ、ミスター・ポインツ――」

ポインツはにこにこ笑いながら、指先で上着の隠しポケットを探った。そして、片方の手のひらに、指先でつまんだものをのせた。光を受けてきらきらと輝くものを。

「ダイヤモンド……」誰かがつぶやいた。

ポインツはいくぶんか緊張した口ぶりで、昨夜、マーメイド号の船上で披露した口上を、できるだけ正確にくりかえした。

「みなさん、これをごらんになりたいのでは？　めったにないほど美しい宝石です。わたしはこれを《明けの明星》と名づけ、マスコットとして身につけています。どこに行くのも、これといっしょというわけです。どうでしょう、みなさん、ごらんになりますか？」

ポインツはまず、レディ・マロウェイにダイヤを渡した。彼女はその美しい宝石に感嘆の声をあげてから、サミュエル・レザーンに渡した。レザーンは多少わざとらしい口調で「うん、みごとだ、じつにすばらしい」と褒めてから、エヴァンにダイヤを渡した。

ちょうどそこに給仕たちが入ってきたため、やむなく中断となった。彼らがいなくなると、エヴァンは「美しいですね」とだけいって、レオ・スタインにダイヤを渡した。スタインはなにもいわずに、さっさとダイヤをイーヴに渡した。

「なんてきれい！」心を奪われたような口調だ。と思うと、その手からダイヤがころがり落ち、イーヴは狼狽した。「あ、落っことしちゃった！」

イーヴは椅子をうしろに押しやり、テーブルの下の床を手で探った。彼女の右側の席にすわっていたサー・ジョージも、身をかがめてテーブルの下をのぞく。その騒ぎのさなか、グラスが一個、テーブルからすべり落ちて割れた。

スタイン、エヴァン、ジャネットも捜すのを手伝った。最後にはレディ・マロウェイも加わった。

ただし、ポインツは動じなかった。席についたまま、薄笑いを浮かべて、ワインを飲んでいた。

「ああ、どうしよう」イーヴは芝居がかった口調でいった。「たいへんなことをしちゃった！ころころころがって、どっかにいっちゃったのかしら？どこにもないわ！」

身をかがめてイーヴを手伝っていたみんなが、ひとり、またひとりと腰をのばして立ちあがった。

「ポインツ、あれはきれいさっぱり消え失せたよ」サー・ジョージはにやにや笑っている。「みごとなお手並みですな」ポインツは会釈して賞賛した。「女優さんのようにみごとな演技でしたよ。さて、次に問題となるのは、あなたがどこかに隠したか、あるいは、あなたが身につけているか、どちらなのかということでしょうね」

「どうぞ身体検査をしてくださいな」イーヴはいっそう芝居がかった口調でいった。

部屋の隅に大きな衝立《ついたて》がある。ポインツはレディ・マロウェイとジャネットの目をとらえ、衝立のほうにうなずいてみせた。

「ご婦人がたさえよろしければ――」

「もちろん、かまわないわ」レディ・マロウェイは笑顔でうなずき、ジャネットともども立ちあがった。

レディ・マロウェイはポインツにいった。「ご心配なく。念入りに検査しますから」

三人の女性は衝立の向こう側に行った。

部屋のなかは暑い。エヴァンは窓を開けた。新聞売りが窓の下を通りかかったので、エヴァンは口笛を吹いて売り子の注意を惹き、コインを投げた。売り子は新聞を一部、投げてよこした。

エヴァンは新聞を広げてつぶやいた。「ハンガリーの情勢は少しもよくなっていない」

「それは地方紙かな?」サー・ジョージがエヴァンに訊いた。「今日、ホールドン競馬に出走したなかに、目をつけているのが一頭いるんだ。ナッティ・ボーイという馬なんだが――」

「レオ」ポインツが共同経営者に声をかけた。「ドアをロックしてくれ。このお遊びが終わるまで、給仕たちに出入りしてほしくないんでね」

「ナッティ・ボーイは勝ちましたよ。賭け率は三対一」新聞を見ながら、エヴァンがいう。

「たいした配当ではないな」とサー・ジョージ。

「レガッタレース関連の記事ばかりですよ」エヴァンは紙面をざっと眺めた。

衝立の陰から三人の女性が現われた。

「見あたりませんでした」ジャネットがいった。

「ええ、彼女が持っていないことは、わたしが請け合います」レディ・マロウウェイは断言した。

レディ・マロウウェイのことばを受け容れないわけにはいかない――ポインツはそう思った。そのきっぱりした声音からいっても、徹底的な検査がおこなわれたにちがいない。

「イーヴ、まさか呑みこんだんじゃないだろうね」父親のレザーンが心配そうに訊く。

「あんなものを呑みこんだりしては、体によくないぞ」

「それなら、わたしが気づいたはずです」スタインが静かにいった。「ずっと彼女を見てましたからね。口のなかにはなにも入れませんでしたよ」

「あんな大きなものを呑みこむなんて、そんなことできっこないでしょ」そういうと、イーヴは腰に手をあてて、ポインツの顔を見た。「いかがですか、おじさま?」

「そこに立ったまま、動かないで」ポインツはイーヴに命じた。

男たちはテーブルの上の品々をサイドテーブルに移し、テーブルクロスをはぎとって、テーブルを逆さにひっくりかえした。ポインツは一インチ刻みでテーブルを調べた。そのあと、イーヴがすわっていた椅子と、その左右の椅子に注意を向けた。

部屋の隅々まで念入りに調べられた。四人の男も、ふたりの女も手伝った。

イーヴは衝立近くの壁にもたれ、目の前の光景を眺めて、おもしろそうに笑っていた。

五分後、ポインツは軽く呻き声をあげて立ちあがり、ズボンの膝をはたいて汚れを払った。イーヴと賭けをした当初の元気は、もはや失せている。

「イーヴ、降参です。シャッポをぬぎますよ。これまでに出くわしたなかでも、きみは最高の宝石泥棒といえます。みごとな腕前には感服しました。この部屋のなかにあるはずなのに、きみが身につけてないとくれば、もうお手上げですよ。わたしの完敗だ」

「じゃあ、ストッキング、いただけるわね?」イーヴはいった。

「もちろん、さしあげますとも、お嬢さん」

「イーヴ、いったいどこに隠したの?」めずらしく、ジャネットが好奇心もあらわに訊いた。

イーヴは踊るような足どりで前に進みでた。「教えてあげる。きっと、みなさん、びっくり仰天するでしょうね」

イーヴはサイドテーブルに近づいた。ディナーテーブルからとりのかれた品々が乱雑に置かれているなかから、小さな黒いイヴニングバッグを手に取る。

「みなさんの目の前で、ほら――」うれしそうな、勝ち誇った声が急に小さくなった。

「え？　あら……」

「どうしたんだね？」父親が訊く。

イーヴはつぶやくようにいった。「ない……なくなってる……」

「どういうことです？」ポインツが身をのりだす。

イーヴはさっとポインツのほうを向いた。「こういうことだったんです――このバッグの留め金のまんなかに、大きな人造宝石《ラインストーン》がはめこんであったの。昨夜、それが取れてしまって。それで、ダイヤを見せてもらったときに、そのラインストーンとダイヤが、だいたい同じ大きさだということを思い出したの。それで、ベッドに入ってから、ダイヤを盗むいい方法を思いついたんです。ラインストーンがはめこんであった穴に粘土をくっつけて、そこにあなたのダイヤを押しこめばいい、ぜったいに誰にも見破れないだろうってね。だから、さっき、それを実行したの。まず、ダイヤを落っことして、それから、バッグを手に持ったままテーブルの下にもぐりこむ。ラインストーンがあったところに、用意しておいた粘土をくっつけて、そこにダイヤを押しこみ、バッグをテーブルに置いてから、ダイヤを捜すふりをする――。

エドガー・アラン・ポオの『盗まれた手紙』という探偵小説、みなさんも知ってるでしょ？　あれと同じ。捜している品はみんなの目の前にあるのに、誰も気づかない。バッグについているのはラインストーンだと思いこんでいるから、そうとしか見えない。いいアイディアだったでしょ。誰にも気づかれなかったもの」

「さあ、どうだろう」スタインがつぶやいた。

「ん、なんといったのかな?」サー・ジョージが訊きかえしたが、スタインはなんでもないとばかりに手を振った。

ポインツはバッグを手に取り、まだ湿り気のある粘土がくっついている穴をしげしげと検分してから、のろのろといった。「はずれて落ちたのかもしれない。もう一度捜してみよう」

ふたたび部屋じゅうがあらためられたが、今回は誰もなにもいわず、奇妙なほど静かな捜索となった。緊張感が張りつめている。

ひとり、またひとりと、次々にあきらめてしまい、けっきょく、全員が立ちあがって、顔を見合わせた。

「この部屋にはないね」スタインがいった。

「それに、部屋から出た者はいない」サー・ジョージが指摘する。

一瞬、沈黙がおりた。

イーヴがわっと泣きだした。

父親が娘の肩をたたいてぎごちなく慰めた。「これ、これ、泣くのはおやめ」

サー・ジョージがスタインにいった。「ミスター・スタイン、つい先ほど、あなたはなにやらつぶやいていた。わたしがなんといったのかと訊いたところ、あなたはなんでもないとばかりに手を振った。だが、わたしは確かに聞いたよ。ミス・イーヴがダイヤをどこに隠したか、誰にも気づかれなかったといったあとのことだがね。あなたはこうつぶやいた——さあ、どうだろう、と。つまり、誰かひとりは気づいていた、という意味ではないかね？　その誰かひとりは、いま、この部屋にいるはずだ。そこで提案したい——公正で名誉ある捜索方法として、各自が進んで身体検査を申し出ることを。ダイヤがこの部屋から持ち出されていないのは、まちがいないのだから」

古き良き時代の英国紳士ぶりを発揮することにかけては、サー・ジョージはじつにみごとで、彼に並ぶ者はいないといえる。その声には、真摯な思いと威厳がこもっていた。

「いやいや、不愉快な思いをさせてしまい、申しわけありませんな」ポインツはそれこそ不愉快な口ぶりでいった。

「あたしのせいよ」イーヴがすすり泣きながらいった。「こんなつもりじゃなかった……」

「さあさあ、元気をだして、お嬢さん」スタインがやさしくいった。「誰もあなたを責めてはいませんよ」

サミュエル・レザーンがものわかりのいい口調でいった。「さよう、さよう、サー・ジョージのご意見には、みなさん、心から賛成なさるでしょう。わたしは賛成です」

「ぼくも賛成です」エヴァンがいった。

レディ・マロウェイは軽くうなずいて同意した。それを見たジャネットも同意した。ふたりが衝立の向こうに行くと、イーヴもすすり泣きながらあとにつづいた。

給仕がドアをノックしたが、入れとはいわれなかった。

五分後、八人の男女はけげんな表情で、たがいに顔を見合わせた。

《明けの明星》はきれいさっぱり消え失せてしまったのだ……。


パーカー・パインは向かい側にすわっている浅黒い顔の若い男をみつめた。男はひどく動揺している。

「さよう」パインはいった。「あなたはウエールズ人ですね、ミスター・ルーウェリン」

「それが関係ありますか？」

パインは手入れのゆきとどいた大きな手を振った。「いえいえ、関係はありません。ただ、民族によって示される感情的な反応を、タイプ別に分類することに関心がありましてね。それだけのことで、他意はありません。それでは、ごいっしょに、あなたを悩ませている問題を考えてみましょう」

「どうしてあなたに相談する気になったのか、自分でもわからない」若い男、エヴァン・ルーウェリンはいった。両手が神経質にこまかく震え、目つきがけわしい。彼はパインの顔を見ようとしなかった。パインの吟味するようなまなざしに、居心地の悪い思いをさせられるからだ。

「どうしてあなたに相談する気になったのか、自分でもわからない」エヴァンはくりかえした。「でも、それではどこに行って、誰に相談すればいいのか？　ぼくになにができるというのか？　こんな羽目に陥ったというのに、ぼくは無力で、なにもできない……。そんなときに、あなたの広告を見て、友人があなたのことをいっていたのを思い出したんです。あなたが難問をみごとに解決した話を……。そう、それで、その、こうして訪ねてきたんです！　ばかみたいな気分ですがね。これは、誰もなにもできないたぐいの問題じゃないかと」

「そんなことはありませんよ」パインはいった。「わたしのところに相談にこられたのは、適切な選択だったと思います。あなたのように不幸な悩みを抱えているかたがたのために、わたしはこの仕事をしているのです。さて、先ほど話してくださったことは、すべて正確な事実でしょうね？」

「事実のみを余さず話したつもりです。ポインツが取りだしたダイヤを順番に回して、みんなで見た――アメリカ人のおきゃんな娘が、ちっぽけなバッグの留め金にくっつけた。みんなでバッグを確かめたところ、ダイヤはなくなっていた。しかも、誰も持っていなかった――ポインツも身体検査を受けました。自分から進んでそうしたんです。あの部屋のどこにもダイヤがなかったことは、誓ってもいい！　そして、あの部屋から出た者はいなかったことも——」

「しかし、給仕たちは？」

エヴァンは頭を振った。「あの娘がダイヤを手に取る前に、給仕たちは部屋を出ています。ダイヤを捜してもみつからなかったので、娘の身体検査をしているときには、給仕たちを入れないように、ポインツがスタインにドアをロックさせました。だから、ぼくたちのうちの誰かが、あれを持っているんです」

「それはまちがいないようですね」パインは考えこんだ。

「あの新聞」エヴァンは苦々しげにいった。「ぼくが新聞を買ったという事実が、みんなの脳裏に焼きついてしまった——それだけが唯一の外部との接触だったわけで——」

「そのときのことを、もう一度、正確に話してください」

「単純な事実ですよ。窓を開けると、下を新聞売りが通るのが見えたんで、口笛を吹いて売り子の注意を惹き、コインを投げた。売り子は新聞を放ってよこした。そこなんですよ——ダイヤを部屋から持ち出す、唯一の可能性があったのは。このぼくには、通りで待っていた共犯者に、ダイヤを渡すチャンスがあったというわけです」

「それが唯一のチャンスではありません」パインはいった。

「ほかにもチャンスがあったと？」

「あなたが窓からダイヤを投げたのではないのなら、別の手があったにちがいありませんからね」

「ああ、なるほど。では、もっと明確な手段があったのなら、それを教えていただきたい。ぼくにいえるのは、ぼくは窓からダイヤを投げたりはしなかったということだけです。信じてもらえるとは思えませんけどね。あなたにも、ほかの誰かにも」

「いやいや、わたしは信じますよ」

「ほんとに？　なぜですか？」

「あなたは犯罪者タイプではありません。宝石泥棒という、特殊な犯罪に手を染めるタイプではない。もちろん、あなただって、なにか犯罪をおかす可能性はありますが、宝石泥棒はしないでしょう。その問題はさておいて、いずれにしても、あなたが《明けの明星》を盗んだとは思っていません」

「みんなもそう思ってくれるといいのですが」エヴァンは苦い口調でいった。

「ええ、お気持はわかります」

「あのとき、みんながおかしな目でぼくを見てました。マロウェイは新聞を手に取って、窓の外をちらっと見た。なにもいいませんでしたけどね。だけど、ポインツはすぐさま、その意味を察しましたよ。そのふたりの考えが目に見えるようでした。ぼくに、あからさまに疑念をぶつけたりはしませんでしたが、それだけに、ひどく嫌な気分になりました」

パインは同情をこめてうなずいた。「そして事態はもっと悪いほうにころがった」

「そうです。いまは嫌疑をかけられているだけでしょう。でも、刑事らしい男につきまとわれて、しつこく質問されました。形式的な質問だといってました。警察の新しい捜査方法の一環なんですかね。非常に巧妙で、あなたに容疑なんかかけていませんよ、というふうに見せかけているんです。警察は、金に困っていたぼくが、急に金づかいがはでになったという事実に目をつけたようなんです」

「そうなんですか？」

「ええ。幸運なことに、競馬で二回、大きく当てたんです。ただし、あいにくなことに、馬券はノミ屋からではなく、競馬場の馬券売り場で買ったため、証明できないんです。もちろん、それが嘘だとも証明できないわけですが、金の入手先を知られたくないときに、競馬で勝ったなどというのは、誰でも思いつくような嘘ですからね」

「そうですな。とはいえ、だからといって、それを理由に、警察が逮捕に踏み切ることはありえませんよ」

「いや、ちがうんだ！　ぼくは、窃盗の罪で逮捕されることを恐れているわけじゃないんです。ある意味、そのほうが気がらくだ。逮捕されたほうが、自分の立場を明らかにできますからね。もやもやした疑惑の目で見られているよりは、ずっとましです」

「特定のどなたかの目が気になる？」

「どういう意味です？」

「お訊きしているだけですよ。単なる質問です」パインはまた、大きな手を振った。「特定のどなたかの目が気になったんですね。そうでしょう？　遠慮なく申しあげれば、ミセス・ラスティントンではありませんか？」

エヴァンの浅黒い顔がさっと紅潮した。「なぜ彼女だと？」

「いいですか、あなたは、あるひとがどう考えているのか、それが気になってたまらない。あるひと——おそらく、ご婦人でしょう。あの場にいたご婦人たちは？　アメリカ人のおてんば娘？　ちがう。では、レディ・マロウェイ？　しかし、レディ・マロウェイの価値観を考慮すると、あなたのみごとな手腕を賞賛こそすれ、軽侮したりはしないでしょう。あのレディのことなら、わたしは多少、知っているので、そういいきれます。そうすると、ミセス・ラスティントンしか考えられないではありませんか」

エヴァンはやっとのことでことばを絞りだした。「あのひとは、そのう、どちらかといえば、不運な人生を歩んできました。夫がおちぶれて、どんどんだめな男になっていった。それで、あのひとはひとを信じられなくなってしまったんです。あのひとが、そのう、もし、ぼくを——」エヴァンは話をつづけられなくなり、そこで絶句した。

「なるほど。あなたが悩んでいるのが、重要な問題だということはよくわかりました。その問題を解決しなければなりませんね」

「いうのは簡単ですが……」

「おこなうも易しですよ」パインは請け合った。

「そう思いますか？」

「ええ。問題点ははっきりしています。いろいろな可能性も除外できる。答はじつに明瞭。じっさいのところ、わたしにはすでにその答が頭に浮かんで――」

エヴァンは信じられないとばかりに目をみはった。

パインはメモパッドを引き寄せ、ペンを取った。「みなさんのプロフィールを簡単に教えてください」

「もうお話ししましたが」

「みなさんの容貌を教えていただきたいんです。髪の色とかをね」

「でも、ミスター・パーカー・パイン、そんなことが関係あるんですか？」

「大いに関係あるんですよ。大いに意味があるんです。分類や、その方面にはね」

いぶかしみながらも、エヴァンはあの日のヨットパーティの面々を、ひとりずつ描写しはじめた。

パインはさらさらとメモをとっていたが、やがて、メモパッドをわきに押しやった。

「よくわかりました。ところで、ワイングラスが割れたとおっしゃいましたね？」

エヴァンはまたもや目をみはった。「ええ、誰かがワイングラスをテーブルから落として、踏みつけたんです」

「こなごなになったガラスというのは、厄介なものです。どなたのグラスでしたか？」

「ええと、確か、あの娘、イーヴのだったと思います」

「おお！　で、彼女の右隣にはどなたがすわっていましたか？」

「サー・ジョージ・マロウェイです」

「そのどちらがグラスを落としたかは、見ていないんですね？」

「あいにく、見てません。でも、それがなにか？」

「いえ、べつに。たいしたことではありません。ちょっとお訊きしただけです。それでは」パインは立ちあがった。「今日はこれで、ミスター・ルーウェリン。三日後にまたお越しいただけますか？　そのときには、あなたも納得できるべく、すべてが明解になっていることでしょう」

「ミスター・パーカー・パイン、冗談をおっしゃってるんですか？」

「仕事上のことで冗談はいいませんよ。冗談などいったら、ときとして、依頼人の信頼を損ねかねませんからね。それでは、金曜日の午前十一時半に来ていただけますか？　ええ、ありがとう」

金曜日の午前十一時半、パーカー・パインのオフィスを訪れたエヴァン・ルーウェリンは、ひどく緊張していた。胸の内で、期待と疑いとが拮抗していたのだ。

エヴァンを迎えて、パインは満面の笑みを浮かべて立ちあがった。「おはようございます、ミスター・ルーウェリン。どうぞおかけください。煙草はいかがですか？」

ルーウェリンは手を振り、さしだされたシガレットボックスをしりぞけた。「それで？」

「うまくいきましたよ。昨夜、警察がギャング一味を逮捕しました」

「ギャング一味？　なんですか、それは？」

「アマルフィ一味です。あなたからお話を聞いて、すぐに彼らのことが頭に浮かびました。わたしは彼らの手口を知っています。それに、あなたがみなさんのプロフィールを描写してくださったので、わたしの推測はまちがいないと確信しました」

「アマルフィ一味って、どういうギャングなんですか？」

「父親、息子、そして義理の娘。というか、息子のピエトロとマリアが正式に結婚していれば、そうだという意味ですが、そこはどうもあやしいですね」

「さっぱりわからない」

「じつに簡単な話なんですよ。名前が示すとおり、もともとはイタリア人なのですが、父親のアマルフィはアメリカ生まれなのです。彼の手口はいつも同じです。実業家を装ってヨーロッパの各国を巡っては、宝石業界の大物たちに近づき、ちょっとしたトリックを仕掛けるんです。今回は《明けの明星》を狙い、慎重に案を練りました。ポインツの性格は業界でもよく知られています。マリアはアマルフィの娘を演じたんですよ。少なくとも二十七歳にはなっているというのに、ほぼいつも、十五、六歳の少女になりきってみせるとは、驚きですね」

「まさか、あのイーヴが！」エヴァンは仰天した。

「そのまさかなのですよ。一味の三人目は、ロイヤル・ジョージホテルで臨時雇いの給仕になりました。というのも、あの日は休日だったので、ホテルも人手が必要だったのです。もしかすると、正規雇いの給仕に金をつかませて、その日だけ仕事を休ませたのかもしれません。ともかく、舞台はととのいました。イーヴがポインツに賭けを挑みます。ポインツはそれを受けます。そして、前夜と同じように、ダイヤモンドを回します。給仕たちが部屋に入ってくると、彼らが出ていくまで、サミュエル・レザーンはダイヤを回さずに手元に確保しています。そして、給仕たちがいなくなると同時に、ダイヤも消えてしまったのです。皿の底に、レザーンが用意しておいたチューインガムでぴったり貼りつけたダイヤを、ピエトロが皿ごと持ち去ったというわけです。まさに簡単至極！」

「でも、そのあと、ぼくはダイヤを見ましたよ」

「いやいや、あなたが見たのは、精巧な人造ダイヤです。ちょっと見ただけでは、おいそれと見破れないほど上出来の模造品。ですが、ダイヤの専門家であるスタインは、ほとんど目もくれずにすぐに隣に回しました。受けとったイーヴは、それをわざと落とします。

ついでにワイングラスを落として、人造ダイヤとグラスを踏みつけたんです。こうして、ダイヤモンド消失の奇跡が起こったのですよ。イーヴとレザーンも、ほかのひとたちといっしょに身体検査を受けましたが、内心ではおかしくてたまらなかったでしょうね」

「いやあ——そのう——」エヴァンはことばがみつからず、頭を振るばかりだったが、やがて気を取りなおして、パインに問いただした。「ぼくがみんなのプロフィールを描写したんで、あなたはギャング一味のしわざだとわかったとおっしゃいましたよね。彼らは前にも同じ手口を使ったんですか？」

「まったく同じではありませんが、およそ似たような手口を使っています。それが彼らの常套手段だったんですよ。それでぴんときて、わたしはイーヴという娘に注目しました」

「どうして？　ぼくは彼女を疑いもしなかった——ほかのひとたちもそうでした。彼女は、まったくのところ、ほんの小娘にしか見えなかった……」

「それがマリア・アマルフィの特異な才能なんです。みごとな演技力で。子どもよりも子どもらしくふるまえる！　そして、粘土！　あのときは、自然ななりゆきで賭けが決まったように思われますよね。しかし彼女は、粘土を用意していたといってます。子どもですから、粘土を手近に持っていても、誰も不思議には思わないでしょう。つまり、そこまで読みこんだうえでの、計画的な犯行だったといえるのではありませんか。それで、わたしはすぐさま、彼女に疑いの目を向けたのです」

エヴァンは立ちあがった。「ミスター・パーカー・パイン、お礼のことばもありません」

「分類ですよ」パインは低い声でいった。「犯罪者タイプを分類する——それには関心が尽きませんね」

「そのう、料金はいかほど——？」

「報酬でしたら、さほどはいただきません。せっかく競馬で勝ったのに、大きな穴があくようではいけませんからね。ところで、ひとこと、いわせてください。これからはあまり馬たちに入れこまないように。馬というのは、予測不能な生きものですから」

「肝に銘じます」

エヴァン・ルーウェリンはパインと堅い握手をかわしてから、オフィスを出た。表の通りで呼びとめたタクシーに乗りこみ、運転手にジャネット・ラスティントンの住所を告げる。エヴァンとしては、目の前が開けたうれしさを、そっくりそのまま、ジャネットのもとに運んでいく気分だった。

解　説

大津波悦子

創元推理文庫の六十周年を記念して二〇一九年から開始されたミステリの新訳シリーズの第一作目はアガサ・クリスティの『ミス・マープルと13の謎』でした。クリスティ作品の新訳はミス・マープル、ハーリー・クィン（『ハーリー・クィンの事件簿』）、エルキュール・ポワロ（『スタイルズ荘の怪事件』）に続き四人目の探偵としてパーカー・パインを迎えました。

本書のパーカー・パインをつい「探偵」と書きましたが、「あなたは幸せですか？　幸福でないかたはパーカー・パインにご相談ください」という新聞広告を出している彼はいったい何者でしょう。半信半疑で訪れた相談者に、曰く「不幸という病の原因が判明すれば、治療は不可能ではありません。そう、わたしは医者の役割を務めさせていただいているようなものです」と不幸の専門医を標榜しています。

彼によれば不幸は五つの原因に分類されます。「病気。退屈。夫の頭痛の種である細君。（中略）妻を苦しませる夫」と明言しています。おや、五つ目は何でしょう。明記されていませんし、「わたしは探偵ではありません。窃盗などの犯罪をあつかうのは、わたしの領分ではないんです。わたしが専門としているのは、人間の心なんですよ」「わたしは探偵ではありません。いってみれば、心の専門家なので――」とパーカー・パイン本人が再三繰り返していますが、やはりなんらかの犯罪なのではないでしょうか。

というわけで、本書では不幸を感じてやってきた相談者の問題を積極的に解決する物語と、オフィスを離れて旅に出たパーカー・パインに舞い込んできた犯罪を解決するトラベルミステリが楽しめます。

パーカー・パインの物語は、本書に収められている十四編で全てです。長編、中短編あわせて八十編以上のポワロや、長編、短編あわせて三十編以上のミス・マープルには大きく水をあけられていますが、ハーリー・クィンの短編も十四編なのでいい勝負ですね。本書は、*Parker Pyne Investigates*（1934）というパーカー・パインの短編集に収録された「デルフォイの神託」までの十二編と、*The Regatta Mystery and Other Stories*（1939）に収録された「ポーレンサ入江の出来事」「レガッタレースの日の謎」の二編を合わせたパーカー・パインスペシャルともいうべきものです。この一冊でパーカー・パインの世界がすべて堪能できるというわけです。

アガサ・クリスティのデビューはポワロを主人公とした『スタイルズ荘の怪事件』

(1920) です。続く『秘密組織』（トミーとタッペンス・1922）、『ゴルフ場の殺人』（ポワロ・1923）も好評で知名度も上がり、サニングデールに買った家には最初の夫アーチーの提案で、スタイルズ荘と名付けています。一九二六年に刊行した『アクロイド殺害事件』は、そのトリックについてフェアかアンフェアかの論争が起こりました。その後クリスティは、母の死や、夫アーチーが他の女性に心を移したのが明らかになったことなどから失踪事件を起こします。ハロゲートのホテルで発見されますが、加熱するマスコミ報道によって以後マスコミ嫌いに拍車がかかります。『アガサ・クリスティーの生涯』（早川書房）の著者ジャネット・モーガンは、『アクロイド殺害事件』の大論争というのは失踪事件があったことで「実際以上に誇張して記憶させる結果になった」といっています。

二八年にクリスティはついにアーチーとの結婚生活に終止符を打ちます。三〇年に中東旅行中に、ウルの遺跡発掘で著名なサー・レナード・ウーリーの紹介で二十七歳の考古学者マックス・マローワンと知り合い、その年の九月に結婚します。この年は、ミス・マープルのデビューとなる『ミス・マープル最初の事件』が発表された年です。三〇年代はミステリの黄金時代でありクリスティにとっても充実期、毎年ほぼ二作のペースで長編を発表し、短編集も続々発表しています。『ポワロの事件簿1』（1924）、『二人で探偵を』（1929）、『ハーリー・クィンの事件簿』（1930）、『ミス・マープルと13の謎』（1932）などの後、一九三四年にパーカー・パインもの十二編をまとめた *Parker Pyne Investigates* が発表されました。先述したように、本書は一九三九年に発表された *The Regatta Mystery and Other Stories*（この短編集はポワロ、ミス・マープル、パーカー・パインそろい踏みです）からの二編を加えてパーカー・パインコンプリートになっています。

「中年の妻の事件」から「大富豪夫人の事件」までの六作では、パーカー・パインは新聞広告を見て訪れた相談者の不幸の原因を探り出し、解決できるようお膳立てします。「ほしいものはすべて手に入れましたか？」から「デルフォイの神託」までの六作は、中東などへの旅行に出たパインが行く先々で出くわす事件を解決するトラベルミステリになっています。「ポーレンサ入江の出来事」では旅先での相談事に対応し、「レガッタレースの日の謎」では盗難事件にまつわる相談を解決します。

クリスティは、統計について熱く語る男性客の会話からパーカー・パインを創り出しました。パインは、三十五年間の官庁勤めを終え、長年の仕事の経験から不幸な人の悩みを解決すべく事務所を開設します。大柄で禿げ頭、眼鏡をかけていますが、眼鏡の奥の目は輝き、相談者に安心感を与えます。相談者の悩みをいかに解決するか。彼はスタッフたちに指示を出し、依頼人の悩みを克服できるような状況を作り出して、本人自ら解決するよう導くのです。

スタッフは、ハンサムなクロード・ラトレル、妖艶な美女マドレーヌ・ド・サラ、ミセス・オリヴァー、ドクター・コンスタンチンら。クロードは夫に顧みられない中年婦人に言い寄り、マドレーヌは武骨な夫を誘惑し、人気作家であるミセス・オリヴァーは心躍る筋書きを考え出し、ドクター・コンスタンチンは適切な薬を処方するという役回り。そうそう、秘書のミス・レモンもおります。小熊文彦氏が「《スパイ大作戦》や《チャーリーズ・エンジェル》の趣向——謎の男の指令を受けた有能なスタッフが、あの手この手で事件を解決する（中略）先駆けだったのだ」（『パーカー・パイン登場』クリスティー文庫）というように、パーカー・パインは事務所にでんと構え、スタッフたちが事件を回していきます。

一方、パーカー・パインが休暇旅行中に遭遇する事件を解明する六作は純然たる謎解きミステリです。イギリスでは〝The Arabian Nights of Parker Pyne（パーカー・パインのアラビアンナイト）〟の見出しのもと、Nash's Pall Mall Magazine の一九三三年六月号に「ほしいものはすべて手に入れましたか?」「バグダッドの門」「シーラーズの館」が、また同誌七月号に〝More Arabian Nights of Parker Pyne（パーカー・パインのもっとアラビアンナイト）〟として「高価な真珠」「ナイル河の死」「デルフォイの神託」が掲載されました。クリスティは、三〇年に中東に出かけてからほぼ毎年のようにマックスの発掘旅行に同行しています。この旅行の経験が生かされているのがこれらの作品で、『メソポタミヤの殺人』（1936）や『ナイルに死す』（1937）など、のちの中東を舞台にした作品の先駆けになっています。パインが名探偵ぶりを発揮し、旅の途上の風物やさまざまな人間模様を背景に、宝石盗難、殺人、転落死、誘拐事件などを解決していきます。前半の作品にも通ずるところですが、何事も見かけどおりではないということ。クリスティの仕掛けを存分に楽しんでください。

ところで、クリスティは創作ノートとして使われた七十冊以上のペン習字用のノートを残しました。これをクリスティの孫のマシュー・プリチャードの友人、ジョン・カランが『アガサ・クリスティーの秘密ノート』(クリスティー文庫)としてまとめています。これを読みますと、パーカー・パインを舞台化すべく模索する書き込みや、作品の構想が残されています。ポワロものとして発表されている作品が初めはパインものとして構想されていたり、逆にポワロものとして構想されたものがパインの作品になっているものもあります。謎解きミステリとしては、キャラクターが取り換え可能だったことを示唆しているといえましょう。

実際、「レガッタレースの日の謎」はオリジナルバージョンではポワロでしたが、短編集出版時に探偵をポワロからパーカー・パインに書き直したようです。英米ともにその後の短編集にはパーカー・パインバージョンが収められています。ちなみにポワロバージョンは日刊新聞 Hartford Courant 紙の一九三六年五月三日版および The Strand Magazine

の一九三六年六月号に発表されたものです。未見ですが、*The Complete Short Stories*—*Masterpieces in Miniature*（2008）のポワロの章にオリジナルバージョンが収録されているそうです。

本書の「はじめに」は*Parker Pyne Investigates*の初版にはありません。後年のペーパーバック版に添えられたものです。この序文ではパーカー・パイン創造と、「大富豪夫人の事件」を思いついたきっかけが明らかにされています。

ちなみに、「シーラーズの館」で言及されているレディ・ヘスター・スタンホープは、実在の人物で、貴族の娘です。一八一〇年に中東へ旅し、廃墟となった修道院跡に周囲を防壁で囲んだ庭園つきの邸を造り、トルコの男性の衣装をまとって領主のように暮らしたそうです。二十四匹もの猫を飼っていたなんていうエピソードもあるとか。

最後に広告についてですが、パーカー・パインの個人広告はタイムズ紙の一面に載っています。実はタイムズの一面は、一九六〇年代まで案内広告で埋め尽くされていました。日本死亡のお知らせ、尋ね人、役所からの公告、ガーデニングの宣伝などさまざまです。新聞広告にまつわるミステリといえば、コナン・ドイルの「赤毛組合」（1891）や、それこそクリスティの『予告殺人』

〈1950〉が思い起こされますが、本書刊行当時の広告の雰囲気がわかる作品に『天才ジョニーの秘密』（2011）（エレナー・アップデール著、評論社）があります。一九二九年、イギリスの小さな町に住むジョニー少年が、あっという間に背が伸びるという新聞広告にだまされたことをきっかけに広告を利用した素晴らしい商売を思いつきます。まあ、詐欺まがいの商売なのですが……。やがてジョニーは殺人事件に巻きこまれていきます。また、一九五五年発表の作品ですが、J・M・スコットの『人魚とビスケット』（創元推理文庫）という実際の個人広告のやりとりから生まれたミステリもあります。御興味があればぜひ一読を。

〈収録作品〉英米の初出を示す。

「中年の妻の事件」The Case of the Middle-aged Wife
　Woman's Pictorial 一九三二年十月八日号（英）

「無聊《ぶりょう》をかこつ少佐の事件」The Case of the Discontented Soldier
　Cosmopolitan 一九三二年八月号（米）　Woman's Pictorial 一九三二年十月一五日号（英）

「悩めるレディの事件」The Case of the Distressed Lady
　Cosmopolitan 一九三二年八月号（米）　Woman's Pictorial 一九三二年十月二二日号

（英）

「不満な夫の事件」The Case of the Discontented Husband
Cosmopolitan 一九三二年八月号（米） Woman's Pictorial 一九三二年十月二九日号（英）

「ある会社員の事件」The Case of the City Clerk
Cosmopolitan 一九三二年八月号（米） The Strand Magazine 一九三二年十一月号（英）

「大富豪夫人の事件」The Case of the Rich Woman
Cosmopolitan 一九三二年八月号（米）

「ほしいものはすべて手に入れましたか？」Have You Got Everything You Want?
Cosmopolitan 一九三三年四月号（米） Nash's Pall Mall Magazine 一九三三年六月号（英）

「バグダッドの門」The Gate of Baghdad
Nash's Pall Mall Magazine 一九三三年六月号（英）

「シーラーズの館」The House at Shiraz
Cosmopolitan 一九三三年四月号（米） Nash's Pall Mall Magazine 一九三三年六月号（英）

「高価な真珠《しんじゅ》」The Pearl of Price
Nash's Pall Mall Magazine 一九三三年七月号（英）
「ナイル河の死」Death on the Nile
Cosmopolitan 一九三三年四月号（米）Nash's Pall Mall Magazine 一九三三年七月号
（英）
「デルフォイの神託」The Oracle at Delphi
Cosmopolitan 一九三三年四月号（米）Nash's Pall Mall Magazine 一九三三年七月号
（英）
「ポーレンサ入江の出来事」Problem at Pollensa Bay
Liberty 一九三六年九月五日号（米）The Strand Magazine 一九三五年十一月号（英）
「レガッタレースの日の謎」The Regatta Mystery
初出は解説の本文参照。

検印
廃止

訳者紹介　1948年福岡県生まれ。立教大学社会学部社会学科卒業。主な訳書に、アーモンド「肩胛骨は翼のなごり」、キング「スタンド・バイ・ミー」、リグズ「ハヤブサが守る家」、プルマン「マハラジャのルビー」、アンソニイ〈魔法の国ザンス〉シリーズなど。

パーカー・パインの事件簿

2021年7月30日　初版
2022年12月16日　再版

著者　アガサ・クリスティ

訳者　山《やま》田《だ》順《じゅん》子《こ》

発行所　(株)東京創元社
代表者　渋谷健太郎

162-0814/東京都新宿区新小川町1-5
電話　03・3268・8231-営業部
03・3268・8204-編集部
URL　http://www.tsogen.co.jp
DTP　工友会印刷
暁印刷・本間製本

乱丁・落丁本は、ご面倒ですが小社までご送付ください。送料小社負担にてお取替えいたします。

ISBN978-4-488-10549-5　C0197

クリスティならではの人間観察が光る短編集

The Mysterious Mr Quin◆Agatha Christie

ハーリー・クィンの事件簿

新訳版

アガサ・クリスティ
山田順子 訳　創元推理文庫

◆

過剰なほどの興味をもって他者の人生を眺めて過ごしてきた老人、サタスウェイト。そんな彼がとある屋敷のパーティで不穏な気配を感じ取る。過去に起きた自殺事件、現在の主人夫婦の間に張り詰める緊張の糸。その夜屋敷を訪れた奇妙な人物ハーリー・クィンにヒントをもらったサタスウェイトは、鋭い観察眼で謎を解き始める。
クリスティならでは人間描写が光る12編を収めた短編集。

収録作品＝ミスター・クィン、登場，ガラスに映る影，
鈴と道化服亭にて，空に描かれたしるし，クルピエの真情，
海から来た男，闇のなかの声，ヘレネの顔，死せる道化師，
翼の折れた鳥，世界の果て，ハーリクィンの小径